Nouvelle Collection illustrée. L'ouvrage complet **95** centimes.

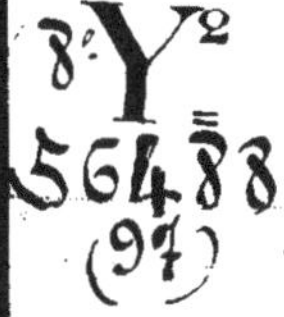

HENRI DE RÉGNIER

DE L'ACADÉMIE FRANÇAISE

LA FLAMBÉE

Calmann-Lévy, Éditeurs

LA FLAMBÉE

Paris. — Imp. L. Pochy, 52, rue du Château. — 54-15

HENRI DE RÉGNIER

DE L'ACADÉMIE FRANÇAISE

La Flambée

ILLUSTRATIONS

DE

CHARLES ROUSSEL

PARIS

CALMANN-LÉVY, ÉDITEURS

3 RUE AUBER, 3

A René Boylesve

I

Lorsque André Mauval s'éveilla au glissement des rideaux tirés sur leur tringle, il n'ouvrit pas les yeux tout de suite. Il sentait ses paupières lourdes d'un de ces sommeils de jeunesse que n'épuise pas le repos d'une longue nuit, et il eût volontiers dormi encore. Aussi éprouvait-il quelque agacement qu'on rôdât dans sa chambre. Pourquoi Jules, au lieu d'enlever discrètement les habits à brosser, s'attardait-il ainsi? Tout à coup, André Mauval entendit le craquement d'une allumette. Il se souvint. La veille au soir, sa mère avait dit au domestique : « Vous ferez, demain matin, une flambée chez monsieur André. Il commence à faire frais. » Brusquement, la mauvaise humeur du jeune homme se changeait en satisfaction. Il attendrait pour se lever que le feu fût bien pris, et, avant de s'habiller, il irait se griller un moment les mollets. Paresseux, il se retourna contre le mur. Jules avait disparu. Des crépitements pétillèrent. Soudain, une pétarade de bois sec éclata. C'étaient les pommes de pin qu'on avait rapportées de Varangeville, dans un grand sac, avec les bagages, et que Jules avait mêlées au menu bois du fagot.

André Mauval, assis sur son lit, les jambes pendantes, regardait la joyeuse flambée d'automne. Elle emplissait le foyer de ses flammes aiguës et de ses vives étincelles. Les pignons écailleux brûlaient avec une odeur d'écorce et de résine. Il revit le petit bois, sur la falaise dominant la mer, où il les avait ramassés parmi les aiguilles brunes qui jonchaient le sol ; la vieille maison normande où il avait passé les mois d'août et de septembre chez sa tante, madame de Sarny. Maintenant, les vacances étaient finies. Il ne s'en apercevait que trop, depuis dix jours déjà qu'on venait l'éveiller de bonne heure au lieu de lui laisser faire, comme à Varangeville, la grasse matinée. Heureusement qu'aujourd'hui sa mère avait eu l'excellente idée de ce petit feu guilleret. Rien n'aidait mieux à se lever que cette clarté réchauffante.

Il s'était approché de la cheminée et, installé sur une chaise basse, il se sentait fort dispos. A présent, il regrettait moins Varangeville. Paris a du bon. André avait été content de retrouver ses livres, non ceux de travail, mais ceux où il lisait des poésies, des romans, des histoires et des voyages. Ses études de droit — il commençait la troisième année — lui donnaient tout le loisir désirable. Il suivait les cours pour faire plaisir à son père, mais il comptait surtout, pour passer l'examen, sur son excellent répétiteur, M. Perrin, à qui il irait, quand approcherait l'épreuve, demander le secours de sa longue expérience. Jusque là, il en pouvait prendre à son aise. Néanmoins, afin de sauver les apparences, il convenait d'être prêt à l'heure ; mais, en se pressant un peu, il arriverait à l'école bien à temps. A son âge, on a de bonnes jambes.

Il considéra les siennes. La flamme en éclairait les poils légèrement fauves. Elles étaient musclées et solides. Il passa la main sur leur rondeur velue, avec un sentiment de fierté. Tout de même, il n'était plus un enfant, il était un jeune homme. Jusqu'alors sa vie avait été mêlée étroitement à celle des siens, dans une dépendance de tous les instants. A présent il sentait qu'il se dégageait peu à peu de cette communauté continuelle. Certes, il ne songeait nullement à accentuer cette séparation, mais il se rendait compte que ses parents, d'eux-mêmes, en acceptaient la nécessité. La jeunesse, si elle a des devoirs, a des droits, et, s'il était disposé à accomplir les uns, il prétendait bien qu'on lui reconnût les autres. Ce que pouvaient être ces droits demeurait, d'ailleurs, assez vague dans son esprit. Il était heureux chez lui et il eût été assez embarrassé de revendiquer sérieusement quoi que ce fût d'autre, en fait de liberté, que ce qu'on lui accordait. Cependant, il pressentait confusément que certaines circonstances pourraient se présenter où il se trouverait en conflit avec l'autorité familiale. Cette prévision lui causait moins d'inquiétude qu'elle ne lui donnait d'importance à ses propres yeux. En ces moments, ses dix-neuf ans lui apparaissaient dans tout leur prestige, et il lui semblait qu'ils méritassent des égards spéciaux.

Ces égards, d'ailleurs, pouvaient se concilier parfaitement avec les soins et les gâteries dont on l'entourait. Il ne souhaitait point de renoncer aux douceurs délicates qu'on lui prodiguait à la maison. Ainsi, il prenait plaisir à ce fagot matinal dont sa mère avait ordonné qu'on adoucît son réveil et qui égayait agréablement son lever. Il ne se jugeait pas traité, plus qu'il ne fallait, en enfant, ce à quoi madame Mauval était tout de même souvent un peu trop portée. Non, ce joli feu lui représentait plutôt une sorte d'allusion et d'hommage à sa jeunesse. Il y voyait l'image de ce qu'elle lui promettait de vif, de pétillant, de clair, de joyeux. Il en goûtait la brillante flambée. Par ses jambes cuites, le bien-être s'en répandait dans tout son corps et illuminait en sa pensée les perspectives de la vie, et il fût resté ainsi longtemps à rêver, si Jules n'était rentré, les habits brossés sur le bras et un broc d'eau chaude à la main. Jules, en passant, jeta un regard attendri aux pommes de pin qui se consumaient. Elles lui rappelaient Varangeville d'où il était et d'où les Mauval l'avaient ramené avec eux.

André était indécis. Il ne voulait se montrer ni trop familier ni trop fier avec le nouveau venu. Aussi désirait-il lui adresser la parole sans, pour cela, engager la conversation. Il s'agissait d'indiquer qu'il était quelqu'un dans la maison et qui méritait que l'on s'appliquât à bien servir. Il hésitait; enfin, comme le domestique remplissait le tub, André se décida :

— Eh bien, Jules, regrettez-vous Varangeville? Vous habituez-vous à Paris?

Le Normand souriait. Il n'aimait sans doute pas à se prononcer, car il répondit :

— Varangeville n'est pas Paris et Paris n'est pas Varangeville, bien sûr !

Et il ajouta sentencieusement :

— On sait bien qu'on n'est pas un oiseau pour être à deux endroits à la fois.

Content de sa réponse, il regarda son maître, du coin de l'œil. André, embarrassé, ramassa avec les pincettes une pomme de pin à demi brûlée qu'il rejeta dans les cendres.

— Alors, j'écrirai à ma tante que vous ne vous trouvez pas mal ici et qu'on est content de vous.

Il regretta de n'avoir pas dit : « que je suis content de vous ». Néanmoins, le « on » suffisait et l'incluait, en compagnie de monsieur et de madame Mauval, dans l'approbation donnée. Jules comprendrait. Le garçon était finaud.

Et André Mauval, ôtant sa chemise, alla s'asseoir dignement dans le tub, les jambes croisées à la turque, les yeux au foyer où brûlaient les dernières brindilles et les pommes de pin de la première flambée de la saison.

II

André Mauval n'aurait pas vu le professeur quitter sa chaire si le remue-ménage des étudiants qui se hâtaient vers la porte, en escaladant les gradins, ne l'eût averti de la fin de la leçon. Tiré de sa torpeur, il avait glissé ses paperasses dans sa serviette, remis son crayon dans sa poche et ramassé son chapeau qui était tombé à ses pieds. Tout en se dirigeant vers la sortie, il constatait qu'il avait, une fois de plus, fait assez inutilement le chemin de chez lui au Panthéon, car il ne se rappelait pas un mot des matières traitées d'une voix monotone par l'excellent M. Guyonnet. Ces distractions lui étaient assez habituelles, mais, rarement, il avait été plus absent que ce jour-là. Aussi, pourquoi son père, la veille au soir, lui avait-il exposé une fois de plus les plans d'avenir qu'il formait pour lui?

André les savait depuis longtemps, ces projets paternels! Les études de droit de son fils terminées, M. Mauval désirait qu'il préparât le concours du Ministère des Affaires étrangères. Certes, il aurait pu mener de front les deux choses et suivre, en même temps que ceux de la Faculté de Droit, les cours de l'École des Sciences morales et politiques, fréquenter conjointement la rue Soufflot et la rue Saint-Guillaume, mais madame Mauval avait objecté les fatigues de ce double labeur. André avait la vue délicate. Cette circonstance lui vaudrait, d'ailleurs, sinon la dispense du service militaire, du moins d'être classé dans les corps auxiliaires où l'on est astreint à de simples revues d'appel. M. Mauval avait consenti à écouter les craintes de sa femme. Du reste, il ne souhaitait pas que son fils entrât trop jeune au Quai d'Orsay. Il valait mieux qu'André fût plus formé de corps et d'esprit, M. Mauval ne rêvait pas, en effet, pour André une place dans les bureaux ni un de ces brillants postes diplomatiques qui attirent à la Carrière tant de jeunes gens frivoles et élégants. Non, André ne serait pas une fleur d'ambassades. Quoique à son aise, M. Mauval ne possédait pas une fortune suffisante pour entretenir son fils sur ce terrain coûteux. André se dirigerait vers les Consulats. Là, il pourrait servir utilement son pays, comme M. Mauval le servait lui-même indirectement à la Compagnie de l'Union maritime où, depuis vingt-cinq ans, il contribuait à l'expansion de l'influence française dans les contrées les plus lointaines.

André, donc, irait un jour représenter sa patrie en l'une de ces contrées. Sur sa maison consulaire flotterait ce même pavillon de France que les paquebots messagers déployaient si fièrement à leur mât, et dont M. Mauval suivait en pensée les courses fructueuses et régulières. André Mauval serait donc consul quelque part, et M. Mauval se plaisait déjà à imaginer quelle résidence écherrait au futur fonctionnaire.

C'était justement ce que M. Mauval avait fait, durant une bonne partie de la soirée, la veille. Il s'était promené à travers le monde, de l'ancien au nouveau, pour y chercher le point où André débuterait dans la défense de nos intérêts et la protection de nos nationaux. André, accoutumé à ces jeux géographiques, s'y prêtait de bonne grâce ; mais, toute la nuit, en dormant, il avait entendu résonner à ses oreilles des noms exotiques, harmonieux ou bizarres, et, au réveil, il restait encore sous l'impression de cette nomenclature, si bien que, tout à l'heure, pendant que M. Guyonnet exposait devant son auditoire, en un langage dont on vantait la propriété et l'élégance, les règles sévères du droit administratif, il avait continué son vagabondage imaginaire et ses pérégrinations mondiales.

A ses yeux s'étaient dessinées des images de villes diverses. Certaines se profilaient sur des ciels gris, rayés de pluie ou tourbillonnants de flocons, sous l'avare clarté du nord. Au-dessus d'elles, les fumées des usines se mêlaient aux cendres des nuages. L'âpre vent des longs hivers séchait en leurs rues sombres la boue des automnes pluvieux. Elles représentaient, pour André, des idées de tristesse, de solitude et d'exil, aussi sa rêverie s'en détournait-elle promptement. D'instinct, elle évoquait des pays de lumière. C'était vers ceux-là qu'allait sa curiosité. Les noms qui parlent à l'imagination l'attiraient. Verrait-il, un jour, la Californie dorée, la riche Louisiane, la Floride en fleur, les Antilles parfumées, les grands fleuves du Brésil ou les Cordillères du Pérou? Irait-il au Japon, en Chine? Il l'ignorait. Le hasard le conduirait-il dans le nouveau ou le vieux monde, vers l'immense Afrique ou la mystérieuse Asie? Ce qu'il souhaitait, c'était de vivre parmi des peuples étranges, sur une terre lointaine, en quelque ville pittoresque.

Un mot résumait en sa pensée son désir des contrées lumineuses et colorées : l'Orient. Il serait consul en Orient. Il le voyait, cet Orient, à travers des souvenirs de lectures, à la fois vague et merveilleux, incertain et factice, en un mirage de beauté. Le soleil y était plus large qu'ailleurs, le ciel plus bleu, l'air plus limpide. C'était aussi bien pour lui la Perse que l'Égypte, les Indes que le Maroc. Tout ce qu'il savait, c'est qu'à l'horizon y montent les coupoles étincelantes de cités presque fabuleuses. L'Orient, c'étaient pour lui des armes, des tapis, des étoffes, des pierreries, l'ombre grouillante des bazars, la fraîcheur des jardins, le murmure des fontaines, le frisson du vent dans les palmes, le pas des chameaux sur le sable, la foulée des éléphants dans les roseaux, le fleuve qui roule, la citerne, le puits ; c'étaient le désert, la jungle, la brousse, l'oasis ; des palais, des mosquées, des temples des tombeaux ; le poids des jours torrides, le silence des nuits étoilées, et, répandue sur toute cette splendeur, la molle, la lente, l'ardente, la divine chaleur qui alanguit les membres, accable les corps, engourdit les cerveaux en une voluptueuse rêverie qui sent la rose, le jasmin, le santal et qu'emplit de ses visions indéfinies l'opium de la pipe ou le tabac du narghilé.

Et, en pensée, pendant le cours de M. Guyonnet, il l'avait goûtée, cette chaleur qui dissout l'énergie et où l'âme s'évapore en visions. Il s'était vu, couché sur un tapis, dans sa maison orientale. Où se trouvait-elle, cette maison? il n'eût pu le dire. Il la savait seulement petite, avec des murs épais. La pièce où il était s'ouvrait par des arcades sur une cour intérieure dallée de marbre. Au milieu, un jet d'eau retombait dans un bassin. Dans un angle, une porte. Soudain, cette porte tournait sur ses gonds, et André se soulevait à demi sur le tapis pour voir qui allait entrer. Un nègre coiffé d'un turban apparaissait et venait s'incliner devant lui en prononçant des paroles incompréhensibles, puis ressortait et se présentait de nouveau en introduisant une troupe de femmes. Elles étaient voilées, habillées de gazes éclatantes et légères. Le nègre, accroupi près du bassin, frappait bizarrement sur le cuir sonore d'un tambourin. Alors, une à une, les femmes s'étaient dévêtues, ne gardant que le voile qui leur couvrait le visage. Il y en avait de blanches comme la lune, de cuivrées comme le soleil, de noires comme la nuit. Elles dansaient. On entendait le cliquetis de leurs bracelets et de leurs colliers sur leur peau. Tout à coup, elles avaient disparu. La cour restait vide, pleine de soleil avec un angle d'ombre qui grandissait peu à peu. Le nègre avait cessé de jouer. Il faisait très chaud. Puis un claquement de sandales avait retenti. Une autre femme s'avançait, voilée aussi. Lentement, elle s'étendait à son côté sur le tapis. André la regardait. Le mouvement du sein soulevait la mousseline qui cachait la gorge. Peu à peu, le voile qui dissimulait le visage devenait de plus en plus mince fondait comme une vapeur, et ce visage, à mesure qu'il se montrait devenait délicieux. Ils s'étaient pris les mains et demeuraient ainsi sans rien dire. Un silence pesait. On distinguait la morsure des insectes qui rongeaient le bois du coffre où était enfermé l'uniforme. André voyait cet uniforme : le pantalon à bande dorée, le bicorne, l'épée, dans du papier de soie. Un souffle de vent faisait palpiter les feuillets d'un livre posé sur le coffre et André savait que ce livre était *Salammbô*. Par l'étroite fenêtre, il apercevait la mer, avec un gros navire en partance. On levait l'ancre. On larguait les amarres. On n'attendait plus que lui. Tant pis ! Il était si bien dans sa maison lointaine. Il ne reverrait jamais son pays. Il appuyait sa bouche sur un bras parfumé. Dans la cour, l'angle d'ombre avait tout envahi. Le jet d'eau mouillait l'air mol et brûlant...

André Mauval tressaillit. Devant lui, la place du Panthéon étendait son pavé grisâtre. Les groupes d'étudiants se dispersaient en s'interpellant. Sur le ciel d'un bleu léger, moutonné de quelques nuages, le dôme du monument bombait sa rondeur élancée. Cette vue n'avait rien d'Oriental, pas plus que la fraîcheur de ce matin de novembre. André, vivement, releva le col de son manteau. Sa mère lui avait bien recommandé de ne pas prendre froid. Il ne fallait pas que le futur consul s'enrhumât ! Il sourit. Que penserait madame Mauval si elle apprenait que les houris de l'Orient mêlaient leurs danses nues au cours du bon M. Guyonnet ! André constata, une fois de plus, que, dès qu'on grandit, on commence à avoir des secrets pour ses parents. Il vient un moment où chacun a sa vie et le droit de faire ce qu'il veut. Conformerait-il la sienne aux projets consulaires de M. Mauval? Il avait le temps de s'inquiéter de cette question. Il verrait plus tard. Pour l'instant, à quoi bon contrarier son père? Certes, la lumière d'Orient devait être belle, mais cette fine matinée d'automne parisien avait aussi son charme. Cette grande place, déserte et régulière, ne manquait pas d'une certaine noblesse sobre, ni la rue Soufflot, elle-même, d'agrément. Au loin, les arbres du Luxembourg, qui commençaient à se dégarnir, montraient, au delà des grilles à fers dorés, leurs feuillages roux que dominaient les toitures d'ardoises du palais. André songea aux terrasses du jardin. Elles devaient être jonchées de bien belles feuilles mortes.

Il ralentit le pas. Sa serviette le gênait. Il ne l'emporterait plus. Elle lui donnait un air étudiant qui l'agaçait. Pourquoi traîner avec lui cet insigne de ses occupations scolaires? Est-ce que M. Guyonnet se risquait par les rues affublé de sa toge? Justement, le professeur venait de le dépasser. Bel homme, élégamment vêtu, on le disait l'amant d'une femme du monde qui, parfois, à l'issue des cours, l'attendait dans sa voiture, devant le Panthéon. Aujourd'hui, M. Guyonnet rentrait à pied, et André l'avait salué au passage, aussi bien pour lui prouver qu'il avait de l'usage que pour s'excuser en soi-même du peu d'attention qu'il avait donné à la leçon. M. Guyonnet lui avait rendu son salut. Au lieu du chapeau haut de forme et de la jaquette bien coupée, André imaginait sur la tête et aux épaules du professeur la toque et la robe doctorales. Comme M. Guyonnet serait comique faisant l'amour en costume de Faculté ! Cette idée divertit le jeune homme. Ses distractions orientales l'avaient mis décidément d'humeur folâtre !

Il s'était arrêté devant l'étalage d'un bouquiniste. Son regard parcourut les titres d'une rangée de livres de droit. Au-dessus, s'alignaient d'autres volumes, parmi lesquels il remarqua un exemplaire des *Poèmes d'amour*, de Marc-Antoine de Kerdren. Soudain, une strophe chanta dans sa mémoire, noble, pure, sonore. Une autre lui répondit. André s'étonna. Ces beaux vers chassaient de son esprit les images vulgaires. Elles purifiaient l'air de ses pensées. Ce n'était pas l'amourette, le caprice du cœur ou des sens que célébrait le grand poète, c'était l'amour, celui qui s'empare de la vie d'un homme, la domine, la remplit ; c'était la merveilleuse et divine passion, dont celui qui l'a ressentie reste émerveillé et ennobli à jamais. Marc-Antoine de Kerdren était un de ces privilégiés. Sa gloire en gardait quelque chose de tendre, de grave et de douloureux.

Cependant André Mauval arrivait à la grille du Luxembourg. Sous le quinconce de la terrasse, le sable était jonché de feuilles mortes que les jardiniers ratissaient et rassemblaient en gros tas dorés. Dans le long bassin de la fontaine Médicis, elles parsemaient l'eau sombre de leurs guirlandes flottantes. C'étaient des feuilles de platanes, larges et découpées, dont le jaune se fibrait de pourpre. Il y en avait une qui s'était prise à la broussailleuse chevelure du Polyphème penché, du haut de son rocher, sur la Nymphe et le Berger qui s'enlaçaient amoureusement dans l'anfractuosité de la grotte. André, appuyé à la balustrade, regardait le couple de marbre. Le corps blanc et maniéré de la Galatée l'intéressait. Il en admirait la souplesse abandonnée. Certes, le grand amour est une belle chose, mais la simple étreinte d'une chair vivante n'est-elle pas un plaisir délicieux? Sûrement, mais lui n'en était pas moins ridicule de demeurer ainsi, comme un collégien curieux, à contempler rêveusement une femme de marbre ! C'était bon à quatorze ans, quand son père, les dimanches de pluie, le menait au musée du Louvre ! Que faisait-il là, devant ces personnages de la Fable, cachés sous leur rocher, au bas d'un portique toscan? Il avait mieux à songer. Galatée n'avait-elle pas, pour lui, écarté ses voiles? Il savait ce que c'est qu'un corps de femme, le plaisir qu'on y prend. Il avait eu des maîtresses.

Des maîtresses ! Le mot lui sembla bien imposant pour convenir aux petites aventures amoureuses qui lui étaient échues. Aussi, pour leur donner de l'importance, préférait-il les confondre en une seule impression, en faire, pour ainsi dire, un seul corps, un seul visage, sans personnalités distinctes, mais qui présentassent à sa pensée quelque chose de palpable et de sensible, et non une vaine imagination.

La demie de onze heures, qui sonnait à l'horloge du palais, le tira de ses réflexions. Il fallait qu'il songeât à regagner la rue des Beaux-Arts, où il habitait. On déjeunait à midi et demi et M. Mauval n'aimait pas qu'on le fît attendre, devant retourner vers deux heures à son bureau. André le plaignait de cet assujettissement dont M. Mauval ne semblait pas souffrir. C'était un homme ponctuel, régulier et sobre. Il ne fumait même pas. André l'en enviait. Il aimait, lui, les cigarettes fines, mais elles ébréchaient son maigre budget de jeune homme. Ce budget était d'ailleurs l'un de ses soucis. Bien souvent, cette pénurie relative lui avait fait manquer des parties agréables et même de ces petites occasions qui, à Paris, ont besoin, pour se mener à bien, de quelques louis. Cette dépendance où on le tenait, sans qu'il osât par trop réclamer, car il était fier sur ce point, l'avait éloigné des amis qu'il s'était faits au collège. Plusieurs de ceux qu'il préférait étaient riches, et il ne se jugeait pas en mesure de partager leurs divertissements, de les suivre dans les premiers plaisirs où ils jetaient leur gourme. Aussi avait-il peu à peu cessé de les fréquenter et vivait-il fort solitaire. Heureusement pour lui, il aimait la lecture et la promenade. Néanmoins, il eût désiré être un peu mieux nanti. Ah ! les billets bleus ne tombaient pas dans sa bourse, comme sur la terrasse du Luxembourg, les feuilles d'or ! Prestement, il en attrapa une au vol. Un éclat de rire lui fit tourner la tête :

— Bravo, Mauval !

Sa boîte d'aquarelle posée sur la balustrade de la terrasse, Antoine de Bersin composait, avec le grand vase auprès duquel il était installé, une agréable vignette romantique. Son large pantalon serré aux chevilles, son veston ample à col droit, sa grosse cravate, un feutre à longs poils, lui donnaient un aspect pittoresque. Antoine de Bersin portait la moustache et une barbiche en pointe. Il avait le visage brun et coloré, les traits réguliers, le corps solide, et les mains

LA FONTAINE DE MÉDICIS

fines. Sur une chaise, derrière lui, était soigneusement pliée une cape à l'espagnole. André l'avait connu, durant sa première année de droit, dans une brasserie du quartier latin. Son ami, Elie Drevet, les avait présentés. On se revit, et, un jour, Bersin demanda à André de lui poser une tête pour un tableau. André avait accepté. A la suite de ces séances, ils étaient devenus camarades, quoique Bersin fût de beaucoup l'aîné, car il avait vingt-sept ans ; mais le peintre traitait André avec une camaraderie cordiale à laquelle André avait été très sensible.

Antoine de Bersin tendait la main au jeune homme.

— Drevet ne t'a donc pas dit que j'étais à Paris? Je l'avais pourtant chargé de t'avertir, mais il a la tête à l'envers, en ce moment. Il y a au moins quinze jours que je ne l'ai vu ! Il prétend qu'il fonde une revue ! Il ferait mieux de se soigner, il a une mine ! D'ailleurs, tu sais mes idées à ce sujet... La santé avant tout, sans quoi pas de travail, pas de talent, pas de médailles ! Ah ! je suis là-dessus de l'école de madame Mauval, ta mère. Le génie ne doit pas prendre froid. Bien entendu, je dis cela pour moi et non pour toi, vil juriste... Mais ne regarde pas mes gribouillages, regarde plutôt ça. Est-ce beau?

Du bout de son crayon, Bersin montrait le vieux palais à l'italienne, dominant les parterres, les pelouses, les allées du jardin qu'encadrent les terrasses à talus. Le bassin arrondissait son fluide miroir. Au loin, sous les arbres aux feuilles dorées, on distinguait entre les troncs, des blancheurs de statues.

Rapide, le crayon du peintre traça quelques lignes sur le papier. Il reprit :

— Et puis, c'est plein de femmes, ce jardin ! Je les observe depuis que je travaille ici. Ça m'amuse. On en voit de toutes les catégories. Dans la matinée surtout, c'est drôle. Il y a des bourgeoises qui reviennent de la messe ou d'une course dans les magasins, des ouvrières, des bonnes, des commerçantes, de vraies dames, des petites grues. Les trois quarts n'ont rien à faire en ces lieux, comme on dit dans les tragédies. Je suis sûr qu'elles font un détour pour passer par là. Ce qui les attire, c'est la régularité, le bel ordre de l'endroit, son air établi, son quelque chose d'immuable, parce que, vois-tu, c'est ça qu'elles aiment le plus au monde, ce qui sent la durée, la stabilité. On a beau dire qu'elles souhaitent l'aventure, le romanesque, allons donc ! Ce qu'il leur faut, c'est d'être assurées que demain ressemblera à aujourd'hui. C'est pour cela qu'elles tiennent à l'argent, parce qu'il réduit l'imprévu au minimum. De là, aussi, leur goût du mariage. En toute femme, il y a une bourgeoise virtuelle. Elles ont bien leur moment de folie. Elles jettent leur bonnet par-dessus le moulin, mais elles ne demanderaient pas mieux que d'en devenir la meunière... Ainsi, tiens, j'ai une maîtresse, Alice, une petite bougresse de vingt ans. A dix-sept ans, elle avait plaqué ses parents pour faire la noce. Ça indique plutôt du tempérament, n'est-ce pas? Elle a roulé, Dieu sait où ! Eh bien, à peine installée chez moi, elle n'a plus eu qu'une idée, celle de jouer à la dame ! Une ménagère accomplie, mon cher. Tu la verras, quand tu viendras à l'atelier, car nous

ANTOINE DE BERSIN

sommes collés, depuis l'été... Veux-tu dîner avec nous ce soir?

André Mauval secoua la tête.

— Pas moyen, mercredi, c'est le jour de l'oncle Hubert !

Antoine de Bersin n'insista pas. Il savait André Mauval un fils soumis. Invité l'année précédente, chez les parents d'André, il avait deviné à qui il aurait affaire et s'était présenté chez eux en redingote correcte. Il s'y était montré garçon de bonne compagnie, non point en artiste, mais en fils de gentilhomme campagnard qui, s'il a un atelier à Paris, possède en sa province tourelle et colombier. André lui avait été reconnaissant de cette preuve de tact. Du reste, Antoine plut beaucoup à monsieur et à madame

Mauval. L'oncle Hubert, présent au repas, déclara que le jeune Bersin ressemblait trait pour trait à un certain Monard, du 3e chasseurs, tué à Solférino.

— Alors, viens quand tu voudras, vers cinq heures. Tu feras la connaissance d'Alice. Et toi, as-tu ton affaire en ce moment?

Bersin se mit à rire :

— Non... en ce cas je te signale Céline, le modèle. Elle te trouve très bien. D'ailleurs, tu plais aux femmes, petit cochon. Tiens, admire-toi.

Sur une feuille de son carnet, Antoine de Bersin avait croqué, tout en parlant, une

ANDRÉ MAUVAL

rapide silhouette du jeune homme. André s'y reconnaissait et n'était pas mécontent de son aspect. Il avait le visage ovale, le teint frais, un rien de moustache. Et Bersin n'avait pas pu dessiner la belle mèche de son front, à cause du chapeau qui la couvrait! Avec cette figure-là, il n'y avait aucune raison pour ne pas être aimé des femmes, non pas seulement d'une Alice ou d'une Céline, mais de vraies femmes, de celles qui n'aiment ni par intérêt, ni par métier, mais par plaisir, par passion, par amour. Et c'était cet amour qu'il souhaitait, cet amour réciproque et volontaire, ardent, libre, délicat, où deux amants mettent en commun le goût qu'ils ont d'eux-mêmes, où le cœur a sa part aussi bien que les sens, que ne vient gâter aucune préoccupation étrangère à la volupté, qui, mêlé de sentiment et de sensualité, en cherche la perfection et sait faire concourir à son agrément le charme des paysages, le décor des choses, la grâce d'une parure, l'élégance d'une toilette, la beauté et le parfum d'une fleur.

Antoine de Bersin avait repris la feuille des mains d'André Mauval et la déchirait en morceaux.

— Assez, Narcisse! Tiens, regarde plutôt.

Du coude, il poussait le jeune homme, lui désignant deux promeneurs qui s'avançaient et lui murmurant à l'oreille deux noms qui le firent tressaillir.

Le premier des deux personnages était un homme déjà âgé, de haute taille un peu courbée, de figure noble et douce. Il marchait en s'appuyant sur une canne et causait avec son compagnon, d'une stature moindre que la sienne, mais bien pris et de tournure élégante. Celui-là devait avoir environ quarante-cinq ans. L'œil était perçant sous le sourcil brun. Tous deux portaient à la boutonnière la rosette d'officier de la Légion d'honneur. En passant près des jeunes gens, le vieux poussa du bout de sa canne les morceaux de papier que Bersin venait de déchirer.

André Mauval les regardait s'éloigner. D'une voix troublée, il demanda à Bersin :

— C'est le grand, n'est-ce pas, qui est Marc-Antoine de Kerdren? Et l'autre?

— L'autre? Mais c'est Dumaine, le romancier. Tu n'as donc pas vu son portrait, par Spirat, au dernier Salon? C'est frappant.

Jacques Dumaine était célèbre. Son succès avait été éclatant, aussi bien, d'ailleurs, littéraire que mondain. Il avait débuté à trente ans passés et, du premier coup, atteint une renommée qui se consolidait à chacun de ses livres. Écrivain remarquable et sagace observateur, il était le peintre délicat et puissant de la Parisienne d'aujourd'hui. Les femmes raffolaient de ses romans, hardis à la fois et subtils, et elles prouvaient au romancier leur gratitude de la connaissance qu'il avait d'elles. Dumaine, malgré plusieurs liaisons retentissantes, n'était pas tant un homme à bonnes fortunes qu'une sorte d'oracle en féminisme, de conseiller et de confesseur. Cependant, André Mauval songeait. De quoi le grand poète d'amour et le sagace psychologue amoureux pouvaient-ils bien parler en traversant ce mélancolique jardin d'automne? Quels souvenirs sentimentaux et sensuels évoquaient-ils en foulant les feuilles mortes de ces allées?... André aurait voulu écouter ce qu'ils disaient. L'un et l'autre, il les enviait... Comme l'un, il aurait voulu connaître la grande passion, celle qui laisse au cœur sa cendre amère et parfumée, comme l'autre, il aurait voulu cueillir les fleurs diverses du chemin et en conserver dans sa mémoire les pétales séchés et odorants ; comme Marc-Antoine de Kerdren avoir éprouvé de l'amour sa révélation unique et totale, comme Jacques Dumaine en avoir su démêler toutes les ruses et deviner tous les masques !

Antoine de Bersin, qui avait refermé sa boîte à couleurs, interrompit ses réflexions :

— Ils vont déjeuner chez Foyot. C'est le privilège de l'âge et de la célébrité. Nous n'en sommes pas là, n'est-ce pas?... Allons, à bientôt, il faut que je rentre. Alice doit me poser un nu, cet après-midi, et j'ai faim.

D'un geste savant, il fit tourbillonner sa cape espagnole et la drapa sur ses épaules, puis, ayant serré la main d'André, il s'éloigna à grandes enjambées, tandis que ce dernier reprenait le chemin de la rue des Beaux-Arts.

Tout en marchant, André Mauval songeait à Antoine de Bersin. Quel être singulier! Au fond, il détestait le travail et ses assujettissements. Il eût aimé la chasse, le cheval, les exercices violents, et il passait toutes ses journées à son chevalet. Il aimait le lit, les longues matinées, et il se levait de bonne heure. Il eût volontiers goûté le monde, les plaisirs de la société, et il vivait à l'écart dans son atelier de la rue Cassini. Il vivait, pour ainsi dire, à contre-sens de lui-même ; mais, dans cet effort continuel, quelque chose de puissant et de profond le soutenait, son âpre désir de célébrité et de gloire. Le hasard d'un don naturel ayant fait de lui un artiste, de toute son énergie, il le développait, le cultivait, ce don. C'était « son bien » et il le faisait valoir comme ses aïeux campagnards avaient fait valoir leur fonds. Le pouvoir de peindre était tombé sur lui, du haut de l'arbre de vie, comme, dans la chevelure du Polyphème de la fontaine Médicis, cette feuille, que, tout à l'heure, André Mauval y voyait suspendue, toute pourprée et dorée d'avoir essuyé les magiques pinceaux de l'automne !

III

C'était un curieux personnage que M. Hubert Mauval, l'oncle Hubert, comme on l'appelait familièrement. D'aussi loin qu'André se le rappelait, il lui retrouvait dans ses souvenirs le même aspect. L'oncle Hubert, en apparence, n'avait pas pris un jour. Il ne devait pourtant pas être jeune, le bon oncle ! Demi-frère de M. Mauval, il était de beaucoup son aîné, mais il semblait que les années ne lui pesassent pas. L'oncle Hubert avait la tête ronde et les cheveux coupés ras. Il portait la moustache et l'impériale, et ces ornements de son visage demeuraient toujours du plus beau noir. Il est vrai qu'ils devaient cette couleur invariable à l'emploi d'une vigoureuse teinture. L'oncle Hubert pouvait donc vieillir impunément sans que

DEUX PROMENEURS QUI S'AVANÇAIENT

l'on s'en aperçût, du moins à son poil. Quant au reste de sa personne, elle ne marquait non plus guère de changement. De taille moyenne, l'oncle Hubert n'avait ni maigri, ni engraissé. Il marchait toujours du même pas militaire, un peu roide. M. Mauval prétendait que son frère cependant n'échappait pas à la loi commune. Il signalait même plusieurs points où l'on voyait que l'oncle Hubert faiblissait. Chaque fois que l'on traitait cette question, M. Mauval finissait par se toucher mystérieusement le front avec son index replié. Au léger toc-toc que produisait ce geste, M. Mauval levait les yeux au plafond, et soupirait.

Malgré ces réserves de M. Mauval, l'oncle Hubert ne s'en portait pas plus mal. Il avait toujours eu, d'ailleurs, une santé excellente, aussi craignait-il extrêmement les maladies. André se souvenait que, pendant une scarlatine assez grave dont il avait été atteint vers l'âge de onze ans, l'oncle Hubert, afin d'éviter la contagion et sous prétexte que sa présence

L'ONCLE HUBERT

ne pouvait être d'aucune utilité, s'était abstenu de paraître rue des Beaux-Arts, se contentant de prendre des nouvelles chez le concierge. Quoique M. Mauval passât beaucoup de choses à celui qu'il appelait volontiers « cet original d'Hubert », il trouva mauvais un tel excès de prudence et alla jusqu'à le qualifier d'égoïsme et de pusillanimité. Il y eut, à ce propos, un certain froid entre les deux frères. Pendant cette période, l'oncle Hubert cessa de venir dîner le mercredi, comme il ne manquait jamais de le faire. Ce fut à cette époque qu'André vit pour la première fois son père faire le geste mystérieux et qu'il entendit le fameux toc-toc qui, maintenant, se répétait de plus en plus fréquemment, lorsqu'il était question, en famille, du pauvre oncle...

Néanmoins, l'oncle Hubert avait fini par reparaître à la maison. Un mercredi, au sortir de table, le bonhomme s'était fait annoncer. André avait couru à sa rencontre. Cet accueil arrangea les choses. Le mercredi suivant, le couvert de l'oncle était mis, comme d'ordinaire, et les dîners recommencèrent comme par le passé. M. Mauval n'avait pas été fâché que cette brouille eût pris fin ainsi. Certes, il n'aurait point fait le premier pas, mais, puisque son frère revenait de lui-même, il avait été content de ce retour. M. Mauval éprouvait un certain plaisir à ce que l'oncle Hubert, une fois la semaine, par tous les temps et en toute saison, fît le chemin de Saint-Mandé, où il logeait, à la rue des Beaux-Arts. La présence régulière de l'oncle Hubert lui causait une secrète satisfaction d'amour-propre. Elle lui constituait une sorte de prérogative de chef de famille, dont il était fier. On se dérangeait pour lui. L'oncle Hubert, en acceptant cette situation et bien que l'aîné, reconnaissait à M. Mauval une qualité prépondérante. M. Mauval, du reste, se trouvait en droit d'y prétendre. Marié, père d'un fils, employé supérieur d'une administration importante, il formait, comme on le disait, « un centre », tandis que l'oncle Hubert, célibataire, sans position, ne tenait aucun rang dans la société. D'ailleurs n'habitait-il pas au diable, presque hors de Paris, dans la banlieue? Il était juste que ce fût lui qui se dérangeât. L'oncle Hubert avait paru trouver bon qu'il en fût ainsi, et c'était lui-même qui, au moment du mariage de M. Mauval, avait mis les relations sur ce pied. Il avait dispensé, une fois pour toutes, son frère et sa belle-sœur de lui rendre ses visites, prétextant son manque d'établissement, la distance, le quartier. Est-ce qu'un vieux garçon est jamais chez lui?

C'était un drôle de corps que l'oncle Hubert, et André s'en était rendu compte assez vite. De même qu'il ne désirait pas qu'on l'allât voir, il détestait qu'on se mêlât de ses affaires ou qu'on l'interrogeât sur ses occupations. A la moindre question sur ce sujet, il se rembrunissait et répondait assez sèchement. On n'en savait jamais que ce qu'il en voulait bien dire. Le reste demeurait mystérieux. Que faisait l'oncle Hubert de ses journées et de ses soirées, où les passait-il, qui fréquentait-il? Sur ce point il était muet. Il possédait une petite fortune, une maisonnette avec un bout de jardin. Jamais il ne se plaignait de sa solitude. L'oncle Hubert, à sa façon, était un sage.

Excellent homme, en outre, il acceptait, aisément, les opinions d'autrui, sans les discuter. M. Mauval appréciait en lui un auditeur complaisant. Sur le développement de l'Union maritime et sur les améliorations des services, M. Mauval pouvait discourir devant son frère sans risque d'être contredit. Le seul point où l'oncle Hubert se réservât d'avoir un avis était celui des questions militaires. Là-dessus, par exemple, l'oncle Hubert se montrait entier et intraitable. Lui seul au monde savait exactement ce que c'était que l'armée, ce qu'elle n'était pas, ce qu'elle devrait être. Organisation, armement, tactique, cela composait son domaine particulier et il ne souffrait guère que l'on s'y aventurât. Il faisait bonne garde à la porte et il eût tiré sur l'intrus!

Cette prétention lui venait de s'être, à dix-huit ans, engagé au 6e régiment de chasseurs à cheval et d'avoir fait la campagne d'Italie et pris part à la bataille de Magenta. Son engagement rempli, il était rentré dans ses foyers avec le grade de maréchal des logis et la médaille de sa campagne dont il se gardait bien de porter le ruban. Pour être reconnu partout comme un ancien militaire, est-ce qu'il avait besoin de ces insignes? Son impériale et son allure martiale ne suffisaient-elles pas? M. Mauval cependant prétendait que si son frère traînait un peu la jambe en marchant, c'était pour faire croire à quelque ancienne blessure. Au fond, l'oncle Hubert n'eût pas été fâché d'être estropié. Ce désagrément lui eût valu la croix, qu'il avait pourtant aussi bien méritée qu'un autre pour sa belle conduite à Magenta. Mais la justice n'est pas de ce monde, et l'oncle Hubert, tout en pestant contre le passe-droit dont il se jugeait victime, n'en gardait pas rancune à son ancien métier et continuait à s'y intéresser. Tout ce qui concerne la défense nationale n'avait cessé de le préoccuper, et il s'en était fait en famille une sorte de spécialité devant laquelle on devait s'incliner.

C'était par cet incontestable prestige militaire que l'oncle Hubert s'était imposé à l'admiration de son neveu. Comme tous les enfants, le jeune André avait eu la passion des soldats de plomb. Il en possédait toute une armée qu'il rangeait méthodiquement et furieusement en bataille. L'oncle Hubert avait été l'arbitre naturel de ces jeux. Aussi André attendait-il avec impatience le mercredi de chaque semaine. Au coup de sonnette de l'oncle, il accourait. Le dîner lui semblait interminable. Le repas fini, André, au moment où madame Mauval se levait de table, écoutait avec délice l'oncle Hubert proférer cette phrase traditionnelle : « Allons, ma chère belle-sœur, je sais que vous n'aimez pas le tabac; je vais rester ici en fumer une... le petit me tiendra compagnie... »

Ces paroles retentissaient joyeusement aux oreilles d'André. Alors, tandis que monsieur et madame Mauval se retiraient au salon, il courait chercher les boîtes où s'entassaient fantassins, cavaliers et artilleurs. Il sortait les forts de fer-blanc, les citadelles de carton, et, les assiettes et les verres repoussés, il s'installait sur un coin de la nappe. Instant délicieux! L'oncle Hubert tirait de sa poche sa blague en vessie de porc, bourrait sa petite pipe à long tuyau noirci, et la revue commençait. L'oncle Hubert, entre deux bouffées, répondait aux questions de son neveu et lui prodiguait les enseignements de sa science stratégique. L'odeur du plomb verni se mêlait à celle de la pipe dont la fumée semblait à André la fumée même de la gloire!

Plus tard, lorsque, André grandissant, les soldats de plomb l'intéressèrent moins, ces soirées belliqueuses du mercredi avaient continué à être pour lui pleines d'attraits. Quelles belles histoires de batailles André y entendait de la bouche fumante de l'oncle Hubert! L'oncle Hubert les renforçait de ses souvenirs personnels. Ingénument, il incorporait à ses récits de témoin oculaire des traits et des anecdotes qu'il avait lus. Ce n'était plus seulement à la campagne d'Italie que le vétéran semblait avoir pris part, mais à celles de Chine, de Crimée et du Mexique. Les grandes guerres même du premier Empire lui paraissaient si familières qu'on eût dit qu'il avait assisté à leurs journées fameuses. Tout cela se confondait dans l'esprit d'André et y formait un lointain glorieux sur lequel l'oncle Hubert se détachait avec une allure de héros. André en concevait pour son oncle une grande admiration, et il ne pouvait s'empêcher de frémir d'une émotion guerrière quand M. Hubert Mauval lui faisait tâter dans sa gaîne de cuir le revolver qu'il portait sur lui et qui lui devait permettre de faire face aux mauvaises rencontres où l'exposait sa rentrée tardive dans un quartier si mal fréquenté!

Malheureusement, tout n'a qu'un temps, et le moment vint où les préoccupations militaires d'André passèrent au second plan. Les récits de l'oncle Hubert, trop souvent répétés, commencèrent à moins exciter l'admiration de son moins naïf auditeur qu'à exercer sa critique naissante. Certaines invraisemblances lui apparurent. L'oncle Hubert, par exemple, avait-il joué exactement le rôle qu'il s'attribuait, à Magenta? A mesure que la crédulité d'André diminuait les choses que lui avait longtemps représentées son héros, maintenant suspecté, perdaient peu à peu de leur intérêt. Le mystérieux toc-toc de M. Mauval prenait pour André un sens plus clair. Avec cela, il se sentait de plus en plus indifférent aux discours d'armements, de réformes, de tactique dont son oncle l'entretenait.

Aussi voyait-il avec moins de joie monsieur et madame Mauval quitter la table et le laisser en tête à tête avec l'oncle Hubert, sa blague en vessie de porc et sa pipette. Il aurait aimé à parler d'autres sujets, mais avec l'oncle Hubert il n'y fallait pas songer. Certes, André l'aimait toujours bien, le bon oncle, mais parfois, en l'écoutant, il bâillait, et il rêvait aux moyens d'abréger la fumerie de la petite pipe qui ne remplissait plus la pièce du même nuage héroïque et magique qu'autrefois!

A présent qu'André Mauval avait dix-neuf ans, la société de l'oncle Hubert l'ennuyait franchement et, chaque semaine, il voyait approcher avec mélancolie le jour où il lui faudrait subir les discours d'après dîner de l'excellent homme. Pourtant, l'oncle Hubert l'entretenait moins de Magenta, des nouvelles balistiques et des innovations tactiques. M. Hubert Mauval agitait une autre marotte. La politique l'occupait aussi et il faisait confidence à André de ses prévisions en la matière. L'oncle Hubert s'inquiétait. Il apercevait toujours des « points noirs à l'horizon ». A l'entendre, on était toujours à la veille de complications européennes ou l'avant-veille d'une conflagration générale. La guerre lui paraissait hebdomadairement inévitable, et la guerre, avec une armée comme la nôtre, c'était la débâcle, la capitulation, le démembrement. Ces pronostics agaçaient André. Si la guerre devait arriver, personne ne pouvait empêcher qu'elle n'eût lieu. A quoi bon s'alarmer d'avance? Ce serait un mauvais moment à passer, et chacun ferait de son mieux. Après, on verrait bien? Au fond, il ne croyait pas aux prophéties désastreuses de l'oncle Hubert. Sa jeunesse et son optimisme involontaire se révoltaient instinctivement contre ces idées de défaite : mais si, parfois, il objectait à l'oncle que la France était tout de même une grande nation, et son armée tout de même une armée ; ses canons, des canons ; ses fusils, des fusils ; ses soldats, des soldats, M. Hubert Mauval soupirait si profondément, en tirant sa barbiche d'un air désespéré, qu'André n'osait espérer réellement que notre pays n'en fût pas au degré dernier de la faiblesse, de l'impuissance et de la décomposition!

Quelquefois, André Mauval avait essayé de se dérober à cette corvée du mercredi, en prétextant quelque sortie avec des camarades. Madame Mauval l'aidait obligeamment à ces subterfuges ; mais, le mercredi suivant, le pauvre oncle semblait si peiné de l'absence précédente de son neveu qu'André s'était résigné. Pourquoi chagriner un brave homme, et qu'il aimait? D'ailleurs, il était porté à cette généreuse abnégation par un sentiment de reconnaissance. Cette reconnaissance datait de quelques années déjà. Ah! ce soir-là, l'oncle Hubert ne lui avait pas paru ennuyeux!

André Mauval avait environ quinze ans, quand s'était produit l'événement auquel il devait la gratitude qu'il conservait pour son oncle. Ce jour-là, comme il rentrait — et c'était justement un mercredi — la femme de chambre de sa mère était venue lui ouvrir la porte. Cette fille, jolie, jeune et coquette, se nommait Rosine. Rosine! à ce souvenir, le cœur d'André battait plus vite. Rosine!... Pendant qu'il accrochait son pardessus au portemanteau, il la sentait derrière lui. Soudain, il s'était retourné. Il la considérait, riante et sournoise. Quelque chose de brusque et de violent s'était passé en lui. Incapable de résister à la tentation de cette peau fraîche, hardiment, la taille de Rosine saisie entre ses mains avides, d'un baiser sonore, il avait baisé dans le cou la chambrière, au moment où madame Mauval traversait le vestibule, d'où elle s'enfuyait en poussant un cri.

André se ressouvenait du drame qui suivit cette surprise : madame Mauval indignée et pleurant, M. Mauval, prévenu du scandale, sévère et méprisant, et la scène pathétique qui était résultée de cette incartade, due aux conversations d'une promenade au Luxembourg avec l'ami Elie Drevet, où l'on avait parlé femmes en fumant les premières cigarettes, et les remontrances, et sa chambre où on l'avait consigné, et le repas apporté par la cuisinière goguenarde, et les larmes de regret et de honte qu'il avait versées, affreusement honteux d'avoir été surpris par sa mère en cette caresse inconvenante. Il s'était jugé comme déshonoré à ses yeux. Il aurait voulu mourir, et cependant Rosine était bien jolie et sa peau était douce! C'était au milieu de ces sentiments qu'était apparu l'oncle Hubert. André, en le voyant entrer dans la chambre, avait rougi jusqu'aux oreilles. Qu'est-ce que l'oncle Hubert allait lui dire? Joindrait-il ses reproches à ceux de monsieur et madame Mauval pour blâmer, lui aussi, ce méfait ancillaire? Cependant l'oncle ne semblait pas avoir de mauvaises intentions. Tandis qu'André, debout, baissait la tête avec confusion, l'oncle Hubert s'était avancé une chaise. Assis à califourchon, comme il aimait à le faire, il avait sorti de sa poche sa blague et sa pipe. Au bruit de l'allumette, André avait levé les yeux. Du milieu d'un nuage de fumée, l'oncle Mauval considérait son neveu, amicalement. Enhardi, André s'était rassis. Par contenance, il avait bu quelques gouttes de dans un gros rire : « Eh bien, clampin, j'en apprends de belles sur ton compte. Mes compliments, mon garçon ; il paraît que tu aimes le tablier... »

Et, comme André le regardait, stupéfait,

D'UN BAISER SONORE

vin demeurées au fond de son verre. Soudain, comme il le reposait sur le guéridon, il avait senti la main de l'oncle qui lui tapotait le genou, en même temps que sa voix lui disait il ajoutait en tirant une bouffée de sa pipe : « Ma foi je te comprends... la mâtine est jolie... Ah ! mon gaillard ! »

André avait eu envie de sauter au cou de

l'oncle Mauval. Quoi ! aucun blâme et aucun reproche, bien plus une sorte d'indulgence sympathique ! Mais alors ce baiser dérobé n'avait donc rien que de naturel? Sa faute était donc pardonnable ? Il n'était donc pas un monstre puisque son oncle s'amusait de cette frasque et concluait : « Une autre fois, tâche au moins de ne pas te faire pincer, que diable, mais, ma parole, ton affaire ne valait pas tant de train ! D'ailleurs, j'ai tout arrangé. Dame ! Rosine prendra la porte demain, mais on te laissera tranquille. »

A mesure que l'oncle Hubert parlait, mélancoliquement de ses yeux sournois et de sa nuque ferme et fraîche.

Déjà, en ce temps-là, il commençait à s'occuper des femmes. De bonne heure, il avait été sensible à leur beauté et à leur grâce. Enfant, au Luxembourg, aux Tuileries, il recherchait la société des petites filles. Quelles bonnes parties il avait faites avec les petites Jadon ! Leur père, M. Jadon, était le collègue de M. Mauval à l'Union maritime. On se rencontrait aux promenades... Comme il les avait aimées, ces trois Jadon, toutes trois ses aînées, car la plus jeune avait maintenant vingt et un ans et

DEVANT UNE ARMOIRE A GLACE

André se sentait soulagé. Demain, personne ne songerait plus à sa peccadille. Il lui semblait que la vie reprenait son cours. Et c'était l'oncle Hubert qui accomplissait ce miracle, et il lui apparaissait, à califourchon sur sa chaise, dans la fumée de sa pipe, comme un génie indulgent et libérateur !

André repensait souvent à cette aventure, le mercredi, quand l'oncle Mauval, après dîner, entamait ses propos favoris, et souvent aussi, tout en l'écoutant distraitement, il songeait à cette jolie Rosine de ses quinze ans. Qu'était-elle devenue après sa sortie de la maison? Et il se souvenait

la plus âgée vingt-cinq, Étiennette, Eugénie et Louise, compagnes de ses jeux ! Il avait éprouvé pour elles des sentiments violents, car l'enfance a ses passions. Malheureusement, les petites Jadon, devenues mesdemoiselles Jadon, avaient, en grandissant, perdu toute grâce et toute beauté et André s'était désintéressé d'elles ; mais, par contre, il s'était intéressé à certaines personnes qui venaient à la maison, dont la figure et la présence lui plaisaient, qu'il observait avec une attention singulière et auxquelles il songeait quand elles n'étaient plus là.

De celles-là, une, en particulier, l'avait troublé. Elle s'appelait Charlotte Leroi. Elle avait trente ans et n'était pas mariée. Madame de Sarny l'avait invitée à Varangeville, où les Mauval passaient l'été. Mademoiselle Leroi était agréable, un peu grasse, avec un visage frais, de beaux yeux intelligents et tendres. Orpheline, elle vivait seule. Tout de suite, elle avait plu à André. Elle se montrait très gentille avec lui. Ils se promenaient souvent ensemble. Elle ne dédaignait pas de faire sa partie de tennis. A cette époque, André avait quatorze ans. Il était à la fois très joueur et très raisonnable. Souvent, quand il marchait dans les allées à côté de mademoiselle Leroi, il considérait, à la dérobée, sa taille souple et son allure élégante. Un matin, avant le déjeuner, sa tante, madame de Sarny, l'avait envoyé porter à mademoiselle Leroi une dépêche qui venait d'arriver pour elle, mademoiselle Leroi étant remontée dans sa chambre pour enlever son chapeau. A la porte, André avait frappé. La voix de mademoiselle Leroi lui avait crié : « Entrez. » Mais, sur le seuil, il s'était arrêté, rouge jusqu'aux oreilles. Mademoiselle Leroi, debout devant son armoire à glace, en jupon et en corset, rajustait sa coiffure. André voyait la blanche poitrine, les aisselles ombrées, les bras levés et nus. Mademoiselle Leroi s'était mise à rire en disant simplement : « Une dépêche! donnez, André », et elle avait ajouté : « Je croyais que c'était la femme de chambre. » André s'était enfui. A table, il n'avait pas détourné les yeux de son assiette. Dans l'après-midi, il était allé s'asseoir dans le petit bois de pins, sur la falaise. La mer était grise. Le vent balançait les cimes flexibles. Il faisait doux et tiède, il avait envie de pleurer.

A la suite de cette petite scène, André Mauval avait traversé une période assez trouble et dont il ne se souvenait pas sans un certain malaise, période si l'on peut dire, de curiosité sexuelle et organique. Les femmes lui apparaissaient comme des êtres physiquement mystérieux auxquels il réfléchissait longuement avec un mélange de précision et d'incertitude. Ce fut une époque de lectures défendues, de conversations chuchotées. Son ami Elie Drevet, plus avancé que lui, l'avait mis au courant de bien des choses. Il en éprouvait, lui, André, une curiosité en quelque sorte désintéressée et qui ne correspondait à aucun désir. Le baiser donné à Rosine avait été plutôt une bravade. Drevet ne se vantait-il pas de bien d'autres prouesses!

La sienne avait eu, pour André, une conséquence très nette. Des rêveries vagues où il s'était tenu jusqu'alors, elle l'avait fait passer à des vœux plus réels. Ses songeries, à partir de ce jour, eurent un but. Elles le préparaient à un acte dont il savait la nature, dont il anticipait en pensée l'accomplissement et dont il prévoyait, selon l'occasion plus ou moins proche, le moment.

M. MAUVAL

Cette occasion s'était présentée par l'entremise de Drevet et à peu près comme André venait d'avoir seize ans. Une fille de brasserie, dont Drevet lui fit faire la connaissance, aida son inexpérience. Elle habitait une petite chambre rue Monsieur-le-Prince. André la visita assez régulièrement pendant quelques mois, puis, soudain, il cessa de la voir sans chercher à la remplacer. Son anxiété sensuelle une fois satisfaite, il s'en tint là. Puis survint une phase de sentiment. André se crut un grand amour pour mademoiselle Leroi. Il aima ensuite passionnément plusieurs héroïnes de romans et plusieurs figures de tableaux célèbres. L'atelier d'Antoine de Bersin mit fin à ce platonisme. André eut plusieurs maîtresses : modèles, filles du quartier, petites ouvrières. Sans s'attacher fortement à aucune d'elles, il en apprit le goût du plaisir, mais, à courir ainsi à droite et à gauche, il gardait au fond du cœur le désir de caresses plus fidèles, plus délicates, plus ardentes. Il se demandait avec angoisse et mélancolie s'il ne connaîtrait jamais le véritable amour! Quand il s'en irait vers les pays lointains où le mènerait la carrière que lui assignait la volonté paternelle, n'emporterait-il donc aucun de ces beaux souvenirs qui font rêver les exilés et qui mêlent, dans la mémoire, à l'amertume de l'absence, la douceur d'une image aimée?

IV

André Mauval boutonna vivement son pardessus. Une bise aigre soufflait. Heureusement que, ce matin, au moment de partir pour le cours, il avait trouvé, accroché dans le vestibule, son paletot d'hiver que madame Mauval y avait substitué à celui de demi-saison. Levée de bonne heure, madame Mauval avait consulté le thermomètre et constaté que la température du dehors comportait cette modification. A déjeuner, ce sujet alimenta la conversation. Décidément c'était l'hiver et décembre s'annonçait comme rigoureux. A l'Union maritime, des dépêches reçues disaient que les gros temps régnaient en Méditerranée. Le *Palikao*, revenant de Chine, avait dû rencontrer une violente tempête au large d'Alexandrie, car on ne le signalait pas encore de Palerme. Ce retard, sans être inquiétant, commençait cependant à devenir anormal. Le paquebot avait-il subi quelque avarie? Et M. Mauval caressait ses favoris bien taillés qui lui donnaient l'air d'un marin. A s'occuper des navires, il avait pris dans l'allure on ne savait quoi de maritime. Fréquemment, il employait dans ses discours des termes nautiques. Ce jour-là, M. Mauval était un peu nerveux. Il éprouvait souvent des soucis de cette sorte. La mer est périlleuse et perfide. Madame Mauval, quand son mari lui faisait part de ces préoccupations, soupirait tristement. Si M. Mauval, du fond de son confortable bureau, n'avait à redouter des bourrasques que de sédentaires ennuis, il n'en serait pas de même pour son fils, quand celui-ci s'aventurerait sur les flots et que, jeune consul, il lui faudrait regagner, au milieu des tempêtes, quelque lointain poste d'outre-mer. Et la pauvre madame Mauval, à cette perspective, voyait tourbillonner dans sa pensée les trombes du Pacifique et les cyclones de l'Océan Indien. Aussi, tandis que M. Mauval dissertait sur le retard du *Palikao*, avait-elle mélancoliquement regardé André manger sa côtelette, heureuse tout de même à songer que la bise qui siffle au coin des rues de Paris est moins redoutable que les grands vents qui soufflent aux plaines mouvantes de la mer. Néanmoins, et bien qu'elle fût rassurée par l'appétit qu'il montrait, elle trouvait à son fils les yeux battus. Pourvu qu'il n'eût pas pris froid! Et, en elle-même, elle avait énuméré les dernières précautions que lui avait dictées sa prudence maternelle : le pardessus chaud substitué à temps au mince paletot, le bon vrai feu de bois et de coke, au lieu de la flambée de brindilles et de pommes de pin des matins d'automne, qu'elle avait fait allumer, dans la chambre de son fils, en recommandant qu'on l'y entretînt soigneusement, dans l'espoir qu'André passerait sa journée à la maison. Mais, hélas! les prévisions casanières de madame Mauval avaient été trompées, car André, à peine son père retourné au bureau, avait manifesté l'intention de sortir lui aussi pour faire un tour. Quelle rage ont donc les jeunes gens à vouloir toujours être dehors et quel besoin pour André d'aller voir son ami Antoine de Bersin, en ce quartier perdu de l'Observatoire et par ce temps glacial! Mais Andre n'avait pas paru s'apercevoir de la déception qu'il causait à sa mère et, après avoir été tendrement embrassée, elle l'avait entendu fermer la porte de l'appartement et dégringoler l'escalier.

Une fois sur le trottoir, André Mauval s'était orienté. En somme, malgré cette bise désagréable, le temps n'était pas mauvais. Le ciel purifié luisait d'un bleu vif et fin. Au bout de la rue, le bâtiment de l'École des Beaux-Arts se dressait, précédé de sa cour que fermait une grille. André aimait cette perspective et ce décor un peu théâtral qui semblait attendre les acteurs de quelque drame historique. Au fond, le palais; devant, la grande cour pavée, avec ses statues, ses colonnes, ses débris d'architecture, ses façades rapportées. Tout cela composait un ensemble assez harmonieux.

Au centre de Paris, c'était comme une sorte de forum artificiel où l'antique, le gothique et le renaissant voisinaient en un raccourci pittoresque. Ce mélange instructif était agréable aux yeux. Souvent, quand il faisait beau, André, en sortant de chez lui, entrait là, un instant, fumer sa cigarette, en rôdant parmi les vieilles pierres. En été, elles exhalaient une odeur de soleil et de ruines. Des pigeons se promenaient gravement sur les pavés, entre lesquels poussaient, çà et là, quelques brins d'herbe, ou roucoulaient perchés sur les chapiteaux. Quelquefois, après avoir franchi des couloirs obscurs, frais et sonores, André pénétrait dans l'ancien cloître des Augustins. A l'un des murs de l'enclos est appliqué le moulage peint d'une frise de Della Robbia. Les figures coloriées du vieux maître toscan donnent à cet endroit tranquille un vague aspect florentin. Au milieu du préau, un petit bassin miroite parmi des verdures d'arbustes. Les arcades abritent le monument d'Henri Regnault. André aimait ce lieu retiré et un peu funèbre. L'hommage désolé de la Muse de Chapu à l'héroïque soldat de Buzenval, au glorieux jeune homme mort en pleine vie, l'émouvait. Il s'attristait à la mélancolie de ce destin.

Sans être artiste, André Mauval goûtait les belles choses. Non qu'il eût le désir d'en produire, mais il aimait à en jouir. Il n'était indifférent ni à la musique, ni à la poésie, ni aux autres arts. Son ami Antoine de Bersin, n'avait pas été, sur ce dernier point, sans influence sur lui, en ouvrant ses yeux à l'œuvre des grands peintres. Grâce à Bersin, le musée du Louvre devint pour André autre chose qu'un promenoir où l'on se réfugie aux jours de pluie. De son côté, son autre ami, Elie Drevet, qui, dès le collège, sur les bancs de Louis-le-Grand où ils s'étaient connus, rimait, lui avait fait lire les poètes et lui avait communiqué son admiration enthousiaste pour Marc-Antoine de Kerdren. Certes André, sensible aux beaux vers, appréciait fort ceux des *Poèmes d'amour*, mais son goût littéraire ne s'en tenait pas là, comme celui de Drevet. Pour Drevet, plus exclusif, la langue des dieux valait seule la peine d'être parlée, tandis qu'André ne dédaignait pas la prose et prenait un plaisir très vif à lire des romans. L'attrait qu'ils exerçaient sur lui n'était pas, d'ailleurs, purement littéraire. Il était trop jeune pour qu'il en fût ainsi. Ce qui le séduisait dans un roman, c'en était l'intérêt passionnel et psychologique, et, surtout, le rôle que les femmes jouent dans les inventions des romanciers. Les romans l'aidaient à imaginer la vie et l'amour. Ils lui servaient de manuels moraux et sentimentaux. Si les poètes lui apparaissaient des personnages divins, les romanciers lui semblaient des êtres plus humains, quoique toujours merveilleux, car ils sont comme les oracles des secrets du cœur. Aussi, lorsque, récemment, un matin, au Luxembourg, Antoine de Bersin lui avait montré Marc-Antoine de Kerdren en compagnie de Jacques Dumaine, le célèbre auteur des *Liaisons bourgeoises*, s'il eût osé les aborder, c'eût été pour dire à Kerdren son admiration et son respect, tandis que, Dumaine, il eût souhaité de l'interroger familièrement sur cet infini sujet de l'amour et des femmes dont il savait, lui, Dumaine, les mystérieuses complications et l'inextricable détail.

Il est vrai qu'André avait jusqu'à un certain point pour cet office ses amis Bersin et Drevet, l'un et l'autre inépuisables sur ce chapitre. Mais, toujours amoureux, ils l'étaient différemment. Quel curieux garçon que ce Drevet, emballé, lyrique, puis tout à coup goguenard et cynique, avec un singulier mélange d'exaltation et de bouffonnerie ! Il décrivait toujours les objets de sa passion comme uniformément admirables. Ses maîtresses, car il s'en prétendait de nombreuses, étaient toujours, toutes, à l'entendre, d'une miraculeuse beauté. Cette particularité exceptée, il était impossible de découvrir à quelle catégorie sociale appartenaient ces déesses invisibles, qu'il se contentait de célébrer en vers enflammés. Mais, s'il était à leur endroit singulièrement discret et vague, il se montrait, sur les exploits physiques par lesquels il leur prouvait sa flamme, beaucoup moins réservé et ne se privait pas d'en donner les détails les plus précis et les plus complets. Il avait à se mettre, pour ainsi dire, nu devant vous, une impudeur incroyable. Cette manie était rendue plus bizarre encore par son aspect malingre et chétif. Cet Hercule était d'une pauvre santé, ce qui laissait des doutes sur la réalité de ses prouesses, de même que sa mine chafouine et vilaine n'expliquait guère les succès qu'il s'attribuait et qu'il chantait en poèmes éthérés, sonores, vaporeux, d'une poésie presque immatérielle.

Néanmoins ce rêveur était loin de se laisser absorber par son rêve. Au contraire, il voyait la vie avec des yeux fort clairvoyants. Sur le comique des gens et des choses il abondait en aperçus cocasses et drôles, mais, ce côté satirique de son esprit, il était incapable de le traduire par écrit. La plume en main, Drevet perdait la notion de la réalité. Ce n'étaient plus que des roses, lis, pourpres, ors ! Sa faculté d'observation ne s'exerçait que dans sa conversation où elle s'exprimait par une sorte d'humour caustique qui réjouissait André et divertissait fort Antoine de Bersin.

Celui-là, en amour, bien différent de Drevet parlait de lui le moins possible, mais assez volontiers des femmes qu'il lui arrivait de posséder. Certes, en peintre, il était sensible à leur beauté corporelle, mais, une fois qu'il en avait goûté le plaisir, rien ne l'amusait davantage que d'étudier ses maîtresses. Ces enquêtes psychologiques lui avaient meublé la mémoire d'assez curieuses observations. Il ne conservait de ses découvertes ni rancune, ni mépris ; mais, quand il avait bien pénétré un caractère et qu'il en connaissait bien les ressorts, il éprouvait une sorte de satisfaction

ALICE LANQUEREAU

et de repos. La vérité, c'est qu'il ne voulait être dupe de rien ni de personne. Les seules choses qui l'occupassent réellement et lui tinssent véritablement au cœur étaient son art et son ambition. Il s'y subordonnait tout entier. Cet égoïsme, d'espèce particulière, ne l'empêchait pas d'avoir de l'amitié pour ses amis. Il aimait beaucoup Elie Drevet et André Mauval. André se rendait compte de cette affection et en était fier. Le grand regret des jeunes gens est d'être jeunes, et l'amitié de leurs aînés est comme un adoucissement à la honte qu'ils ont de leur jeunesse.

En songeant à tout cela, André Mauval était arrivé rue Cassini, devant la maison où habitait Antoine de Bersin. Bersin y occupait un petit appartement attenant à un bel atelier. L'immeuble avait bon aspect. Bersin détestait le débraillé de la vie et la bohème. Sa seule concession au monde d'artistes qu'il fréquentait avait été le feutre, le pantalon bouffant et la cape à l'espagnole. Pour le reste, il vivait bourgeoisement, servi par une vieille bonne qui lui accommodait les provisions que son père lui expédiait de sa province et auxquelles le bonhomme joignait, en temps de chasse, des bourriches de gibier. Antoine de Bersin, d'ailleurs, était fort à l'aise. Sa mère, en mourant, lui avait laissé une quinzaine de mille francs de rente qui lui permettaient d'attendre commodément l'époque où s'ajouteraient à son revenu les profits de son pinceau. Sur ce point sa certitude était parfaite. Il saurait gagner de l'argent et serait un grand peintre...

Cependant André Mauval avait sonné à la porte de l'appartement. Elle s'ouvrit, mais la carrure trapue de la grosse Annette barrait le chemin.

— Monsieur est souffrant. Il a donné l'ordre de ne pas recevoir.

André pinça les lèvres. Il éprouvait toujours à ces sortes de réponses un soupçon pénible. N'était-ce pas une leçon que lui valait l'importunité de ses vingt ans? Comme il interrogeait la vieille femme sur l'indisposition de Bersin, la portière qui fermait l'atelier s'écarta et une voix l'interpella :

— Ah ! c'est vous, monsieur Mauval. Antoine veut vous voir. Entrez donc. Par exemple, ne faites pas attention à mon costume.

Mademoiselle Alice se montrait. Elle portait une élégante robe de chambre et minaudait avec un geste non sans coquetterie qui faisait valoir, sur l'étoffe rouge de la portière soulevée, la rondeur de son bras nu.

Mademoiselle Alice — de son vrai nom Alice Lanquereau — était depuis environ six mois la maîtresse d'Antoine de Bersin. Petite personne blonde, grassouillette, avec une jolie taille et une gentille tournure, elle avait de beaux cheveux, le visage clair, de beaux yeux, la bouche agréable, encore que facilement boudeuse, le nez charnu, un peu rond du bout. Certes, il n'offrait rien de choquant, ce nez, mais on le sentait pourtant le point dangereux du visage ! Un rien de plus, et il serait un peu trop gros. Il deviendrait un gros nez. Tel qu'il était il n'y avait rien à en dire, mais il avait on ne savait quoi de menaçant pour l'avenir. On prévoyait que sur lui se porteraient les premières atteintes de la maturité. On devinait, dans sa forme et sa substance, une sorte d'élasticité encore au repos qui le rendrait propre aisément à s'augmenter et à se distendre. Malgré cela, mademoiselle Alice demeurait plaisante à voir. Sa voix était douce avec des sécheresses subites.

Elie Drevet qui, d'ordinaire, était toujours amoureux, au moins le temps d'un sonnet, des maîtresses d'Antoine de Bersin, ne paraissait pas avoir grande sympathie pour celle-là. André, lui, n'avait pas d'opinion. Alice ne lui plaisait ni ne lui déplaisait. Il

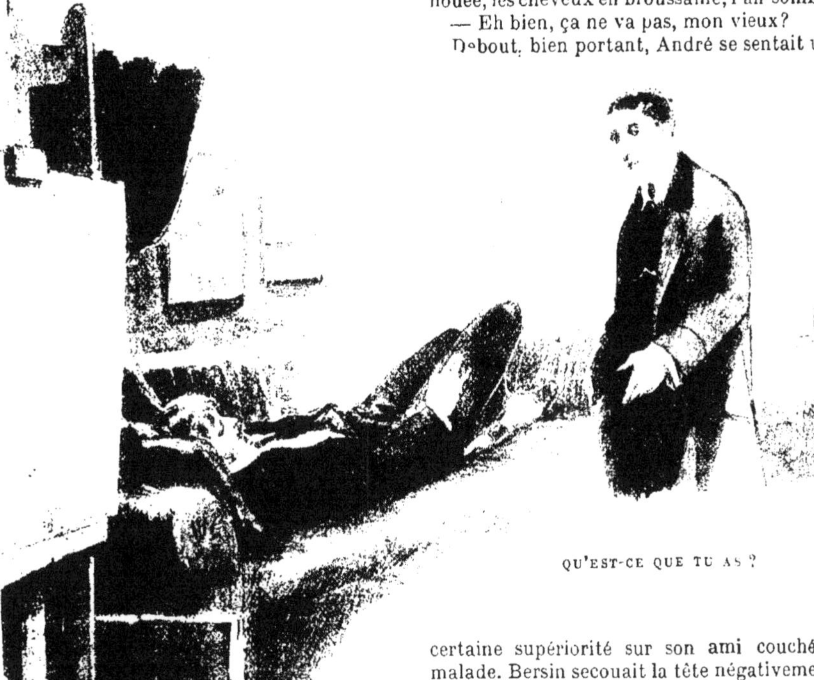

QU'EST-CE QUE TU AS ?

appréciait en elle une certaine éducation. Alice même abusait un peu de cet avantage et posait volontiers à la personne distinguée. Elle savait l'orthographe et s'exprimait correctement. Elle était d'une catégorie supérieure à celle des maîtresses ordinaires de Bersin, et c'était justement ce qui avait déterminé le peintre à la prendre chez lui, contre son habitude.

Pendant que mademoiselle Alice laissait retomber la draperie derrière André, Antoine de Bersin, soulevé du divan sur lequel il était allongé, tendait la main au jeune homme. Antoine avait les traits tirés, la cravate mal nouée, les cheveux en broussaille, l'air sombre.

— Eh bien, ça ne va pas, mon vieux?

Debout, bien portant, André se sentait une certaine supériorité sur son ami couché et malade. Bersin secouait la tête négativement, André s'inquiéta.

— Voyons, qu'est-ce que tu as?

— Mais il n'a rien, monsieur Mauval, il n'a rien du tout. Il a simplement peur d'avoir mal. C'est vrai ce que je dis, gros loup !

Mademoiselle Alice caressait, en minaudant, la chevelure en désordre du peintre visiblement agacé. Elle reprit :

— Mais, oui, tu as beau me faire de gros yeux, c'est ainsi. Oui, monsieur Mauval, monsieur est nerveux. On a mal dormi. Il avait peut-être un petit mouvement de fièvre... Il était chaud et on ne pouvait pas toucher ses jambes... Oh ! mais je vous donne des détails bien intimes, monsieur Mauval !

Elle pinça les lèvres et fit une petite moue effarouchée, et ajouta, comme si elle se parlait à elle-même :

— Non, le gros loup n'a rien. Il a maintenant la main fraîche et la joue, donc. Il va prendre un cachet, et, cette nuit, il fera un bon dodo auprès de son petit poulet, et demain il n'y paraîtra plus.

Doucement, elle lui tapota les joues, puis, avec un air important de garde-malade, elle se dirigea vers la chambre voisine où on l'entendit agiter des clés, ouvrir des tiroirs. André s'était approché d'Antoine de Bersin qui pianotait des doigts sur un coussin.

— Vrai, qu'as-tu?

Antoine de Bersin renversa la tête en arrière :

— Je crois, en effet, que je n'ai rien, ou plutôt si, tiens, je suis embêté, embêté !

Les dents serrées, il fronçait les sourcils. Alice rentrait avec les cachets et un verre d'eau. Elle approchait du pas digne d'une dame de charité au chevet d'un moribond.

— Tenez, monsieur, avalez cela.

Elle avait mis le cachet entre ses lèvres, et, penchée sur le divan, elle le tendait à la bouche d'Antoine. Ironique, il goba la pastille d'hostie, tout en caressant d'un geste indiscret et familier la croupe rebondie de la jeune femme. Alice se redressa, vexée :

— Oh ! Antoine...

André se retenait pour ne pas rire. Dans la glace, il vit la figure irritée d'Alice qui s'éloignait avec le verre vide et qui sortit en claquant la porte. Antoine avait fermé les yeux. Du fond de l'atelier, un grand épagneul roux, qui y dormait près du poêle, s'étira et se leva au bruit. Ses ongles crissaient sur le parquet. Il traversa lentement la pièce et vint poser son museau sur la main d'Antoine en le considérant de son beau regard doré. Le peintre secoua les longues oreilles du chien.

— Mais oui, mais oui, mon bel Hector ! Je sais ce que tu veux me dire. Tu t'embêtes aussi, toi? Hein ! est-ce qu'on ne serait pas mieux là-bas, en Poitou, que dans ce sale Paris?... Oui, un jour froid et clair comme aujourd'hui. Depuis le matin, on aurait battu les champs, avec de gros souliers, à tirer les perdrix qui partiraient de loin, ou bien on aurait couru les bois, sur un bon cheval qui fumerait dans l'air gelé, à crier : taïaut, après la meute. Et puis le soir viendrait. Le ciel serait tout rose à travers les branches noires. On aurait les pieds lourds et mal aux fesses. On dînerait, comme on dîne aux retours de chasse, à la fois crevant de faim et engourdi de fatigue, avec un grand feu dans le dos. Ensuite, on dormirait comme une brute, sans penser à rien pour recommencer le lendemain... N'est-ce pas, Hector, brave chien, que c'est ça que tu veux me dire en remuant la queue? C'est une vie, ça, au moins. Qu'en penses-tu, André? Et c'est celle que mène mon Nemrod de père. Il m'a justement écrit, ces jours derniers, qu'il chassait comme un enragé, et je crois bien que c'est sa lettre qui m'a fichu le spleen.

L'épagneul écoutait et semblait comprendre les paroles de son maître. Le jour diminuait dans l'atelier obscur où la porte de fonte du poêle de faïence était rouge. La bonne apporta les lampes. Il y eut un silence. Antoine de Bersin reprit :

— Aussi, pourquoi diable la nature m'a-t-elle donné du talent? Est-ce que j'avais besoin de ça, je te demande un peu? Maintenant, me voilà pris dans l'engrenage. Est-ce que j'étais fait réellement pour les sacrifices que l'art exige? Ah! je sais bien qu'il y a des compensations, c'est entendu. On devient célèbre. On a des croix, des honneurs. On gagne de l'argent. Et puis après? Quand tout cela vous arrive, on est vieux, usé, fini. Le temps a passé et on a rien eu de ce qu'on eût souhaité. On n'a pas aimé les êtres qu'on aurait dû aimer ; on a laissé échapper bêtement ce qui aurait été le plaisir, la joie, le bonheur...

Il y avait dans la voix d'Antoine de Bersin une colère contenue, une amertume inaccoutumée. André connaissait déjà ce paradoxe du peintre, mais aujourd'hui Antoine s'exprimait avec un accent de sincérité dont André était ému. Il aurait voulu savoir la raison de cet accès de tristesse. Antoine de Bersin souffrait. André lui avait pris la main. Timidement, il balbutia :

— Qu'avez-vous, Antoine?

D'ordinaire, André Mauval tutoyait Bersin. Dès leurs premières rencontres, Antoine avait établi l'usage de ce tutoiement, mais, en ce moment, il répugnait à André. Il lui semblait que le « vous » respectait mieux la peine de son ami et haussait la conversation au-dessus du ton de camaraderie qui existait d'habitude entre eux. Antoine de Bersin avait senti la nuance.

— Eh oui, mon cher André, je sais que vous m'aimez bien et que vous êtes un bon cœur. Pardonnez-moi ces plaintes ridicules, mais aujourd'hui ça ne va pas. C'est que, voyez-vous, j'ai fait, avant-hier, une rencontre qui m'a été très pénible. J'en ai été malade toute cette nuit. Mais je ne sais pas, mon pauvre André, pourquoi je vous raconte cela. Tant pis, cela me dégonflera...

Pendant son année de service militaire à Poitiers, Antoine de Bersin avait été très cordialement accueilli par un ancien ami de son père. Cet ami était veuf et avait une fille de vingt ans. Bientôt les deux jeunes gens avaient conçu l'un pour l'autre un goût très vif. Le père ne faisait rien pour empêcher cette passion naissante qui ne pouvait qu'aboutir à un mariage fort bien assorti de part et d'autre. Antoine de Bersin n'était-il pas libre, suffisamment riche pour épouser qui il voulait, et il sentait que sa demande serait

LA PLACE SAINT-GERMAIN-DES-PRÉS

agréée. La jeune fille lui plaisait infiniment, charmante, gaie, spirituelle. Il n'aurait qu'à dire un mot ; mais il avait sur le mariage des idées arrêtées. Un artiste ne doit appartenir qu'à son art. Le mariage, c est l'entrave, le lien, la chaîne, la perte de cette liberté si nécessaire au développement du talent. C'est le suicide. Là-dessus Antoine était intraitable, par un de ces partis pris de jeunesse, aveugles, absurdes, sur lesquels aucun raisonnement n'a de prise. C'était son article de foi artistique et il se fût cru, à ses propres yeux, déshonoré d'y renoncer. Décidé à ne point épouser, il aurait dû s'éloigner ; mais, si sa résolution était ferme, son amour était réel. Il hésita. Ses tergiversations le conduisirent jusqu'à la fin de son année de service. A ce moment, il fallut bien s'expliquer. L'explication eut lieu, pénible, douloureuse, et il était parti, le cœur déchiré, mais fier du sacrifice fait à un principe qui lui semblait alors indiscutable. Les premiers temps de la séparation avaient été durs, puis Antoine était venu à Paris. Là, dans la vie laborieuse qu'il y menait, dans le plaisir de pouvoir se livrer tout entier à l'étude de son art, son regret s'était peu à peu atténué, si bien qu'un an et demi après il apprenait presque sans émotion le mariage de la jeune fille. Son père mort, et la laissant sans fortune, elle avait accepté un mari beaucoup plus âgé qu elle. Depuis, elle vivait en province, et il n'en avait plus entendu parler, quand, l'avant-veille, comme il traversait la place Saint-Germain-des-Prés, il l'avait vue passer en voiture. Elle ne l'avait pas aperçu, mais il l'avait reconnue et, chose bizarre, cette rencontre avait ranimé dans son cœur des sentiments qu'il croyait éteints. Toute la nuit il en avait ruminé l'amertume. Il en avait été malade, mais maintenant c'était fini, il allait mieux...

Brusquement, Antoine de Bersin s'était levé du divan. Avec amitié, il frappa sur l'épaule d'André. Il y eut entre eux un moment de silence, puis Antoine se baissa et tira par la queue l'épagneul qui aboya. Par la porte entre-bâillée, Alice leur criait :

— Est-ce que je vous dérange?

Antoine regarda André, comme pour lui demander le secret de ce qu'il venait de lui avouer, et répondit :

— Pas du tout. J'allais montrer à Mauval des études que j'ai là. Tiens, André, dans ce carton, sur la table...

Sur de grandes feuilles bleuâtres, on distinguait, hardiment crayonnées, des figures nues, d'un beau et souple dessin. Antoine de Bersin en désigna une, du doigt.

— Tu ne reconnais pas Françoise, Françoise Bourju, l'amie d'Alice?

André rougit. Il se souvenait. Alice se pencha et dit dédaigneusement :

— Elle a de vilains pieds.

Antoine de Bersin haussa les épaules. Tout en continuant de feuilleter le contenu du carton, André se demandait pourquoi son ami avait pris chez lui, à demeure, cette petite personne jolie, mais prétentieuse et dénigrante. Si Bersin avait tant que cela le goût de la vie en commun, pourquoi n'avoir pas épousé cette jeune fille qu'il avait aimée et qu'il aimait encore, à en juger par l'émotion qu'il avait ressentie en la rencontrant? Et André imaginait cette inconnue dont il ne savait rien, pas même le nom. C'était elle et non Alice qui eût dû êtr là, en ce moment. Soudain, il tressaillit. La pendule sonnait six heures. Il lâcha le carton et dit :

— Il faut que je m'en aille.

Et il ajouta piteusement :

— C'est le jour de l'oncle Hubert.

Antoine, qui, d'ordinaire, plaisantait volontiers André Mauval au sujet de l'oncle, n'objecta rien. Il se sentait en ce moment pour André une amitié particulière.

— Ça ne doit pas être rigolo, tout de même, les soirées avec le bon oncle... mais je ne te retiens pas. La famille est la famille.

Mademoiselle Alice Lanquereau avait approuvé, et, quand André prit congé d'elle, elle lui serra la main plus cérémonieusement que de coutume, comme cela se doit à quelqu'un qui va dîner avec un oncle, ancien militaire et médaillé d'Italie. Mademoiselle Alice Lanquereau, en effet, bien qu'elle eût, par un fâcheux coup de tête, quitté de bonne heure la maison paternelle pour se livrer à la galanterie, était pleine de respect pour la famille, et pour la sienne, en particulier. Peu de jours se passaient sans qu'elle vantât à son amant les mérites de M. Lanquereau, son père, courtier d'assurances, et de madame Lanquereau, née Mohon, gens remarquables, d'une irréprochable probité et dont elle était fière. D'ailleurs à défaut d'oncle Hubert, n'avait-elle pas pour tante mademoiselle Clémentine Mohon, officier d'académie, directrice, à Blois, d'une importante maison d'éducation où les jeunes filles de la meilleure société du Blésois venaient acquérir les connaissances nécessaires à la femme moderne? Néanmoins, malgré de si honorables parentés, mademoiselle Alice Lanquereau n'en avait pas moins faussé compagnie à ses père et mère, pour suivre un jeune employé de commerce qui, après une courte liaison, la repassa à un architecte de ses amis qu'elle quitta pour différents autres adorateurs. Ces diverses aventures et d'autres encore avaient fait à mademoiselle Alice Lanquereau une existence assez mouvementée, jusqu'au jour où elle connut Antoine de Bersin. A ce moment de sa vie, mademoiselle Lanquereau était dans un certain embarras, se trouvant sur le pavé et sans ressources. C'était alors qu'Elie Drevet l'avait découverte et signalée à Bersin. Le peintre s'était intéressé à elle, puis, frappé de son intelligence et de sa culture relative, il s'était décidé à la garder chez lui, amusé par le curieux mélange de perversité et de pruderie qu'elle manifestait, d'instincts de fille et de goûts bourgeois, de libertinage et de pimbêcherie, qui faisait d'elle un caractère plaisant à observer, d'autant plus que son corps était agréable à voir et point désagréable à posséder.

V

Certes, à la naissance d'André, madame Mauval avait été heureuse d'avoir un fils. Elle avait considéré avec tendresse et curiosité le petit paquet de chair qui gigotait aux mains de la garde, puis sa tête était retombée sur l'oreiller, et elle avait fermé les yeux. Faible et lasse, elle conservait dans sa pensée l'image du menu corps rougeâtre. Il lui rappelait, par une fortuite association d'idées, des figurines qu'elle remarquait souvent, peintes sur un vase, à la devanture d'un antiquaire de la rue de Seine. Aussi eût-elle vu, sans trop d'étonnement, pousser au dos du nouveau-né des ailes pareilles à celles des génies étrusques qui ornaient la panse à fond noir de l'antique cratère ! Et même, le petit être qu'elle venait de mettre au monde lui paraissait si fabuleux que, se fût-il envolé des langes qui l'enveloppaient, elle n'eût point été trop surprise de le voir planer au plafond. Mais non, c'était bien une créature réelle qu'elle entendait, en son demi-sommeil, crier, dans la chambre voisine, d'une voix forte et perçante. Elle ne rêvait pas. Elle était la mère d'un garçon, d'un fils, d'un homme. Et, tout en s'assoupissant, elle avait songé avec émotion qu'une vie commençait, auprès d'elle, avec ses événements et ses destinées. Oui, cet enfant grandirait, il acquerrait une personnalité, des goûts, des penchants, des passions. Il serait quelqu'un. Déjà il portait un nom. Il était lui. Ces réflexions, au lieu de la réjouir, l'avaient épouvantée, et elle s'était réveillée presque en pleurant. L'avenir lui était apparu plein d'embûches, de soucis, de dangers. Que de pièges à déjouer, que d'obstacles à surmonter ! Mais, en même temps que cette perspective de la lutte à soutenir lui serrait le cœur, elle avait éprouvé une grande fierté. Pour que cette faible créature pût croître et devenir, que d'éléments allaient entrer en jeu ! L'univers entier collaborerait à cette œuvre. L'air, le feu, la lumière, les animaux, les plantes s'uniraient pour lui fournir la matière de sa force. L'humanité serait tributaire. Déjà une femme était là pour offrir à son besoin sa propre substance. Dans les ateliers, les usines, les hommes travailleraient à son profit, et il grandirait, protégé par l'effort commun. Déjà, il participait à l'ensemble du monde. Un jour, il aimerait les formes, les couleurs, les paysages, les êtres. Il aimerait, et serait aimé, et madame Mauval avait senti dans son cœur l'aiguillon de la jalousie maternelle.

Durant ces semaines de convalescence, plus d'une fois madame Mauval, que ces préoccupations d'avenir fatiguaient, les avait mêlées aux souvenirs de sa vie passée. Il lui semblait que toute une partie en venait de se terminer avec l'événement qui y marquait une nouvelle période, et elle en revoyait, dans un lointain à la fois mélancolique et doux, les figures disparues et les circonstances éloignées.

Madame Mauval était née à Paris, mais, ainsi qu'elle le constatait elle-même en souriant, elle n'en était guère plus Parisienne pour cela. Il est vrai que ses parents n'étaient venus se fixer dans la capitale que peu de temps avant la naissance de leur fille, la perte d'un fils aîné leur ayant fait quitter la province, dont le séjour leur était devenu odieux. A Paris, monsieur et madame de Clavières avaient continué la même existence étroite et renfermée qui était auparavant la leur à Laon, sans rien changer de leurs habitudes régulières. Leur fille avait gardé de ce genre de vie quelque chose d'un peu provincial. Elle ne s'était jamais familiarisée avec Paris. Toute enfant, les rues bruyantes, les places populeuses, les voitures, les passants lui faisaient peur. Elle aurait eu besoin autour d'elle du calme d'une de ces petites villes où un bruit de roues dans la rue, où un pas sur le trottoir font s'écarter curieusement les petits rideaux de tulle des fenêtres. Quand son père la conduisait à la promenade, l'idée qu'on ne pourrait jamais retrouver le chemin de la maison la tourmentait. Quand sa mère la menait jouer dans quelque jardin public, son plaisir était gâté par la crainte de se perdre. Elle ne se sentait à l'aise que chez elle, parmi les vieux meubles familiers, en ce quartier paisible de la rive gauche où monsieur et madame de Clavières avaient, à leur arrivée, loué un appartement, rue de Furstemberg, derrière l'église Saint-Germain-des-Prés. Là seulement, elle se trouvait bien. Ses parents étaient des gens pieux, bons et tristes ; le logis, vaste et ciré. On sonnait rarement à la porte. Monsieur et madame de Clavières voyaient peu de monde. La santé de madame de Clavières exigeait des soins assidus. La pauvre femme, d'ailleurs, avait pris son parti de ses maux. Jamais elle n'aurait songé à consulter d'autre médecin que le docteur Lebon, qui habitait dans le voisinage, au carrefour Buci, et qui était le médecin du quartier. De même M. de Clavières disait couramment de telle ou telle personne : « Elle est ou elle n'est pas de la paroisse. » Cette division ecclésiastique de Paris était la seule qui comptât pour lui. Aussi une des raisons qui déterminèrent monsieur et madame de Clavières à donner leur fille en mariage à M. Alexandre Mauval fut que M. Mauval était de la paroisse. M. Mauval, déjà à cette époque, logeait rue des Beaux-Arts. Bien qu'il ne se montrât pas un paroissien assidu, ce fut le curé de Saint-Germain qui mit les Clavières en rapports avec le jeune homme. L'abbé Ricart le connaissait de longue date et pouvait certifier de ses sentiments, au fond, religieux. En plus, le jeune Mauval était de bonne famille, possédait quelque fortune et remplissait à l'Union maritime un emploi non sans avenir et qui avait l'avantage d'être sédentaire. On présenta donc l'un à l'autre les jeunes gens. Mademoiselle de Clavières plut à M. Mauval, qui ne déplut pas. Après les délais prudents, M. Mauval fit sa demande, fut agréé et le mariage fut célébré. Monsieur et madame de Clavières survécurent peu à la cérémonie. Six mois après, madame de Clavières s'éteignit doucement, et M. de Clavières, au bout d'un an, mourut à son tour. Madame Mauval fut très affectée de cette double perte. Elle éprouvait un cruel sentiment d'isolement. M. Mauval bénéficia de la solitude morale où se trouva sa femme. Elle avait pour son mari beaucoup d'affection et de tendresse et elle reporta en outre sur lui le respect qu'elle avait pour son père et sa mère. Ne demeurait-il pas son seul appui, son seul soutien? Et elle lui reconnut, sur ses actions et ses pensées, une suprématie que M. Mauval jugea d'ailleurs toute naturelle et due aussi bien à sa qualité de chef de famille qu'à ses mérites personnels.

Aussi était-elle restée, depuis lors, sans volonté et sans initiative, devant ce beau garçon froid et un peu compassé, à la figure régulière, encadrée de favoris qui lui donnaient assez l'aspect d'un marin ou d'un magistrat. Quoiqu'elle lui fût supérieure en bien des points par l'intelligence et la sen sibilité, elle s'effaçait continuellement devan lui. Elle admettait ses idées et ses opinion sans les discuter. La naissance de son fil ne changea rien à sa façon d'être. Dans s pensée, elle n'avait pas tant mis au mond un enfant que donné un fils à M. Mauval.

M. Mauval s'était rendu compte de c sentiment et en avait été flatté. Son auto rité reconnue une fois pour toutes, il laiss à sa femme le soin d'élever André à son gré se réservant d'intervenir sur certains point d'importance. Quoique M. Mauval fréquen tât peu les églises, malgré les assurances qu le bon abbé Ricart avait jadis données d sa foi, il ne s'opposa point à ce que madam Mauval conduisît André aux offices autan qu'elle le jugeait à propos. Ainsi André fut-i élevé, d'âme et de corps, comme l'entendai sa mère, soigné, habillé selon ses goûts. Ma dame Mauval avait été reconnaissante son mari de s'en être remis à elle de ce soins physiques et spirituels, si bien qu'ell ne put guère rien objecter à M. Mauva lorsque, André, allant avoir treize ans décida de l'envoyer externe au lycée. Ma dame Mauval eût préféré un établissemen tenu par des prêtres, mais M. Mauval fi valoir la tolérance qu'il avait montrée jus qu'alors, tant en ayant fait donner à Andr des leçons particulières à la maison, ain que l'avait désiré madame Mauval, qu'e ayant laissé leur fils suivre les catéchisme de persévérance de l'abbé Ricart et les office de la paroisse. Le moment était venu d'un éducation plus virile et plus moderne. irait donc externe à Louis-le-Grand.

En cette affaire du lycée, la timide velléit de résistance esquissée par madame Mauv lui avait été suggérée par l'oncle Hubert L'oncle se piquait de religion. Cela faisai partie, à ses yeux, de ce qu'il appelait le vertus militaires. D'ailleurs, madame Ma val s'entendait fort bien avec son beau frère. Elle lui avait même pardonné, cause de cette amitié qu'elle éprouvait pou lui, d'avoir appris à André à fumer et d risquer parfois une plaisanterie indirecte l'adresse de M. Mauval et de son métier d « marin qui n'a jamais navigué ». Madam Mauval, au contraire, se montrait pleine d respect pour les occupations de son mar Elles aidaient même au prestige qu'il avai à ses yeux. L'Union maritime paraissait madame Mauval quelque chose de cons dérable. Tous ces paquebots qui sillonnaien les mers la faisaient rêver, et M. Mauv s'en trouvait rehaussé dans sa pensée. savait les routes marines, les escales loin taines, les pays aux noms exotiques. Il par ticipait pour sa femme au grondement des hélices, au gémissement des sirènes, aux balancements des houles, à la grandeur des tempêtes, à tout ce mouvement de départs, d'arrivées, d'aventures ; et, quand il rentrait de son bureau, ayant travaillé à toutes ces choses gigantesques et lointaines, il lui paraissait s'en revenir du bout du monde et rapporter dans ses vêtements l'odeur du vent et des embruns.

Par la suite, à cette impression si favorable à M. Mauval, s'était ajoutée, dans l'esprit de sa femme, la pensée mélancolique que ces navires, un jour, lui enlèveraient son fils, l'emporteraient vers l'un des postes de cette carrière consulaire que M. Mauval rêvait pour André. Certes, madame Mauval elle avait été vite rassurée sur l'avenir militaire de son fils. Vers quinze ans, la vue délicate d'André nécessita une visite chez l'oculiste d'où madame Mauval rapporta la consolante certitude que son fils ne connaîtrait jamais grand'chose de la rude existence des camps. Si même les récits du bon oncle, auxquels André commençait trop sensiblement à ne plus guère s'intéresser, n'avaient pas suffi à l'éloigner du métier des armes, sa myopie le lui interdisait. Les vœux du pauvre oncle Hubert demeureraient donc vains. D'autre part, pour ce qui était des décisions de M. Mauval, madame Mauval se réservait, le moment venu, d'intervenir, s'il le fallait. Aussi, en prévision de cette intervention suprême, réservait-elle ses forces.

CES PAQUEBOTS QUI SILLONNENT LA MER

n'aimait guère à songer que son fils serait consul, mais elle préférait encore cette perspective à l'idée qu'il aurait pu être soldat !

Ce projet de destiner André aux consulats datait de loin et avait eu pour origine le besoin de contrecarrer l'oncle Hubert qui souhaitait que son neveu coiffât, un jour, le « casoar » des saint-cyriens. Afin de lui inculquer ce goût, l'oncle Hubert, au nouvel an, pourvoyait le gamin de sabres, de fusils, de gibernes, tandis que M. Mauval, pour combattre l'influence de ces jouets, qu'il qualifiait dédaigneusement de « jouets de caserne », gratifiait l'enfant de bateaux, de livres de voyages et de tomes du *Tour du Monde*. Mais ce qui avait d'abord été pour M. Mauval un prétexte à taquinerie envers l'oncle Hubert était devenu peu à peu une idée bien arrêtée. Quant à madame Mauval, En abdiquant toute volonté en face de son mari, il lui semblait accumuler en elle une énergie secrète dont elle se promettait d'user. D'ailleurs, le concours d'admission au ministère était difficile et André n'en était encore qu'à ses études de droit.

Ces études, cependant, n'avaient pas été sans inquiéter un peu madame Mauval. Elles lui prouvaient que son fils cessait d'être collégien. C'était aussi le sentiment de M. Mauval qui se déclarait partisan qu'une certaine liberté fût laissée aux jeunes gens. Heureusement, André était raisonnable. Il aimait le travail et la lecture. Si ces goûts tranquilles rassuraient madame Mauval, ils l'alarmaient aussi. Quels que soient les dangers des fréquentations et des flâneries, il y en a un à rester, toute la journée, à la chambre, courbé sur un livre, si bien qu'elle était la première à engager André à sortir et aller voir ses amis.

La jeunesse a besoin de mouvement et de distractions. Quant à celles, d'un certain ordre, qui pouvaient tenter un garçon de l'âge d'André, elle préférait n'y pas trop penser. Elle ne voulait pas croire que son fils, si bien élevé, pût se plaire à la société de créatures perdues. Certes, la jeunesse est légère, et l'ardeur des premières passions pétille, à vingt ans, en vives flambées ; mais, si André aimait — et la pauvre madame Mauval se sentait rougir à cette pensée — ce ne pourrait être qu'une personne délicate et charmante pour laquelle madame Mauval ne pouvait s'empêcher d'éprouver une involontaire indulgence et une secrète sympathie.

Malgré le sérieux et la raison d'André, madame Mauval était bien forcée de s'avouer que ces sages dispositions ne lui feraient sans doute pas éviter certaines escapades. Elle conservait le souvenir du baiser donné jadis à cette Rosine! Simple enfantillage, mais qui n'en marquait pas moins chez son fils un tempérament passionné. S'il n'en avait pas encore manifesté de preuves funestes, il ne fallait pas moins veiller sur sa conduite, et quoi de mieux, pour préserver un jeune homme des sottises où il se laisse fatalement entraîner, qu'un mariage choisi et précoce!

Madame Mauval, dans cette intention, songeait volontiers aux personnes de sa connaissance dont les filles eussent été en âge de convenir à André. Il y avait bien la dernière des Jadon, mais elle n'était guère jolie, et la famille Jadon ne constituait pas une alliance bien enviable. Jamais M. Mauval ne consentirait à cette union. Dans ses autres relations — peu nombreuses du reste, car madame Mauval n'était pas très liante — elle ne voyait non plus aucun parti sortable. Elle confiait parfois ses soucis à mademoiselle Leroi, qu'elle aimait beaucoup, mais mademoiselle Leroi objectait le danger de marier les jeunes gens trop tôt. Aux doléances de madame Mauval, elle répondait qu'il n'y avait pas de temps de perdu et qu'il fallait laisser André profiter un peu de sa jeunesse. D'ailleurs, elle alléguait qu'André, qui causait assez volontiers avec elle, ne montrait aucune envie de se marier. Les espérances de madame Mauval se reportaient donc sur sa belle-sœur, madame de Sarny, qui, veuve, riche, connaissait tous les partis de Normandie. Madame de Sarny y découvrirait bien pour son neveu quelque jolie héritière. Madame Mauval imaginait déjà la cérémonie à Varangeville : la vieille maison pleine de fleurs et de lumières, le cortège nuptial se déroulant, à l'ancienne mode, par les chemins bordés de haies, les couples dansant sur le pré, sous les pommiers fleuris où le vent de mer ferait ondoyer le voile blanc de celle qu'elle appellerait sa fille Mais à ces suggestions, madame de Sarny hochait la tête. Comme mademoiselle Leroi, elle répondait évasivement. « Que voulez-vous, ma chère, il faut, avant de songer à l'établir, qu'André ait un peu jeté sa gourme », disait-elle, quand madame Mauval la priait de s'intéresser à ses projets conjugaux. Ces propos affligeaient madame Mauval. Ainsi sa belle-sœur, aussi bien que mademoiselle Leroi, semblait considérer qu'il y a certaines sottises auxquelles un garçon n'échappe pas. Elles regardaient l'une et l'autre comme inévitables certains désordres propres à la jeunesse. Il fallait donc se résigner à cette nécessité, mais, au moins, si ces événements se produisaient, ils mériteraient quelque indulgence, puisque, d'un commun accord, ce seraient des accidents dont n'est pas à l'abri le jeune homme le plus sage et le plus rangé.

Néanmoins, madame Mauval comptait sur le hasard pour combler ses vœux maternels. Elle en désirait d'autant plus l'accomplissement que le mariage eût coupé court aux projets d'avenir de M. Mauval. Marié, André devrait choisir une carrière plus sédentaire que les consulats. Emmène-t-on ainsi une jeune femme au bout du monde? Certes, madame Mauval aimait beaucoup son mari, mais aurait-elle accepté de lui donner sa main s'il avait fallu s'embarquer avec lui sur ces navires dont il réglait les parcours et combinait les horaires, et courir les fortunes de la mer? Probablement non, car elle ne se sentait pas de tempérament aventureux. Vivre toujours hors de chez elle, voir sans cesse des pays et des visages nouveaux lui eût paru odieux et elle ne s'y fût pas résignée. Elle aimait les soins du ménage, les occupations d'intérieur, la solitude et la rêverie dans un logis où les moindres objets et les moindres bruits lui fussent familiers. Elle aimait les longues coutures, les broderies patientes, le livre sur lequel on songe, le piano, la musique. Elle aimait le silence et l'ordre des journées monotones où tout est prévu et réglé d'avance et où l'on n'a qu'à laisser aller le temps.

Ce goût de la retraite était en elle si prononcé qu'il avait fallu que M. Mauval insistât pour qu'elle prît un jour de réception. M. Mauval jugeait convenable à sa situation que l'on pût trouver sa femme chez elle une fois par semaine. Il était obligé d'entretenir des relations avec ses collègues de l'Union maritime et leur famille, surtout depuis qu'il avait pris de l'importance à la Compagnie. Il fallait que les femmes de ses chefs et de ses subordonnés pussent se rendre compte qu'il menait une existence conforme à son rang. Aussi madame Mauval dut-elle se rendre au désir de son mari et recevait-elle le mardi.

Ce jour-là était un jour sacrifié et qu'elle voyait revenir avec angoisse. Après le déjeuner et s'être habillée, elle faisait soigneusement disparaître du salon les cahiers de musique qui couvraient le piano. Elle rangeait l'ouvrage commencé, le livre posé sur le guéridon. Elle enlevait même certains des bibelots dont il lui plaisait de s'entourer et qui ne convenaient pas à la sévérité cossue de l'ameublement. Ces bibelots, achetés chez les antiquaires du quartier, paraissaient à M. Mauval d'encombrantes superfluités dont il tolérait la présence tout en la blâmant intérieurement. A quoi servaient, en effet, ces petites boîtes de paille tressée, ces porcelaines anciennes, ces carrés de vieilles étoffes, ces menus objets disparates? Et madame Mauval, par l'effet qu'ils produisaient sur son mari, comprenait qu'il valait mieux ne pas imposer la vue de ces brimborions surannés aux personnes sérieuses qui l'honoraient de leur visite.

Le mardi donc, elle les attendait. Chaque coup de sonnette la faisait tressaillir. Elle craignait toujours de voir apparaître quelque figure nouvelle, ce qui n'arrivait qu'assez rarement. D'ordinaire, les mêmes visages se montraient : madame Jadon et ses trois filles, quelques vieilles amies de la famille de M. Mauval qui l'avaient connu dans sa jeunesse et l'appelaient Alexandre, et quelques femmes de ses collègues. Parmi celles-là, notamment, madame de Mirambeau, dont le mari était le chef de service de M. Mauval. Madame de Mirambeau amenait avec elle sa nièce, qui était bossue. Les Mirambelles, comme les nommait M. Mauval, quand il était d'humeur à plaisanter, étaient couvertes de fleurs de lys, en broches, en pendeloques, ce dont souriait discrètement madame Jambert, femme d'un autre collègue de M. Mauval. Madame Jambert, vieille dame sèche et roide sobrement vêtue de noir, républicaine et libre penseuse, était la parente éloignée de feu Jambert-Lyon, avocat libéral sous le second Empire et ministre des Cultes sous la troisième République. Elle ne ménageait pas les allusions à cette parenté, de même que madame de Mirambeau ne cachait point qu'il y avait eu un Mirambeau, agent des princes en Vendée et fusillé à Quiberon. Madame Mauval redoutait extrêmement la rencontre de ces deux dames que leur antipathie faisait d'ordinaire se retrouver ensemble par une mystérieuse coïncidence. Mademoiselle Leroi venait souvent et sa présence apportait quelque gaieté au jour de madame Mauval qu'elle animait de ses libertés de demi-vieille fille au franc-parler.

Quelquefois aussi il ne venait personne. Alors, devant son thé et ses petits gâteaux, madame Mauval rêvait, et son rêve était toujours le même : on sonnait, et une jeune dame entrait, jolie, avec des cheveux ardents, la bouche rouge, les joues fardées. Elle parlait d'une voix claire et hésitante : « Sans doute elle se trompait... Elle n'était donc pas chez M. Mauval... Oui... M. André Mauval... Qu'on l'excusât... Elle avait cru... » Et madame Mauval, dans son songe éveillé, considérait avec curiosité cette personne trop parfumée et trop élégante qui était certainement la maîtresse de son fils...

Souvent, pendant qu'elle rêvassait ainsi, la porte s'ouvrait brusquement, et madame Mauval voyait devant elle un grand garçon qui l'embrassait sur les deux joues. C'était André qui, la sachant seule au salon, accourait boire une tasse de thé et faire honneur aux petits fours. Ces jours-là, sa mère lui plaisait particulièrement à cause de la jolie robe qu'elle mettait. Madame Mauval, à quarante-quatre ans, demeurait agréable de visage et jeune de tournure, et André aimait à la voir bien habillée. Il lui en faisait compliment et il profitait de l'occasion pour obtenir d'elle ce qu'il voulait. C'était d'ordinaire à ces moments-là qu'André lui demandait quelque supplément d'argent. Défrayé de tout, on lui donnait, chaque mois, pour ses menus plaisirs, une certaine somme qui, hélas! ne lui suffisait jamais. Madame Mauval y ajoutait en cachette, tout en se reprochant sa faiblesse. A quoi André pouvait-il bien employer cet argent? Il est vrai qu'il achetait volontiers des livres et qu'il les faisait ensuite relier de cuirs et de papiers de fort bon goût. Mais ces achats n'expliquaient pas entièrement les dépenses du jeune homme, et madame Mauval en revenait à l'idée qu'il avait une maîtresse.

Une fois, elle avait interrogé discrètement Antoine de Bersin à ce sujet. Le peintre, en souriant, s'était contenté de répondre qu'André lui semblait très raisonnable. D'autre part, madame Jadon avait révélé confidentiellement à son amie qu'on rencontrait André au Luxembourg avec une personne d'apparence légère. Mais madame Jadon, sur la mine contrariée de madame Mauval, n'avait pas renouvelé ses insinuations. D'ailleurs, est-ce qu'elle était chargée de surveiller la conduite du jeune Mauval? A chacun ses affaires, et quoique trois filles à marier fussent un grave souci, elle le préférait aux ennuis que ne manquerait pas de causer à madame Mauval un fils aussi gâté. Ces pauvres parents s'endormaient dans une sécurité trompeuse. Le réveil serait dur. Et madame

Jadon plaignait surtout M. Mauval, sans savoir, du reste, pourquoi.

M. Mauval ne manquait jamais, en rentrant de son bureau, vers six heures, de paraître un instant au mardi de sa femme. Il s'enquérait si les visites avaient été nombreuses et de qui était venu. Il tenait à ce que l'on fréquentât chez lui et, lorsqu'il entrait au salon, il considérait avec plaisir la table à thé et les gâteaux. Tout cela lui paraissait en accord avec sa position et son genre de vie. Lorsqu'il trouvait André au salon, il en profitait pour lui adresser quelque discours sur les manières et la tenue que doit avoir un garçon bien élevé. Il eût même souhaité que son fils aimât davantage le monde. Cela eût mieux valu pour lui que la compagnie d'un Antoine de Bersin et d'un Elie Drevet. Ce dernier, surtout, ne plaisait guère à M. Mauval. Aussi, un mardi, trouvant André auprès de sa mère et lui demandant ce qu'il avait fait dans la journée, M. Mauval haussa-t-il les épaules avec un peu de mauvaise humeur quand celui-ci lui répondit qu'il s'était promené au musée du Louvre avec Drevet.

LA SACHANT SEULE AU SALON

— Quelle drôle d'idée de s'enfermer par un temps pareil ! avait dit M. Mauval.

Et il avait vanté la beauté claire, froide et ensoleillée de cette journée de janvier. Ah ! s'il n'avait pas eu son bureau !

— Mais, papa, c'est qu'Elie est si enrhumé et tousse d'une si vilaine toux ! Il valait mieux pour lui être là que dehors.

Madame Mauval admirait la délicate bonté de son fils. Émue, elle intervint :

— Ce n'est pas bon de tousser ainsi à son âge, il devrait se soigner, le pauvre garçon !

André acquiesça. Drevet n'allait pas bien du tout. Le médecin consulté craignait qu'il eût la poitrine atteinte. André ajouta :

— Tu devrais en dire un mot à son père, papa. Le père Drevet ne s'occupe pas de lui.

Le père Drevet, comptable à la Compagnie, était un gros homme rubicond, toujours suant, et qui tomberait un jour d'apoplexie. M. Mauval, à ses débuts, avait été dans le même bureau que M. Drevet, mais un avancement rapide l'avait vite mené ailleurs, tandis que le père Drevet, employé subalterne, le resterait toujours. Le comptable, très fier de l'amitié de son fils et du fils Mauval, en tirait de menues faveurs de M. Mauval, qui, moins charmé de cette intimité, la tolérait parce qu'il estimait par principe qu'un supérieur ne doit pas montrer de fierté envers ses inférieurs. Du reste, le fait d'appartenir à la Compagnie donnait au père Drevet une certaine importance aux yeux de M. Mauval. Aux paroles d'André, M. Mauval prit son air considérable.

— J'en toucherai un mot à Drevet père. Il faudrait que ce jeune homme aille passer l'hiver dans le Midi, en Algérie. Par la Compagnie, on lui obtiendrait le passage gratuit.

André secouait la tête.

— Oui, ce serait fort bien, l'Algérie, mais Elie n'a pas le sou.

M. Mauval fronça les sourcils.

— Aussi pourquoi diable n'a-t-il pas de métier, ton camarade? C'est bien d'ailleurs ce dont son père se plaint.

André se récria :

— Mais, papa, il est poète, il écrit des vers admirables.

— Après tout, il a peut-être du talent. Quant à sa santé, il ne faut pas trop t'inquiéter. Ainsi, moi, j'ai eu autrefois un ami qui s'appelait Auguste de Nancelle. Tous les médecins le condamnaient. A les entendre, il n'en avait pas pour six mois. Eh bien, à présent, il a mon âge, quarante-neuf ans, et il vit toujours, et il ne doit pas se porter si mal que cela, car, il y a trois ou quatre ans, il s'est marié. C'est du reste un drôle de corps que ce Nancelle. Sa femme a la moitié de son âge. Il paraît qu'elle est charmante, à ce qu'il dit. Tu en pourras juger par toi-même, car il doit te l'amener en visite, un de ces mardis, Louise.

Madame Mauval tressaillit.

— Oui, ma bonne. Aujourd'hui, au bureau, on m'apporte une carte de mon Nancelle que je n'avais pas vu depuis plus de quinze ans ! Il entre, et je le retrouve à peu près le même, plutôt rajeuni, et avec moi, comme si je l'avais quitté hier. Ah ! c'est un singulier personnage ; je le crois, entre nous un peu toqué. Il venait me demander un service. Nous avons causé. Depuis son mariage, il habite le château de Boismartin, près de Vendôme ; mais, sa femme s'ennuyant toute l'année à la campagne, ils ont acheté un petit hôtel, rue Murillo, qu'ils sont en train d'installer. Ils comptent recevoir. Ce sera une charmante maison pour toi, André, car il faudra que tu ailles dans le monde. Sapristi ! à ton âge je courais les bals, tiens, et avec Auguste de Nancelle justement. Nous dansions comme des enragés.

André fit la grimace. L'an dernier, il avait assisté à deux soirées, l'une donnée par les Jadon pour amuser leurs filles, l'autre par madame de Mirambeau pour exhiber sa nièce, la bossue. Chez les Jadon, l'appartement démeublé, avec ses chaises dorées de chez Belloir, lui avait paru sinistre. On valsait jusque dans la chambre de monsieur et madame Jadon, devant le vaste lit conjugal couvert d'une courte-pointe au crochet. Les couples tournoyants remplissaient le salon et la salle à manger. Au piano, un tapeur, à tête de Napoléon III, ressemblait à l'effigie de la pièce de cent sous qu'il recevrait pour prix de ses accords. Le buffet, dressé dans un cabinet de toilette, abreuvait les danseurs de sirops variés. Des bouteilles de cidre tenaient lieu de champagne. Au-dessus du buffet, sur des rayons, s'alignaient des cartons à chapeaux. Les demoiselles Jadon passaient vertigineusement de bras en bras, et madame Jadon se demandait avec anxiété lesquels se refermeraient définitivement sur sa progéniture. M. Jadon, qui souffrait des entrailles, ne s'éloignait guère de la porte d'un certain couloir où il s'esquivait, de temps à autre, discrètement.

Chez les Mirambeau, André s'était encore plus ennuyé que chez les Jadon. Le salon était vaste, orné de portraits de famille et d'un tableau représentant l'exécution du Mirambeau fusillé à Quiberon. Les mères adossaient avec respect leurs chaises à ce mur historique. On passait des rafraîchissements sur de grands plateaux armoriés. Une vieille demoiselle tenait le piano et jouait,

LE PÈRE DREVET

avec des mitaines, des polkas en sourdine et des quadrilles somnolents. Au buffet, les fruits de cire se mêlaient aux véritables que ce voisinage faisait paraître chétifs et décolorés. Les jeunes gens ressemblaient, les uns à des séminaristes, les autres à des palefreniers. Un des danseurs s'étala sous le lustre. Les jeunes filles étaient maussades et mal habillées. La nièce bossue, avec sa jolie figure et sa taille déformée, avait un air de martyre. Sa tante la harcelait et ne souffrait pas qu'elle se reposât un instant à ce bal donné pour elle, et André regardait avec commisération la pauvre petite qui portait péniblement à ses épaules la lourde hotte de sa difformité, d'où madame de Mirambeau eût voulu voir sortir, comme un diable d'une boite, un mari pour sa nièce.

M. Mauval interrompit les réflexions muettes d'André.

— Cela n'a pas l'air de te sourire, mon gaillard !

Et comme André souriait, il ajouta :

— Ah ! la danse ne te dit rien !... Monsieur n'aime pas à se donner du mal ! Bah ! tu ne feras pas tant le dégoûté quand tu verras tourbillonner devant toi les bayadères de l'Inde, les geishas du Japon et les almées de l'Orient. Ton fils est un dilettante, Louise ! Allons, tu peux dire d'éteindre les bougies. Il ne viendra plus personne aujourd'hui...

Et M. Mauval, sans attendre l'entrée du valet de chambre, souffla lui-même les girandoles de la cheminée.

Durant tout le dîner, André fut soucieux. Tout à l'heure son père avait paru au salon, juste au moment où il allait demander à sa mère une avance sur sa pension. Dans l'après-midi, il avait donné le fond de sa bourse à Drevet. Le père Drevet logeait, nourrissait et habillait son fils, tant bien que mal, mais là s'arrêtaient ses générosités. Aussi André avait-il remis quelque argent à Elie pour que celui-ci s'achetât un plastron de flanelle, et du sirop pour sa toux... Et il la réentendait, cette toux, sonnant, creuse et profonde, pendant que Drevet, au musée, lui récitait un poème épatant qu'il venait de composer et qu'il voulait envoyer à Marc-Antoine de Kerdren, en témoignage de son admiration. Et plus tard, dans son lit, bien au chaud, tandis qu'un bon feu achevait de se consumer dans le foyer, André revoyait encore Drevet déclamant ses vers, pendant qu'une quinte secouait ses épaules maigres et sa poitrine étroite... Ah ! il lui faudrait le Midi, le soleil... et, tout en s'endormant, André croyait entendre le bruit de la grosse hélice qui emporterait son ami vers des pays de lumière et de santé.

VI

Alice, un genou sur la banquette de velours, se regardait à la glace. Tout en rajustant du bout des doigts une boucle de sa coiffure et tout en se trouvant jolie au miroir qui la reflétait, elle fit une moue dégoûtée : des noms et des inscriptions rayaient le cristal et y enchevêtraient leurs égratignures. Puis, passant sur ses lèvres un petit bâton rouge, comme pour y effacer le pli dédaigneux qui les gonflait, elle se retourna vers Antoine de Bersin :

— Est-ce bête, tout de même, d'écrire des choses sur les glaces !

Le jeune homme abaissa la carte qu'il examinait.

— Que veux-tu, ma fille, nous ne sommes pas dans le parloir du noble pensionnat dirigé par ton illustre tante madame Mohon, officier d'académie. Je le regrette, mais il faut se faire une raison. Voyons, que veux-tu manger?

Elle allait se rebiffer, mais le mot « manger » fut magique. Elle était encore plus gourmande que susceptible. Sa mauvaise humeur s'envola et sa figure prit une expression qu'Antoine de Bersin lui connaissait bien. Elle l'avait à table et au lit. Le plaisir et la bonne chère constituaient son principal souci, avec celui d'être prise pour une personne comme il faut ! Cette prétention, qui, parfois, agaçait Antoine de Bersin, ce soir-là, lui semblait simplement un peu comique. D'ailleurs, il se sentait en gaieté. Il avait beaucoup travaillé, ces temps derniers, et terminé un tableau dont Alice posait la figure principale, et dont il n'était pas mécontent. Aussi pour fêter sa propre satisfaction et pour célébrer le rétablissement d'Elie Drevet, guéri d'une assez grave bronchite, il avait organisé ce dîner au restaurant où André Mauval était convié. Depuis qu'il avait confié à André ses anciennes peines de cœur, Bersin éprouvait pour lui un surcroît d'amitié, comme pour se justifier à lui-même d'avoir pris le jeune homme pour confident...

Cependant Alice était venue s'appuyer sur l'épaule d'Antoine qui donnait ses ordres au maître d'hôtel apparu à un coup de sonnette. Quand ce fut fait, il se renversa avec contentement au dossier de sa chaise. Il aimait ce vieux restaurant Lapérouse, ses cabinets à plafond bas, sa façade ventrue où les balcons de ferronnerie ont un galbe d'anciennes commodes. Certes, Alice aurait préféré un endroit plus élégant, mais il avait eu raison de s'en tenir à celui-ci. Si l'on pouvait inviter André Mauval où l'on voulait, il n'en était pas de même de Drevet. L'animal offrait un aspect si minable et si hétéroclite, avec sa mine de Gringoire récemment dépendu de la potence ! Il fut interrompu dans ses réflexions.

Alice, crispée, tambourinait des ongles sur son assiette :

— Ah ça ! ils sont étonnants, tes amis ! Ils ne se pressent vraiment pas !

Et elle ajouta, ironique :

— Je comprends encore que tu aies invité Mauval qui est un garçon distingué, mais Drevet ! Ah ! voilà Mauval ! Eh bien, vous êtes en avance !

André Mauval s'excusait :

— Je te demande pardon, Antoine, ce n'est pas ma faute.

Alice le regarda d'un air pincé. André s'excusait auprès d'Antoine ! Alors, elle, elle n'était rien, elle ne comptait pas ! Soudain, elle détesta André d'une de ces brusques haines de femme qui naissent de leur vanité offensée.

André s'expliquait :

— Papa était de très mauvaise humeur. On est toujours sans nouvelles du *Tokio* à la Compagnie. Il y a eu un article très méchant à *l'Écho des Ports*. Il a fallu répondre. Papa tenait à dégager sa responsabilité.

La haine d'Alice faiblissait. André Mauval, après tout, était le fils d'un homme important mêlé à des événements publics. Il en rejaillissait sur Antoine, aux yeux de la jeune femme, une certaine considération. Elle songea qu'il devait un jour entrer dans la carrière diplomatique. Son irritation se reporta sur Drevet.

— Tu sais, ton Drevet se moque de nous, à moins qu'il ne soit en bas et qu'on ne veuille pas le laisser monter.

Comme elle achevait, le chasseur parut. Un monsieur demandait M. de Bersin.

Alice éclata d'un mauvais rire.

— Tu vois !

Elle riait encore quand Drevet se montra :

— Grand pardon, messeigneurs, mais j'ai dû prendre la taille de la caissière et lui donner une boucle de mes cheveux. Ah! les femmes! Bonjour, madame Alice; bonjour, mes vieux. Ouf !

Il soufflait et respirait difficilement. Vêtu d'un pardessus trop grand pour lui, qui flottait autour de son maigre corps et battait ses longues jambes, à son cou s'enroulait un vieux cache-nez, et il tenait à la main un feutre défraîchi. Il avait le visage osseux, les joues creuses, le nez busqué, une petite moustache roussâtre, les cheveux presque rouges, la voix rauque, et d'étranges yeux, des yeux verts pailletés d'or, pleins de tendresse, d'intelligence, d'ironie ouailleuse.

— Excusez-moi, belle dame, de ne pas m'être mis en costume d'académicien, avec mes plaques, mais on est entre soi, n'est-ce pas?

Alice, avec mépris, le toisait, suspendant sa défroque au portemanteau. Antoine lui donna une bourrade amicale :

— Tais-toi, ne fais pas le pitre, et mange.

Le garçon servait le potage. Drevet déploya sa serviette. Une quinte de toux le secoua.

UN GENOU SUR LA BANQUETTE

Antoine de Bersin et André Mauval échangèrent un regard furtif.

Rarement, ils l'avaient vu plus surexcité, plus fou. Il mangeait peu, mais buvait et parlait beaucoup. Il avait vraiment, ce soir-là, le diable au corps. Alice même finissait par s'égayer aux bouffonneries, parfois vraiment comiques, du retardataire. Bersin, au contact, s'animait. Les plats étaient bons. Le vin excitait les langues. Alice vida, coup sur coup, plusieurs coupes de champagne. Elle n'était pas sans esprit, mais d'un esprit pointu, méchant, dont elle dissimulait le venin sous des façons enfantines. Un peu grise, elle faisait la petite fille. Il fallut qu'André lui coupât sa viande, la fît boire comme un bébé. Peu à peu, excitée par la nourriture, les lumières, par ce décor de cabaret, elle se laissait aller. Son fond de noceuse reparaissait. Sa figure, ses gestes, se vulgarisaient. Antoine, amusé, l'observait du coin de l'œil, riant aux plaisanteries de Drevet. Drevet, à présent, plaisait visiblement à Alice. Elle comprenait que l'on pût à la rigueur s'accommoder de ce garçon. Il était laid, mais rigolo. Quand Drevet se vantait d'être irrésistible, il ne mentait peut-être pas tout à fait ! Elle l'eût même préféré à André Mauval. Et, sournoisement, par compensation à ses pensées déshonnêtes, elle faisait sous la table du pied à son amant, tout en aguichant Drevet et en se penchant vers André pour lui parler à l'oreille.

DREVET SE MONTRA

André Mauval était distrait. Il se voyait dans un cabaret de nuit semblable à celui-ci, et seul avec une femme. Descendus d'un coupé bien clos qui les eût amenés jusque-là, il aurait monté l'escalier derrière elle, dans le sillage de son parfum et le froissement de sa robe. Son manteau enlevé, elle serait apparue en toilette de bal, avec des diamants au cou et une grosse fleur au corsage. A travers les murs eussent pénétré des musiques tziganes, les gémissements de longs archets sur des cordes nerveusement tendues. Puis, le verrou poussé, elle aurait protesté faiblement. Alors, il lui aurait pris les mains et posé sa bouche sur sa bouche, et, sur le divan large et doux, il aurait possédé non seulement l'objet de son caprice, mais la femme de ses rêves. Son bonheur présent se serait répercuté à l'infini, comme leur image enlacée reflétée de glace en glace, jusqu'au fond de l'espace et du temps... Et ensuite, il aurait pu partir. Qu'importeraient alors les pays lointains, les contrées étrangères, l'étendue des mers, puisqu'il y emporterait avec lui toutes les richesses du souvenir !

André Mauval soupira. Le vin lui échauffait l'imagination. Le rire nerveux d'Alice rompit sa rêverie. Il la regarda. Elle avait les joues rouges. Son nez était gonflé. Antoine de Bersin allumait un cigare. Le garçon servait le café et apportait les liqueurs. Drevet, les coudes sur la table, la tête dans ses mains, regardait fixement devant lui avec une telle expression de béatitude empreinte sur son maigre visage qu'Antoine de Bersin le remarqua :

— Voyons, qu'est-ce que tu as donc, ce soir, Elie? Tu étais tout à l'heure comme un enragé, maintenant tu es comme un abruti. Réponds.

Drevet secoua la tête et prit un air grave.

— Tu es amoureux.

La voix d'Alice susurra :

— Mais non, il est gris... Si vous vous sentez mal, allez-vous-en, vous savez...

Elle se recula avec méfiance. Elle recommençait à détester Drevet. Elle lui en voulait d'avoir ri de ses plaisanteries. Qu'est-ce que le garçon avait dû penser !... Heureusement que l'on devait savoir qu'Antoine

Alice haussa les épaules :

— Saoul, alors !

Drevet fit signe que non, puis il ajouta avec un geste emphatique :

— Non, ivre, ivre de joie et d'orgueil !

J'AI ENVOYÉ UN POÈME

s'appelait M. de Bersin. La particule de son amant rassurait Alice du jugement que l'on pourrait porter sur elle. Elle réfléchissait : Alice de Bersin, quel joli nom ! Cependant Drevet protestait :

— Mais je ne suis pas gris !

Il s'était tu. Soudain, il rougit jusqu'aux oreilles, et dit très vite :

— Eh bien, voilà. J'ai envoyé un poème à Marc-Antoine de Kerdren, et, non seulement il m'a répondu, mais il m'a invité à aller le voir.

Il redressait ses épaules étroites et passait le doigt dans le faux-col qui enfermait son cou maigre à la pomme d'Adam proéminente, comme si l'émotion l'étranglait. Alice le considérait, le menton dans sa main, le coude sur la nappe :

— Quelle blague !

Lentement, Drevet tira de sa poche un papier, le déplia avec précaution et le posa sur la table.

— Voici la lettre qu'il m'a écrite.

Antoine de Bersin et André Mauval se penchèrent sur l'autographe. Alice lança un « chouette » goguenard qui lui valut d'Antoine un dur regard. Dédaigneusement, elle alluma une cigarette. André et Antoine écoutaient Drevet :

— C'est aujourd'hui que je me suis présenté chez lui. Je savais par sa concierge qu'on le trouvait vers les deux heures. A midi, j'étais au Luxembourg. Je l'ai vu traverser le jardin pour rentrer, rue de Fleurus, déjeuner. Il s'est arrêté un moment pour regarder le cygne du bassin... Et je me disais : « Mon petit, bientôt tu sonneras à sa porte ; on t'ouvrira ; il te parlera... » Jamais je n'ai passé deux plus belles heures. Le jardin était presque désert. L'air était glacé, et il me semblait que je respirais de la force, de la joie, de l'espérance.

Antoine de Bersin grommela :

— Excellent régime pour un convalescent. Continue.

Drevet fit un geste d'indifférence :

— A deux heures moins le quart, je me suis mis en route. J'ai refait mon nœud de cravate en me regardant dans l'eau du bassin. Je ne me reconnaissais pas. Jamais je ne m'étais vu cette tête-là. Je ne pouvais pas monter l'escalier. Je me suis assis sur une marche. Je ne sais pas comment j'ai fait pour sonner. On m'a ouvert. C'était lui.

La voix de Drevet s'étrangla dans un fausset si drôle qu'Alice éclata de rire. Antoine de Bersin frappa du poing sur la table :

— Fiche-lui donc la paix, tu vois bien qu'il est ému !

Le ton de l'apostrophe fut si brutal qu'Alice fit un mouvement en arrière, comme si elle eût reçu une pierre. Drevet s'exaltait.

— C'était lui. Il m'a fait entrer et m'a dit que j'étais le bienvenu, oui, lui, Marc-Antoine de Kerdren. Il me semblait qu'à partir de ce moment une autre existence commençait pour moi. Il savait mon nom. J'étais quelqu'un à ses yeux. D'abord, j'aurais voulu rentrer dans le parquet, puis il m'a semblé que j'avais toujours été là, et que je ne m'en irais plus, qu'il connaissait toutes mes pensées et qu'il en avait été et qu'il en serait toujours ainsi. Alors, il a pris mon poème qui était sur sa table. Il a mis son lorgnon. Je voyais ses mains qui tenaient le papier et que sillonnaient de grosses veines. Je ne me sentais plus intimidé du tout.

Elie Drevet avait repoussé sa chaise. Machinalement, il imitait les gestes du maître, contrefaisait sa voix. Ses habitudes de mime, plus fortes que son émotion, le reprenaient. Marc-Antoine de Kerdren ne lui avait pas caché que son poème ne valait pas grand'chose, rien du tout, même, mais, néanmoins, on pouvait y voir l'indice lointain et presque imperceptible d'une certaine vocation poétique. Aussi n'était-ce point pour lui faire des compliments qu'il le faisait venir chez lui, mais pour lui donner des conseils qui pourraient lui être utiles. Qu'il ne se fiât pas aux premières satisfactions que nous cause, quand nous sommes jeunes, notre œuvre, quelle qu'elle soit ; au contraire, qu'il apprît à être difficile, mécontent, sévère à lui-même. L'art n'est pas un amusement. Il demande de la patience, de l'effort, du temps surtout, du temps ! C'est lui qui est le grand maître !... Ainsi, lui, Kerdren, n'avait trouvé sa voie qu'après de longs tâtonnements. Il avait travaillé, déchiré, refait. Ce n'était qu'après des années de labeur stérile que, vers quarante ans, il s'était senti en possession de sa pensée et de sa forme. Alors, il avait éprouvé un sentiment de plénitude, d'abondance, de sécurité...

Et Drevet imitait la marche lourde et puissante du vieux poète, son geste ample. Il passait la main dans sa brosse rousse pour rejeter en arrière d'imaginaires cheveux blancs, tandis qu'Antoine de Bersin et André Mauval le considéraient, si maigre et si chétif ! Vraiment les conseils de Marc-Antoine de Kerdren prenaient, à s'adresser à ce garçon que minait un mal peut-être mortel, quelque chose de macabre et d'ironique. Eh oui, travailler, durer, attendre ! mais la maladie attendrait-elle, elle !

Drevet se rendit-il compte de ce que pensaient ses amis? Soudain il s'arrêta, secoué d'une quinte de toux. Sa face pâle rougit. Il resta un moment silencieux, puis il se rassit, et dit :

— Voilà ! Quoi qu'il arrive, j'ai été fièrement heureux, aujourd'hui.

— Oui, c'est un chic type, ce Kerdren, conclut André Mauval, et il ajouta :

— Maintenant, il commence à se faire tard et l'on devrait rentrer se coucher.

Drevet protesta :

— Me coucher !

Antoine de Bersin lui frappa sur l'épaule :

— Dame, nous allons tous en faire autant ! Allons, sois raisonnable. Soigne ta gloire, mon vieux !

Drevet ricana :

— Il y a la gloire, mais il y a l'amour. J'ai un rendez-vous, moi... Ah ! zut, je vais être en retard !

Il décrochait son pardessus et s'enroulait au cou son cache-nez :

— Se coucher, tu es bon, toi ! Est-ce que j'ai de quoi payer l'hôtel à ma poulette ! Tiens, je vais t'apprendre un truc épatant que j'ai inventé. Écoute bien ça. On prend l'omnibus, un omnibus qui a un chouette parcours, par exemple : Pigalle-Halle aux Vins, Panthéon-Courcelles, Clichy-Odéon, Trocadéro-Gare de l'Est. On grimpe sur l'impériale. L'hiver, un peu tard, il n'y a pas un chat. Le cocher tourne le dos, le conducteur est en bas. Là-haut, on est comme chez soi, à rouler dans le noir. On peut causer à l'aise et c'est beau ! On se réchauffe aux becs de gaz. On est comme des rajah en palanquin sur le dos d'un éléphant, comme la reine de Saba sur son dromadaire. C'est triomphal ; allons, adieu... Bersin, prête-moi vingt sous...

Il râfla une pièce blanche dans la monnaie que rapportait le garçon, tandis qu'Alice, aidée d'André, remettait son mantelet, et disparut.

André Mauval revenait à pied, par les quais. Il faisait froid. Les étoiles brillaient. La tête lui tournait un peu. Minuit sonna à l'horloge de l'Institut. Marc-Antoine de Kerdren venait là, tous les jeudis. Un jour, peut-être, Elie Drevet siégerait sous la coupole, s'il survivait à l'existence absurde qu'il menait, et André songea au lourd omnibus qui, à ce moment, emportait sans doute son ami, à travers l'air glacé de la nuit... Antoine, un jour, serait célèbre. Quant à lui, il ne connaîtrait pas la gloire. Que lui importait d'ailleurs ! Il acceptait volontiers l'idée d'une vie modeste, cachée, obscure. Il ne serait pas un homme illustre, mais il serait un grand amoureux. L'amour lui tiendrait lieu de tout ! Ah ! comme il en saurait goûter les délices raffinées, les joies brûlantes ! Comme cette flambée illuminerait toute sa vie ! Antoine et Elie, eux, peineraient pour créer de la beauté, de la beauté peinte, de la beauté écrite, tandis que lui, il jouirait de la beauté vivante, de celle que l'on peut étreindre avec ses bras, toucher de ses mains, de sa bouche, et qui est éternelle, elle aussi, par le désir qu'elle inspire et par le souvenir qu'elle laisse !

VII

André Mauval cherchait un cadeau pour l'anniversaire de naissance de sa mère. M. Mauval ne manquait jamais cette occasion de donner à sa femme, en son nom et en celui d'André, quelque objet qui lui plaisait à lui-même. L'excellente madame Mauval, quel que fût ce présent, s'extasiait toujours sur la surprise et le plaisir qu'il lui causait ; mais, peu à peu, en grandissant, André s'était aperçu que les goûts de sa mère différaient de ceux de son père. Aussi, l'année de son baccalauréat, avait-il demandé à M. Mauval la permission de choisir lui-même un petit souvenir particulier qu'il offrirait à madame Mauval.

M. Mauval avait acquiescé au désir d'André, qui était alors un jeune homme. André se rappelait la fierté et l'émotion de ce premier achat. Il avait aperçu, quelques jours auparavant, à la devanture d'un antiquaire de la rue de Seine, une coupe de porcelaine ancienne qui répondait parfaitement à son projet. Madame Mauval aimait ces sortes de vieilleries. Pourvu que ce gentil bibelot ne coutât pas trop cher ! Il était entré dans le magasin, le cœur battant. Le prix de la coupe ne dépassait heureusement pas ses ressources ! Le soir, en cachette, il l'avait montrée à M. Mauval. Ce soir-là, M. Mauval était de très bonne humeur. Il avait eu l'assurance formelle que sa nomination au grade de chevalier de la Légion d'honneur paraîtrait à l'*Officiel* au prochain 14 juillet. Aussi regarda-t-il avec indulgence l'acquisition de son fils... Quelle singulière idée de donner quelque chose d'aussi inutile ! Quant à lui, il achèterait pour madame Mauval une lampe à pied dont il avait envie depuis longtemps...

Madame Mauval fut ravie de sa coupe. L'attention de son fils la touchait. Il avait toujours été un bon enfant, et il serait un jeune homme accompli. D'ailleurs, en grandissant, il devenait avec elle plus tendre et presque galant. Il s'intéressait à ses toilettes. M. Mauval, depuis que sa situation à l'Union maritime avait pris de l'importance, avait augmenté la pension de sa femme. Tout en satisfaisant aux désirs d'élégance de son mari, elle mettait en réserve ce qu'elle économisait sur son budget. Elle en formait une petite bourse pour André. André y faisait appel souvent.

Aujourd'hui, néanmoins, à l'occasion de l'anniversaire de madame Mauval, c'était à M. Mauval qu'André s'était adressé. M. Mauval, comme sa femme, possédait son petit magot. Dans sa pensée, cette réserve devait parer aux éventualités imprévues, parmi lesquelles figuraient celles qui pourraient bien, un jour, provenir d'André. Jusqu'à présent, André se montrait raisonnable ; mais, maintenant qu'il allait avoir vingt ans, quelques frasques de sa part n'eussent rien eu de surprenant. M. Mauval était d'ailleurs résolu à les tolérer. Lui-même, au même âge, avait fait les siennes. Et il attendait celles de son fils, de pied ferme. Les remontrances qu'il aurait à lui faire le consolaient, dans une certaine mesure, de ce que pourraient bien lui coûter les escapades du jeune homme. Le plaisir d'avoir raison en était un pour M. Mauval, mais jusqu'alors André ne le lui avait pas donné. Aussi fut-ce presque avec ironie qu'il lui remit la petite somme demandée pour le cadeau de madame Mauval.

L'argent en poche, André venait de sortir pour se mettre en quête de son achat. Il voulait, tout d'abord, faire un tour à la boutique de madame Berkenstein, marchande de curiosités, rue de l'Abbaye où il avait, l'année précédente, acheté un très joli étui à aiguilles en vernis Martin, dont madame Mauval avait été fort contente et dont elle se servait toujours depuis. Quand il entra dans le magasin, la grosse madame Berkenstein, en train de repriser des bas, le regarda par-dessus ses lunettes, sans se lever. André lui exposa ce qu'il souhaitait.

— Ma foi, voyez si vous trouvez quelque chose et prenez garde de ne rien casser.

La boutique de madame Berkenstein était en effet fort encombrée. Elle contenait les objets les plus divers : des meubles, des cadres sans tableaux, des tableaux sans cadres, des panneaux de bois sculpté, des bouts d'étoffes, des plats d'étain et de faïence, des boîtes, des boucles. A la devanture, une garniture de pots de pharmacie montrait, sur un fond bleu, en des cartouches à banderoles jaunes, des noms de médicaments en latin. Au plafond, pendaient, côte à côte, un lustre empire et une lampe hébraïque. André Mauval ne découvrait rien à sa convenance. Madame Berkenstein le considérait d'un air affable. Décidément, ce petit jeune homme n'achèterait rien !

Madame Berkenstein adorait ses bibelots. Aussi tenait-elle extrêmement à sa boutique dont la situation, à l'écart dans une rue le plus souvent déserte, n'attirait guère les passants et ne lui valait que de rares visiteurs. Celui-là ne lui semblait guère dangereux et ne lui enlèverait aucun des objets auxquels elle était habituée :

— Alors, vous ne trouvez pas votre affaire?

André fit un signe négatif. La figure de madame Berkenstein s'égaya :

— Ah ! vous savez, c'est fini, le bibelot ! il n'y a plus rien ; tout est raflé, et ce qui reste, c'est du faux pour les trois quarts. Faites un tour chez Vernon, chez Durbach, chez Leduc, et vous m'en direz des nouvelles !

Madame Berkenstein poussa un soupir hypocrite et ajouta :

— Mais vous n'êtes pas un amateur, vous ! et vous avez de la chance. Ah ! je vois bien ce que vous cherchez... de quoi faire un gentil cadeau. A votre place, moi, j'irais franchement dans le moderne. C'est pour votre bonne amie, n'est-ce pas?

André rougit. Madame Berkenstein lui souriait avec indulgence :

— Je connais ça, c'est de votre âge... J'ai aussi un fils qui va sur ses vingt ans... Allez donc la retrouver votre petite dame, ça vaudra mieux que de rôder dans cette poussière !...

Tout en songeant au comique de la brave madame Berkenstein, André Mauval s'arrêtait aux vitrines des antiquaires, nombreux dans le quartier. Rien ne le tentait. Les paroles de madame Berkenstein lui revenaient à l'esprit. Le nez collé aux vitres, il examinait avec méfiance les étalages. Une ou deux fois, il fut sur le point d'entrer pour demander un prix, mais les marchands et les marchandes l'intimidaient. Certains ressemblaient à des cambrioleurs ou à des recéleuses. Les objets en montre prenaient un air d'objets volés et l'on se serait cru complice à les acheter. André, à travers les vitres, recevait les regards soupçonneux de messieurs bourrus ou de dames au nez crochu. Ailleurs, les gens avaient de meilleurs aspects. Hommes ou femmes, ils présentaient le type vieille France. On eût dit qu'ils faisaient partie eux-mêmes de leur bric-à-brac. Ils montraient, au milieu des débris du passé sauvés du naufrage des révolutions, des profils d'émigrés ou des trois quarts de douairières.

André Mauval descendait ainsi la rue des Saints-Pères. Il s'arrêta une minute pour admirer une marquise à cheveux poudrés qui, au fond de son magasin, comme une vivante image d'autrefois, jouait négligemment avec des éventails, puis il continua son chemin jusqu'à la rue de Verneuil.

A l'une des premières maisons, une enseigne de fer forgé attira son attention. Elle annonçait justement un magasin d'antiquités, sans doute installé là nouvellement, car André ne l'avait jamais remarqué encore. Il s'approcha. La boutique était fraîchement peinte d'une couleur vert myrte. Les grandes glaces de la devanture laissaient voir peu d'objets, mai disposés avec goût. A l'intérieur, aucun entassement, aucune poussière. Le parquet ciré luisait. Aux murs quelques beaux miroirs, quelques tableaux en leurs cadres dorés. Çà et là, des meubles rangés comme dans un salon. Au milieu, sur un guéridon, il aperçut plusieurs de ces petites boîtes tressées en pailles de couleur, comme sa mère les aimait. Le magasin était vide.

La porte, en s'ouvrant, fit retentir le timbre. Il sonnait clair, net, brusque. André Mauval attendit. Personne ne se montrait. Enfin, il entendit un pas léger. D'un escalier en colimaçon, dissimulé au fond du magasin, quelqu'un descendait. Une jeune femme parut. Elle ne ressemblait guère à ses congénères. Grande et mince, vêtue d'un complet sombre, elle portait au cou un petit col droit empesé et qui luisait comme de la porcelaine. Sa figure un peu longue, de teint ambré, au nez délicat, s'éclairait d'étranges yeux gris. Ses cheveux châtains se massaient sur sa tête, lisses et serrés. Elle avait la bouche sinueuse, bien dessinée, la lèvre très rouge et ombrée d'un duvet. Il y avait dans son allure quelque chose de hardi et de discret à la fois :

— Que désirez-vous, monsieur?

André désigna les boîtes de paille étalées sur le guéridon. De sa main un peu maigre, la jeune femme disposa sur le marbre les menus bibelots :

— C'est tout ce qui me reste d'un lot que j'ai acheté à la vente Gérin. J'ai déjà vendu les plus belles, mais celles-là sont très avantageuses. Si vous voulez voir?

André se pencha. Une de ces boîtes était octogone. La paille formait un damier jaune et rose. Elle lui plut. Pendant qu'il l'examinait, la marchande en prit une autre :

— Celle-là est jolie aussi. Elle a un petit miroir à l'intérieur.

Elle glissa l'ongle dans la rainure. Le couvercle tenait. La jeune femme fit un effort. Ses dents, très blanches, mordirent sa lèvre inférieure.

— Ne vous donnez pas la peine, madame. Combien vaut celle-là?

— Soixante francs.

C'EST ENCORE MOI

Brusquement, le timbre retentit. André, sa boîte à la main, regarda vers la porte.

La nouvelle venue pouvait avoir vingt-cinq ans. L'élégance discrète de sa robe faisait valoir les lignes harmonieuses et pleines de son corps. Son visage était d'un ovale charmant, le nez fin à la fois et charnu, imperceptiblement relevé du bout, la bouche gracieuse, les yeux bruns francs et tendres, les cheveux d'un beau noir fluide et frais. Sur la toque qui la coiffait, des fleurs se mêlaient à de la fourrure, et, à son cou, s'enroulait un boa de renard bleu. Elle tenait à la main un petit sac en mailles d'or. Toute sa personne avait un aspect de jeunesse et de vie qui s'accordait avec le tintement du petit sac doré, avec le bruissement des étoffes remuées, avec l'air vif de mars qui pénétrait par la porte ouverte du magasin, en même temps qu'une odeur de violette et d'iris émanée de la jolie acheteuse.

— Eh bien, oui, mademoiselle Vanove, c'est encore moi... J'ai voulu voir si vous étiez toujours intraitable pour la tabatière. J'aime mieux vous dire que j'en ai une envie folle.

Sa voix résonnait claire et gaie. André examinait avec admiration cette jeune femme que mademoiselle Vanove regardait fixement, de ses étranges yeux gris. André remarqua ce regard ardent et sec, où luisait une sourde flamme.

— Eh bien, madame, pour vous, ce sera cinq cents francs. Vous êtes si jolie !

Cela fut dit d'un ton si hardi et d'un accent si passionné qu'il sembla à André que c'était lui qui venait d'exprimer tout haut sa pensée; il rougit, comme s'il eût parlé lui-même, et il baissa la tête, comme s'il eût été coupable de l'impertinence de ces paroles.

— Vous êtes trop aimable, mademoiselle Vanove. Je payerai les six cents francs que vous me demandiez l'autre jour.

Le « trop aimable » fut accentué avec une certaine ironie qui rétablissait les distances. Mademoiselle Vanove reçut la leçon sans broncher et sortit d'un tiroir la tabatière en question. André entendit sur le guéridon le bruit de la bourse aux mailles d'or où la main gantée froissait les billets de banque. Mademoiselle Vanove ne semblait nullement décontenancée. De ses mêmes yeux insistants, elle considérait sa cliente. Celle-ci semblait radoucie et regardait autour d'elle :

— A propos, mademoiselle, vous n'avez pas ce bois de bergère que vous m'aviez promis de me chercher?

Mademoiselle Vanove secoua la tête. Son cou tourna dans son col empesé. André vit son beau profil dur et net. Comme il préférait la douce et riante figure de l'autre, avec ses joues veloutées, son nez délicat, sa bouche... Mademoiselle Vanove attendait tous les jours le bois promis. Elle ajouta :

— Mais j'ai un très beau lit Louis XVI. Si vous voulez monter à l'entresol. Vous permettez, monsieur?

André, par contenance, examinait la boîte en paille. La jeune femme hésitait, puis, soudain, s'adressant à mademoiselle Vanove :

— Mais monsieur désirerait peut-être aussi voir ce lit, mademoiselle.

André salua. Les deux femmes le précédèrent dans l'escalier en colimaçon. Il menait à une chambre assez vaste, à plafond bas, garnie de meubles anciens qui lui donnaient un certain air habité. Le lit en occupait le fond. Des guirlandes sculptées et des pommes de pin le décoraient. Avec ses oreillers qui bombaient la courte-pointe de soie ancienne, ce n'était pas une chose morte, mais une chose vivante. On sentait qu'en soulevant la vieille étoffe, on trouverait dessous la toile fine du drap, la mollesse du matelas. Il évoquait les doux sommeils et les amoureuses veilles de jadis, dans un temps où la vie était plus oisive, plus paresseuse que dans le nôtre, où l'amour tenait plus de place qu'à présent et suffisait au divertissement du cœur et de l'esprit. Il faisait songer, ce lit, en sa grâce ornementée et galante, à des attitudes de langueur et de tendresse, aux mouvements et aux repos du plaisir.

Tout cela se formulait vivement dans la pensée d'André Mauval, pendant que mademoiselle de Vanove tirait les rideaux de la fenêtre. Debout à côté de la jeune dame inconnue, il demeurait à considérer ce lit vide. La chambre fleurait un parfum discret et lointain qu'on eût dit celui de femmes déshabillées. Quels corps voluptueux avaient dû jadis s'étreindre sur cette couche? Il en imagina, dans un éclair, les chairs nacrées à la Fragonard ou à la Boucher, les chairs abondantes et libertines aux courbes grasses, aux fossettes mobiles. Troublé, ému, le sang aux joues, il les voyait s'allonger en poses gracieuses. La voix de mademoiselle Vanove interrompit sa rêverie.

— N'est-ce pas, madame, qu'il est beau? Du reste, il vient de chez monsieur Marcorand, qui l'avait acheté aux descendants de la célèbre mademoiselle Bricourt, à qui il avait été donné par mademoiselle Thalestris, la danseuse, quand la Bricourt fit meubler pour cette dernière sa petite maison du faubourg du Roule. Et voyez, voici ce qui le rend encore plus curieux.

Mademoiselle Vanove, à la tête du lit, où la guirlande formait médaillon, avait poussé un ressort. Dans l'ovale apparu, s'encadrait une petite gouache. Elle représentait deux femmes, le sein nu, des roses aux cheveux, tendrement enlacées, et qui appuyaient, chacune sur la gorge de l'autre, une flèche allégorique. L'inconnue et André s'étaient penchés pour voir. Leurs têtes se touchèrent presque. André respira la fine odeur d'iris et de fourrure. La jeune femme se releva la première. Mademoiselle Vanove fit jouer de nouveau le ressort.

— Très joli, mademoiselle Vanove, mais

un peu cher, je crains, pour ma bourse.

Mademoiselle Vanove sourit. Le sourire illuminait singulièrement sa face ardente et grave. Elle dit :

— Dix mille francs.

L'inconnue fit une moue découragée. En agitant son petit sac à mailles d'or, elle regagnait l'escalier :

— Allons, au revoir, mademoiselle Vanove. Pensez à ma bergère. Je repasserai un de ses jours.

Mademoiselle Vanove s'inclina :

— Si madame veut me donner son nom et son adresse, je la préviendrai.

— Non, c'est inutile. Je viens souvent dans ce quartier. Adieu, mademoiselle.

Elle adressa, en sortant, à André Mauval un gracieux salut. Il éprouva une brusque impression de tristesse. Quoi, il ne reverrait donc sans doute jamais ce doux et charmant visage, ce nez gentil, cette bouche, ces beaux yeux ! Mademoiselle Vanove, silencieusement, enveloppait la boîte de paille. André paya, prit le paquet que lui tendait la marchande, et, une fois dehors, il se mit à courir.

Arrivé au quai, il s'arrêta, regarda à droite, à gauche, et tapa du pied sur le trottoir. S'il n'avait pas dû payer cette maudite boîte, il aurait pu rejoindre la jeune femme, apercevoir encore peut-être dans la rue sa silhouette élégante. Jusque chez lui une image le précéda, tandis qu'il croyait sentir flotter dans l'air un parfum de fourrure et d'iris.

VIII

— Je ne sais pas trop quel dîner vous aurez, ce soir, mon pauvre Hubert; j'ai dû renvoyer notre cuisinière. Elle faisait bien, mais elle devenait si exigeante que j'ai été forcée de la remplacer. Enfin, vous jugerez...

Cette nouvelle, qui, d'ordinaire, eût fort intéressé l'oncle Hubert, sembla le laisser assez indifférent. Madame Mauval remarqua son air absorbé. D'habitude, Hubert Mauval compatissait volontiers aux soucis de ménage de sa belle-sœur, mais aujourd'hui, il avait l'aspect préoccupé de quelqu'un qui a bien d'autres soins en tête. Sans répondre, il faisait rentrer dans sa poche une liasse de journaux qui s'obstinaient à en sortir. Néanmoins, madame Mauval ajouta mélancoliquement :

— Ah ! il devient de plus en plus difficile de se faire servir.

L'oncle Hubert hocha la tête en signe d'approbation et laissa tomber un « Bigre, oui ! » qui en disait long sur ses propres tracas ancillaires.

Plus d'une fois, l'oncle Hubert s'en était ouvert à madame Mauval. Oui, du train où l'on allait, il faudrait bientôt renoncer à avoir des domestiques. Les servantes que l'on prenait à Paris étaient impossibles. Jadis, on avait la ressource d'en engager qui arrivaient de province. On trouvait ainsi parfois des filles saines, robustes, travailleuses. Maintenant, les coquines débarquaient à Paris avec des prétentions exorbitantes. Cela se voyait jusque dans leur costume. Elles se présentaient vêtues à la mode du jour. Plus de ces bonnets légers, de ces coiffes tuyautées qui réjouissaient l'œil et sentaient leur village. Oui, la vie devenait de plus en plus difficile. Et cependant, lui, Hubert Mauval, n'était qu'un humble célibataire, et son existence était bien simple.

Si simple que fût cette existence de l'oncle Hubert, elle était souvent, entre monsieur et madame Mauval, un sujet de conversation. Elle n'avait jamais cessé de les intriguer, et ils se posaient souvent cette question : que pouvait bien faire l'oncle Hubert de la longueur de ses journées ? D'occupation, point. Peu de relations ; il détestait le monde. Certes, on le savait grand lecteur de journaux et grand spéculateur en politique, mais cela ne pouvait absorber tout son temps. Il y avait bien son goût des choses militaires ! L'oncle Hubert, chaque année, ne manquait pas d'assister à la revue du 14 juillet, de même qu'à tous les enterrements des officiers supérieurs de terre et de mer et de tous les grands personnages dont les obsèques motivaient un certain déploiement de troupes. Il en tirait des conclusions sur l'état de notre armée. Les Salons de peinture recevaient aussi sa visite. L'art ne l'intéressait pas par lui-même, mais il goûtait assez les tableaux de batailles. Devant ceux-là, il s'arrêtait longuement et en discutait volontiers avec M. Mauval, qui, pour sa part, préférait les sujets de marine et les sujets exotiques, surtout quand ces derniers représentaient des pays desservis par les paquebots de l'Union maritime. Madame Mauval laissait ces messieurs aux prises. Elle appréciait surtout les paysages. Les arbres, les eaux, les fleurs émouvaient cette Parisienne qui passait presque toute sa vie à la ville. Chaque année, elle allait aux Salons apprendre la nature. Elle en rapportait des impressions qu'elle comparait au peu de souvenirs agrestes qu'elle possédait, et qui lui venaient tous des séjours annuels qu'elle faisait, durant l'été, dans la propriété de sa belle-sœur, à Varangeville. Là, pendant un mois ou deux, elle réjouissait ses yeux de la grasse et riche verdure normande.

L'oncle Hubert interrompit la rêverie de madame Mauval en tirant sa montre. M. Mauval était en retard.

— Cela arrive souvent, ces temps-ci. Son chef, monsieur Delavaud, est malade, et tout le service retombe sur lui. Hier, il n'est rentré qu'à huit heures.

L'oncle Hubert fit la grimace. Madame Mauval ajouta :

— Je crains même qu'il ne puisse avoir de congé, cette année, et d'être forcée d'aller seule à Varangeville avec André...

Ce contretemps ennuierait fort M. Mauval. Il aimait beaucoup Varangeville, ses prairies, ses chemins plantés, ses falaises, d'où l'on voit passer les bateaux qui font le service de Dieppe à Newhaven, et d'où l'on aperçoit parfois, venant de Hambourg et se dirigeant vers l'Amérique, les grands paquebots des compagnies allemandes.

Au mot « allemandes », l'oncle Hubert leva les sourcils. Madame Mauval s'énervait. L'absence de son mari commençait à l'inquiéter.

— Bah ! ma sœur, rassurez-vous, ce brave Alexandre n'a pas pris la mer sans vous prévenir, quoique, entre nous, je ne comprends pas qu'il n'ait jamais eu la curiosité d'en essayer, au moins une fois. Avec tout cela, il est plus de sept heures et demie.

Madame Mauval s'agitait.

— Et André, non plus, qui n'est pas encore là... Ah ! en voilà au moins un !

Un coup de sonnette retentissait. M. Mauval et André entrèrent ensemble dans le salon. Ils s'étaient rencontrés dans l'escalier. M. Mauval avait été retenu au bureau. André s'était attardé chez Antoine de Bersin, où Drevet leur lisait un poème.

A table, M. Mauval déplia sa serviette et goûta le potage. L'oncle Hubert l'observait.

— Allons, c'est mangeable. Je pense, Hubert, que Louise t'aura dit nos ennuis de domestiques...

André ne prenait aucune part à la conversation. Les rimes de Drevet bourdonnaient encore à ses oreilles. Sa distraction n'échappait point à madame Mauval. A quoi son fils pouvait-il bien songer ainsi? Et, elle aussi, demeurait songeuse, quand la voix de M. Mauval l'interpella :

— Ah ! Louise, à propos, j'ai reçu de nouveau la visite de Nancelle, mais j'étais si occupé que je n'ai pu le voir qu'une minute. Il venait me remercier de ce que j'ai fait pour un parent de sa femme et s'excuser de ne pas te l'avoir encore amenée, mais ils s'installent et madame de Nancelle court les magasins. Il paraît qu'elle est comme toi, qu'elle aime beaucoup les antiquailles. Vous vous entendrez fort bien. Je crois que Nancelle aimerait assez que sa femme te vît souvent. Elle est un peu isolée à Paris. Ils ne connaissent pas grand monde.

André, au mot d'antiquailles, avait levé la tête. Soudain, il revoyait la boutique de mademoiselle Vanove et la jolie acheteuse de l'autre jour. Depuis cette rencontre, il pensait souvent à elle. Il y pensait avec plaisir et avec regret. Comment avait-il été assez stupide pour ne pas la suivre, afin de tâcher de savoir où elle habitait, qui elle était. Plusieurs fois, il avait repassé devant la boutique de la rue de Verneuil, chaque fois vide. Les affaires de mademoiselle Vanove ne devaient pas être brillantes ; et de quoi pouvait bien vivre cette singulière marchande aux yeux ardents qui proposait des rabais à ses clientes parce qu'elles étaient jolies? En d'autres circonstances, la curiosité d'André eût été piquée par l'étrange mademoiselle Vanove. Il y avait là quelque bizarre mystère de l'industrie parisienne, mais le souvenir de l'inconnue seul le préoccupait. Où était-elle maintenant? La reverrait-il jamais?

Cependant l'oncle Hubert, qui écoutait, goguenard et narquois, les propos de M. Mauval, haussa les épaules :

— Ah oui ! ils sont bien, tes Nancelle ! ah ! ah ! ils s'installent ! Faites, faites, mes petits amis, c'est parfait. Vous préparez des gîtes au Prussien, mes enfants !

M. Mauval, qui se levait de table, se mit à rire :

— Allons, bon, Hubert, voilà ta manie pessimiste qui recommence ; et dire qu'il y a trente ans que tu nous l'annonces, l'invasion ! Ah ! Cassandre de Saint-Mandé, voilà bien des tiennes. Tiens, je te laisse avec André. Tu nous rejoindras tout à l'heure.

La porte refermée sur monsieur et madame Mauval, l'oncle Hubert tira de sa poche sa blague à tabac en vessie de porc et sa pipe de terre savamment culottée. André, résigné, le considérait. Connaissait-il assez ce geste ! Depuis son enfance, il le voyait répété chaque semaine. Et les pronostics belliqueux du brave oncle !

L'oncle Hubert allumait sa pipe; puis il se versa un petit verre de rhum et, d'une voix confidentielle, il dit :

— Mon petit, ton père est fou. Les Prussiens seront chez nous avant quinze jours.

André regarda non sans étonnement l'oncle Hubert, mais le bonhomme ne plaisantait pas. Il avait l'air satisfait et supérieur d'un prophète à qui l'on n'a pas cru et qui va finir par avoir raison. Il reprit :

— Cette fois-ci, nous sommes dans le sac.

Que prétendait l'oncle Hubert? André avait lu les journaux du jour qui traînaient sur le divan d'Antoine de Bersin. Ils ne relataient aucune nouvelle sensationnelle. Cependant le ton mystérieux de l'oncle lui en imposait :

— Enfin, mon oncle, qu'y a-t-il?

L'oncle Hubert vida son verre de rhum et caressa sa barbiche :

— Il y a que ce que j'ai toujours prédit est arrivé, nom d'une pipe...

Il agita la sienne et rapprocha sa chaise de celle d'André.

L'oncle Hubert avait vu les choses venir de loin. Depuis longtemps, il en étudiait les indices. Ah ! l'on se demandait à quoi il occupait ses journées ! Mais à se rendre compte de ce qui se passait autour de nous, et cela ne se fait pas en regardant en l'air. Maintenant il était sûr de son dire. Elle était formée, la grande coalition qui devait supprimer la France de la carte du monde. Ce n'étaient pas que les Prussiens qui seraient à Paris dans quinze jours, ce serait l'Europe, oui, l'Europe, l'Europe !

L'oncle Hubert s'animait. Et, pour repousser l'ennemi, pas d'armée ! Cela, l'oncle Hubert le savait, n'est-ce pas? un vieux militaire comme lui. D'ailleurs, pour en être assuré, il suffisait d'assister aux grands enterrements. Une armée ! On n'avait même pas de pontonniers. Oh ! les pontonniers. Et l'oncle Hubert ricanait dans sa barbiche :

— Ainsi, petit, tu vois où nous en sommes. Ah ! nous sommes mûrs pour l'annexion !

André Mauval écoutait avec incertitude l'oncle Hubert. Il était un peu toqué et, depuis quelques mois, ses bizarreries augmentaient. D'autre part, les propos du vieux médaillé impressionnaient André. S'il disait vrai, pourtant. Et André l'écoutait toujours, pendant que la salle à manger s'emplissait de la fumée de petites pipes redoublées...

M. Mauval avait ouvert la porte :

— Qu'est-ce que vous faites donc, toi et Hubert, à vous enfumer ainsi? Pouah ! quelle tabagie !...

Au salon, l'oncle Hubert était devenu silencieux. André se rassurait. Il lui semblait sortir d'un cauchemar, mais il avait l'air fatigué, si bien que, lorsque l'oncle Hubert fut parti, madame Mauval suivit son fils dans sa chambre :

— Tu n'es pas malade, mon enfant, tu n'as rien mangé à dîner. Pourquoi es-tu resté si longtemps enfermé avec ton oncle? Il fallait venir nous retrouver plus tôt. Allons, dors bien.

Quand sa mère fut partie André se déshabilla. Au lit, il alluma une dernière cigarette. La fine odeur du tabac turc le fit songer à des pays bleus. Oui, mais si ce qu'avait dit l'oncle Hubert était vrai ! Si demain il n'y avait plus de France, il n'y aurait plus de consuls, et alors, les voyages, le soleil, l'Orient ! Tout s'évanouirait comme la fumée blonde qui dissolvait dans l'air ses anneaux mouvants et parfumés... Bah ! demain, il irait demander à Bersin et à Drevet ce qu'ils pensaient de toutes ces histoires.

Le lendemain, au moment où il se disposait à se rendre chez Antoine de Bersin, il réfléchit que le peintre se moquerait sûrement de lui s'il lui rapportait les racontars de ce vieux songe-creux d'oncle Hubert. Il craignait aussi de paraître, aux yeux de son ami, un peu couard dans ses appréhensions, car Bersin, lui, n'eût pas été fâché d'aller aux frontières. Durant son service dans les dragons, il s'était plu aux chevauchées des manœuvres, aux coucheries dans le foin, aux alertes nocturnes. Volontiers il aurait pris, pour de bon, la latte et le mousqueton. Quant à Drevet, André connaissait ses idées. Drevet ne lèverait pas le petit doigt pour choisir d'être Français ou Allemand. La patrie ! pour ce qu'elle faisait de ses grands poètes ! Oui, elle possédait un Marc-Antoine de Kerdren, et de quels honneurs l'avait-elle comblé ! Elle croyait s'acquitter envers lui en ornant sa boutonnière d'un misérable petit ruban rouge et en l'affublant d'un habit vert, d'un bicorne et d'une épée à poignée de nacre. C'était tout, et elle le laisserait mourir presque pauvre dans le médiocre appartement qu'il habitait, rue de Fleurus, et qu'il partageait avec son caniche et sa tortue favorite. Ainsi, donc, qu'on le laissât tranquille avec la patrie ! Tout ce qu'il demandait, c'était une plume, du papier et une femme. Quant à la France, zut ! D'ailleurs, il ne souhaitait qu'une chose, une langue uniquement littéraire, comme le latin, où les mots ne seraient plus que les invariables cubes de couleur de la mosaïque des idées.

André songeait à tout cela en descendant l'escalier. Dehors, il faisait beau, et presque doux. On était aux premiers jours d'avril. Le ciel était clair et lumineux. Au bout de la rue, la cour de l'École des Beaux-Arts dressait dans le soleil son décor théâtral de colonnes et de portiques, qui semblait prêt au jeu de quelque noble tragédie. André se dirigea vers la grille. De chaque côté, les bustes de Puget et de Poussin, au-dessus de la grosse borne de pierre qui les engaine, le regardaient de leurs bons yeux tranquilles. Le concierge, assis sur une chaise de paille, à la porte de sa logette, émiettait du pain aux pigeons. Sur sa poitrine, des croix brillaient. Ancien militaire, il achevait le reste pacifique d'une vie belliqueuse. La guerre n'a donc rien de si terrible. Ce vieux chevronné, de même que l'oncle Hubert, avait assisté à des batailles, et après tout, ne s'en portait pas plus mal. Cependant les pronostics de l'oncle revenaient de nouveau à l'esprit d'André. Quoi, Paris, en cette belle lumière de printemps, Paris ne serait plus, sous les obus prussiens, qu'un amas de décombres et qu'un monceau de cendres !

Cependant André Mauval avait pénétré dans la cour de l'École. La façade sculptée du château de Gaillon imitait une sorte d'arc de triomphe. Deux pigeons traversèrent l'air ensoleillé. André pensa aux voyageurs ailés, qui portent, au delà des lignes d'investissement, les nouvelles des villes assiégées. Il s'imagina glissant, sous l'aile de l'un de ces messagers, un billet écrit sur papier pelure. Ce serait une lettre d'amour ! Elle s'envolerait loin, très loin au-dessus de la fumée des bastions, par delà les forts tonnant. L'oiseau fidèle l'emporterait dans son essor. Enfin lasse, la bestiole s'abattrait dans la cour de quelque vieux château, toute palpitante de sa course. Une jeune femme ramasserait l'oiseau. De ses doigts délicats elle soulèverait l'aile détendue, détacherait le billet aérien... Et cette dame aurait le visage ovale, le nez gentiment relevé, la bouche fraîche, les yeux bruns. André la reconnaissait bien quoiqu'il ne l'eût vue qu'une fois, oui, une seule fois !

Il fit quelques pas. Auprès de lui, des statues mutilées se dressaient sur leurs socles. Qui les avait blessées ainsi? Et André revoyait la même jeune dame. Elle portait sur sa poitrine la croix rouge des hospitalières. De longues files de petits lits blancs s'alignaient, mais au bout de la salle, il y avait un autre lit, couvert, celui-là, d'une courte-pointe de soie ancienne. Des guirlandes l'ornaient et des pommes de pin étaient sculptées au haut de ses montants. Et la jeune dame se penchait vers un médaillon ovale où l'on distinguait une peinture galante...

Tout en songeant à ces choses, André avait gagné le petit cloître de l'École. Les arbustes verts y luisaient autour du bassin, et André se promenait à pas lents sous les galeries. Devant le monument de Henri Regnault, il s'arrêta, Il considérait le buste du peintre. Ce visage si jeune, si intelligent, l'émouvait. Appuyée à la stèle, la Muse de marbre tendait au héros la palme du souvenir et de la gloire. Bersin parlait souvent de Regnault dont il admirait le talent. André avait lu la correspondance de l'artiste. Il connaissait sa vie, son amour de la lumière et de la couleur, son goût pour les pays pittoresques, ses séjours en Espagne, au Maroc. Lui aussi, un jour, vivrait dans ces mêmes décors, chers au peintre de la *Salomé* et de la *Justice maure*. Lui aussi, il habiterait une maison blanche avec une cour intérieure où murmurerait un svelte jet d'eau. Au lieu du ciel léger du Paris d'avril qu'il apercevait au-dessus de lui, l'éclatant azur de l'Orient s'étendrait. Dans les rues, il rencontrerait des chameaux au pas balancé et des ânes au trot menu. Derrière les murs blancs d'un jardin que dépasseraient les panaches des palmiers, il entendrait résonner les sourds tambours et gémir les flûtes aigres. Parfois, dans la campagne nue, sous le soleil aveuglant, retentirait, avec un tourbillon de couleurs et un vertige de galops, la fusillade des fantasias. Puis, il rentrerait chez lui et monterait sur sa terrasse... A l'occident, le ciel deviendrait couleur de cuivre. En bas, il écouterait le bruit mat d'une grenade tombant sur le sol ou d'une orange se détachant d'une branche trop chargée, et le silence semblerait jongler avec la boule des fruits sonores, tandis que le vent du soir se lèverait, apportant avec lui les grains de sable du désert, et que la lune montrerait, au-dessus du dôme bombé d'une mosquée, sa double corne étincelante. Et alors, certes, bien des lieues le sépareraient de Paris, mais que lui importerait ! Il n'y laisserait rien qui l'y retînt. Il n'avait pas de maîtresse !

Et André considérait de nouveau la Muse de marbre de la stèle. Figure de gloire, elle était aussi une figure d'amour. Et il repensait à l'histoire qu'il avait entendu conter de Regnault, de Regnault, fiancé au moment de la guerre à une jeune fille qu'il aimait. Oui, c'était le cœur plein d'amour que le jeune mobile avait marché à l'ennemi. Et André évoquait la funeste journée, le parc de Buzenval sous la neige, l'attaque, la retraite et cette balle perdue qui avait frappé le peintre-soldat. Peut-être qu'un jour, lui aussi, finirait de même, car, si les événements annoncés par l'oncle Hubert se produisaient, il y aurait sa part. Les humbles fonctions d'auxiliaire ne garantissant pas de tout danger. Ce serait une mort de « riz-pain-sel », mais la mort tout de même !

Il s'attendrissait. Les premières journées de printemps portent à la mélancolie. Souvent déjà, elles avaient fait songer André à la mort, mais d'une façon vague, indistincte, lointaine. Aujourd'hui, la pensée s'en précisait. Après tout, que regrettait-il donc tant de la vie? Est-ce donc si agréable de vivre et si souhaitable de vieillir? Quels pouvaient bien être les plaisirs de ce vieux portier qu'il voyait tout à l'heure émietter du pain à ses pigeons? Et l'oncle Hubert, que faisait-il donc de l'existence? Il avait eu des désirs, des espoirs. Il avait eu vingt ans. Et André se le représentait, jadis, en son pimpant uniforme de chasseur, partant pour l'Italie, au galop de son petit cheval. Il avait dû aussi craindre la mort, l'oncle Hubert, quand les balles et les boulets de Magenta sifflaient et grondaient à ses oreilles. La mort l'avait épargné, et il avait vécu une longue vie. Il l'avait vécue platement, minutieusement, médiocrement, inutilement, faisant toujours la même chose — on ne savait trop quoi, d'ailleurs — terré dans sa maisonnette de Saint-Mandé, l'esprit occupé de balivernes et de chimères, car c'en étaient que ses pronostics fallacieux qui ne reposaient sur rien de solide, qui n'étaient que de ces vaines spéculations comme il s'en échafaude, au bruit des soucoupes, dans les cafés de province, à l'heure du vermouth et de l'absinthe, entre oracles de sous-préfectures ou de chefs-lieux de cantons.

Décidément, il avait eu tort de s'affecter des propos saugrenus de ce vieux toqué d'oncle Hubert, qui lui apparaissaient en ce moment dans tout leur ridicule. Paris n'en était pas encore à son dernier jour. Soudain, André se sentait comme soulagé d'un poids qui oppressait son imagination, en même temps qu'à la Muse de marbre de la stèle glorieuse se substituait une autre figure, figure déjà familière à ses songes et qui lui souriait de son doux visage vivant.

IX

D'ordinaire, le mardi, jour de réception de sa mère, André Mauval s'informait, en rentrant, s'il y avait du monde au salon. Quand des visites s'y trouvaient encore, il se retirait dans sa chambre, ne se souciant guère de soutenir les remarques ironiques de madame Jadon qui lui reprochait de ne pas être assidu aux thés que donnaient, chaque semaine, mesdemoiselles ses filles. Madame Jadon concluait de ces absences d'André que les jeunes gens d'aujourd'hui n'aiment guère la bonne compagnie. Madame Mauval excusait son fils par les occupations de ses études. Il préparait activement son examen de droit. Il était au contraire très sérieux, lisait beaucoup. Madame Jadon secouait la tête, comme quelqu'un qui veut bien se laisser convaincre, mais qui n'en pense pas moins. André, que madame Jadon agaçait, l'évitait comme la peste.

André, ce mardi-là, était pressé de voir sa mère. Il l'avait quittée, dans l'après-midi, inquiète d'une lettre reçue de Varangeville, Madame de Sarny se plaignait d'être assez souffrante et madame Mauval avait télégraphié pour avoir des nouvelles de sa belle-sœur. La santé de madame de Sarny intéressait André. Il regrettait que sa tante fût malade, bien que cela lui semblât naturel. La souffrance est un peu, aux yeux des jeunes gens, l'apanage légitime des personnes âgées. Elle fait partie du respect que l'on a pour elles. Néanmoins, André désirait savoir la réponse faite au télégramme. Aussi, sans rien demander au domestique, poussa-t-il la porte du salon.

La porte ouverte, il comprit trop tard son imprudence. Au fond de la pièce, un grand monsieur inconnu, maigre, au visage rasé, trempait un gâteau dans une tasse de thé. Devant lui, madame Mauval replaçait la théière sur le guéridon. Tournant le dos à la porte, une dame était assise. A cette vue, André fit un pas en arrière, mais déjà le monsieur l'avait aperçu et se levait de son siège. André était pincé. Madame Mauval lui faisait signe :

— Entre donc, André. Permettez-moi de vous présenter mon fils.

André s'avança. Le monsieur rasé s'inclinait :

— Je suis très heureux de connaître le fils d'un de mes vieux amis...

André comprenait qu'il était en présence de M. de Nancelle. La dame assise devait être madame de Nancelle. Il se retourna pour la saluer. En la voyant, il eut un éblouissement. La jeune femme rencontrée dans la boutique de mademoiselle de Vanove lui tendait la main gracieusement et le regardait comme si elle ne l'avait jamais vu :

— Charmée, monsieur, de vous connaître.

La voix de madame de Nancelle ne trahissait aucune surprise et aucun embarras. André en reconnaissait l'inflexion douce et un peu lente, comme il reconnaissait le charmant visage. Il avait pourtant quelque chose de changé. Il était plus sérieux et plus grave. Madame de Nancelle n'était plus la promeneuse de l'autre jour, qui court Paris au hasard de sa fantaisie, mais une jolie dame en visite de cérémonie, avec son mari. André s'interrogeait. Devait-il faire allusion à leur rencontre au chevet du lit galant orné pour la Bricourt par la Thalestris de figures allégoriques? Etait-il poli de laisser penser à la jeune femme, au cas où elle l'aurait reconnu, qu'ayant eu l'avantage de la voir une fois déjà il n'en avait pas gardé le souvenir? M. de Nancelle interrompit ce débat en adressant la parole à André. Il lui parla de

PERMETTEZ-MOI DE VOUS PRÉSENTER MON FILS

ses études. Lui-même avait fait jadis son droit...

Tout en répondant à M. de Nancelle, André examinait à la dérobée madame de Nancelle. Son émotion au lieu de se calmer, redoublait. Sa mère causait avec madame de Nancelle, qui, la voilette levée, grignotait un gâteau.

Elle s'était approchée de son mari :

— Auguste, il est tard. Il serait peut-être temps de rentrer.

André se sentit soudain désespéré. Quoi, elle partait déjà ! Elle allait disparaître de nouveau ! Il vainquit sa timidité et la regarda. Il voulait compléter l'image qu'il gardait d'elle, revoir le nez délicat, les beaux yeux bruns, la bouche, tout ce visage auquel il rêvait si souvent depuis un mois et qu'un hasard merveilleux rapprochait de lui aujourd'hui.

Ils se tenaient tous debout, maintenant. M. de Nancelle regrettait de ne pouvoir attendre son vieil ami Mauval et chargeait de lui dire mille choses. Madame de Nancelle remerciait gentiment madame Mauval de son bon accueil. Elle s'exprimait avec cette sorte de grâce simple et naturelle qui, tout de suite, avait mis à l'aise madame Mauval. Madame Mauval était charmée. Madame de Nancelle avait-elle un jour? Non. Ils achevaient seulement de s'installer et ils repartiraient de bonne heure pour la campagne, mais on chercherait un moyen de se revoir.

André écoutait. Il aurait voulu que ces banalités ne finissent jamais, que son père rentrât soudain afin de prolonger la visite. Nerveusement, il tira sa cravate qui se dénoua. Madame Mauval aperçut le nœud défait. Instinctivement, elle le refit au cou de son fils. André parut contrarié. Madame de Nancelle souriait.

Pendant le dîner, André Mauval fut fort silencieux. La conversation entre son père et sa mère eut pour sujet la visite des Nancelle et la santé de madame de Sarny. Le télégramme de Varangeville, parvenu au moment où l'on se mettait à table, était plutôt rassurant. Quant aux Nancelle, madame Mauval s'en déclarait enchantée. Lui, avait l'air d'un brave homme. Elle, elle était charmante. M. Mauval interpella André :

— Et toi, André, tu ne dis rien. Voyons, comment la trouves-tu, madame de Nancelle?

— Mais, très bien.

— Diable, tu es bien laconique. Tu es cependant d'un âge à commencer à avoir une opinion.

Madame Mauval se mit à rire :

— C'est vrai ! Mais moi, j'oublie toujours qu'André est un grand garçon. Et dire que je lui ai refait son nœud de cravate devant cette jolie dame !

Elle avait remarqué le petit agacement d'André et attribuait à cette cause son silence. En vérité, André Mauval éprouvait une impression singulière. Il regrettait presque d'avoir revu la cliente inconnue de mademoiselle Vanove. Il regrettait l'image anonyme qui avait, si souvent déjà, hanté sa pensée, madame de Nancelle perdait ce premier mystère qu'elle avait eu pour lui. Elle cessait d'être lointaine et inaccessible.

MADAME DE NANCELLE

Le hasard l'avait soudain rapprochée de lui. Certes, madame de Nancelle lui semblait aussi délicieuse qu'elle le lui avait paru à la première rencontre, mais il se trouvait forcé de modifier certains détails de son souvenir, et il se sentait troublé de cette nouvelle familiarité.

Cependant M. Mauval continuait de parler des Nancelle :

— Il a au moins vingt-cinq ans de plus qu'elle.

Madame Mauval objecta :

— Elle a l'air de l'aimer beaucoup.

— N'empêche qu'il risque bien d'être cocu.

André rougit de ce qu'il venait de dire. Il avait lâché cette grossièreté de mauvais goût par humeur et par dépit. Ah ! on lui refaisait son nœud de cravate ! On le traitait toujours en enfant. La crudité du terme employé affirmait qu'il n'en était plus un.

Madame Mauval, scandalisée, protesta :

— Oh ! le vilain mot, André !

M. Mauval s'égaya. L'idée que M. de Nancelle pourrait bien être trompé ne lui déplaisait pas. Son propre bonheur conjugal devenait comme rehaussé par le malheur possible de son ami :

— Allons, Louise, ne te fâche pas, et toi, André, sache que l'on ne s'exprime pas ainsi en bonne compagnie. On dit cornard, tout au plus ; c'est tout ce que je puis te permettre.

André rit sans plaisir au propos de son père. Au fond, la pensée que madame de Nancelle pût tromper son mari lui était plutôt désagréable. L'idée qu'elle aimerait quelqu'un l'irritait, car il était impossible qu'elle aimât ce M. de Nancelle, avec son viasge rasé, sa haute taille un peu courbée, ses épaules étroites, ses longues mains maigres, dont il comparait l'étreinte sèche à la douce pression dont madame de Nancelle, en partant, avait laissé à ses doigts le contact délicat et parfumé.

X

L'envoi au Salon de la toile d'Antoine de Bersin n'avait pas été de ces succès comme on en lit dans les romans et qui font, en un jour, d'un inconnu, un homme célèbre. Au Vernissage, la foule ne se pressa pas devant le cadre, et les commandes n'affluèrent pas, le lendemain, chez le jeune maître. Aucun de ces événements ne se produisit, mais les journaux signalèrent favorablement l'œuvre du débutant. La critique vantait les remarquables qualités de cette peinture, sa belle couleur, son dessin hardi. M. Antoine de Bersin serait un jour quelqu'un.

André Mauval avait été très fier du succès de son ami. Aussi, la première semaine qui suivit l'ouverture de l'exposition, alla-t-il plusieurs fois revoir le tableau d'Antoine. Il s'amusait à écouter les réflexions du public. Un après-midi, comme il flânait à travers les salles, avant de gagner celle où était exposée l'étude de femme de Bersin, il sentit quelqu'un qui lui frappait sur l'épaule :

— Bonjour, André. Oui, c'est moi, je suis venu donner un coup d'œil à ma machine. Ici, dans le tas, on se rend mieux compte qu'à l'atelier de ce qu'on a fait.

Antoine de Bersin semblait joyeux. Il avait ôté son feutre et s'essuyait le front, car il faisait chaud dans les salles. Entre le plancher et le vélum écru, une poussière fine voltigeait, soulevée par le piétinement des visiteurs. André l'avait pris par le bras et l'entraînait :

— Eh bien, oui, je ne suis pas mécontent. Sans me vanter, mon tableau me paraît bon. Oh ! rien d'étonnant, mais c'est d'un peintre. Me voici en selle. Maintenant, il s'agit de savoir où aller. En attendant, descendons à la sculpture, on étouffe, ici. Tu as vu le Marc-Antoine de Kerdren, de Vignol?

Ils s'arrêtèrent devant le portrait de l'auteur des *Poèmes d'amour*. Vignol l'avait peint avec une exactitude minutieuse. Sur la belle face placide et noble se lisait le travail de l'âge, mais elle gardait un aspect de force et de paix. Bersin l'examinait.

— C'est un brave homme que ce père Kerdren. Tu te rappelles les conseils qu'il avait donnés à Drevet lors de sa première visite. Bah ! tout cela, c'était pour l'épater. Pose de maître, devant le disciple. Ça n'a pas tenu... Maintenant, il est charmant pour Elie. Il s'intéresse à lui, l'aide à placer ses vers dans les revues. Et le comique de cela, c'est que Drevet a perdu tout respect pour lui. Pour un peu, il le traiterait de vieille baderne. Ah ! mon cher, quelle leçon ! On verra, si jamais j'arrive à quelque chose, comment je serai avec les débutants. A bas les pattes, mes petits ! Mais asseyons-nous un moment au buffet, j'ai soif.

A quelque distance de la table où on les servit, un groupe de jeunes gens et de femmes élégantes causait bruyamment. Une d'elles portait un grand chapeau fleuri. Bersin l'examinait :

— Il faudra que je fasse faire un chapeau comme celui-là à Alice.

— Et comment va-t-elle, Alice? dit André.

Bersin se mit à rire.

— Mais bien, très bien.

Il continua :

— Je ris, mon cher, parce qu'aujourd'hui c'est un grand jour pour elle... Oui, sa famille ne voulait plus la voir depuis qu'elle avait fichu le camp. Le père était furieux, la mère, moins, surtout depuis qu'elle savait sa fille devenue la maîtresse d'un homme comme il faut. Si bien que les choses ont fini par s'arranger. On a commencé par s'écrire. Ces bourgeois s'amadouaient. Maîtresse en titre d'un monsieur de Bersin, cela mérite quelque considération. Enfin, aujourd'hui, on s'est rabiboché. Alice est allée chez ses parents et passe la journée avec eux. L'amusant, c'est qu'elle m'a demandé deux louis pour leur porter un petit cadeau, — des gants à la maman, une boîte de cigares au papa. J'ai consenti à lâcher les deux louis à Alice, mais je me suis amusé à les lui faire gagner avant de partir, ah ! ah ! ah !

Antoine trempa ses lèvres dans le bock qui moussait devant lui. André était un peu scandalisé de la façon ironique, dure et presque hostile avec laquelle son ami parlait de sa maîtresse. Pourquoi la gardait-il, s'il ne l'aimait pas? Antoine s'aperçut de l'air désapprobateur d'André :

— Il me semble que vous ne goûtez guère mes plaisanteries, jeune Mauval ! Il faut traiter les femmes selon leur mérites, et d'après les sentiments qu'on a pour elles. Le mien pour Alice est bien simple. Elle m'intéresse par sa vanité et ses ridicules. Et puis, elle a un joli corps, voilà tout.

Il acheva de vider son verre de bière et, après un silence, il ajouta :

— Que veux-tu, j'ai raté ma vie au point de vue sentimental. Je t'ai dit une fois comment. N'en parlons plus.

Il se tut de nouveau, puis il reprit :

— Ai-je peut-être été assez bête ! Et elle, est-ce qu'elle pense encore à moi... Ah ! quel jobard j'ai été. Allons, il faut que j'aille remercier monsieur Charly de son article dans *la Palette*. Viens-tu avec moi, André?

Il s'était levé. André Mauval hésitait :

— Non, je vais faire encore un tour, puis je rentrerai. Mon examen approche et je ne suis pas très ferré.

Lorsque Antoine de Bersin l'eut quitté, André Mauval remonta précipitamment l'escalier qui conduisait aux salles de peinture. Il marchait rapidement, moins attentif aux tableaux qu'aux passantes. Parmi toutes celles qu'il croisait, pourquoi ne rencontrerait-il pas madame de Nancelle?

Madame Mauval lui avait rendu sa visite sans la trouver. Les deux mardis qui suivirent, André s'était inventé des prétextes pour rester à la maison. Il espérait que madame de Nancelle reviendrait peut-être voir madame Mauval. Aussi, après chaque coup de sonnette, il s'enquérait auprès de Jules, le valet de chambre, de quelle personne avait sonné. Puis il rentrait mélancoliquement dans sa chambre en apprenant que c'était madame Jadon, mademoiselle Leroi ou madame de Mirambeau.

D'ailleurs, eût-ce été madame de Nancelle elle-même, il n'en aurait pas été beaucoup plus avancé, car il n'aurait pas osé paraître au salon. Comment s'y montrer, ce jour-là, puisque, d'ordinaire, il n'y venait jamais? Néanmoins, il aurait été heureux de savoir la jeune femme là. Elle eût été ainsi comme rapprochée de sa pensée. Le soir, sa mère eût parlé d'elle, décrit sa toilette, rapporté ce qu'elle aurait dit, mais, de même que madame de Nancelle n'était pas retournée rue des Beaux-Arts, elle ne se promenait dans aucune des salles qu'André parcourait, le pas rapide et l'œil au guet, et d'où il finit par redescendre vers la sculpture.

Une fois là, il s'attarda. Les formes blanches des statues plaisaient à sa rêverie. Il y avait peu de monde dans ce vaste jardin vitré où le sable des allées craquait sous les pas... Sur un gazon, un jet d'arrosage éparpillait sa poussière irisée. Des odeurs de feuilles et de terre se mêlaient à la senteur du plâtre frais. André songeait. Peintre, il aimerait à peindre le portrait d'une femme comme madame de Nancelle. Avec quel soin il dessinerait son visage. Mais, non, c'était son buste qu'il aurait souhaité de modeler. Il lui eût semblé, en pétrissant la glaise, toucher la forme même de son image. Plusieurs fois, il revint à cette songerie. Il y éprouvait un plaisir sournois et si absorbant qu'il buta dans une plate-bande et faillit tomber.

Cette plate-bande entourait une statue qui se dressait seule à un rond-point et représentait une femme nue dans une attitude d'attente et de désir. Devant la statue voluptueuse, une jeune dame venait de s'arrêter. André reconnut tout de suite cette silhouette élégante. C'était mademoiselle Vanove. Devait-il la saluer? Comme il hésitait, mademoiselle Vanove passa auprès de lui sans le voir. Les beaux yeux de la marchande semblaient ardents encore de l'image contemplée. Sa bouche souriait vaguement. Quand elle fut partie, André se pencha sur le petit carton doré collé au socle de la statue. Il portait écrit le nom de Sapho...

Le lendemain de la promenade d'André au Salon, au moment où M. Mauval, après le déjeuner, s'apprêtait à retourner au bureau, on lui remit son courrier. Il contenait quelques imprimés sans intérêt que M. Mauval éparpillait sur la table, et une lettre. Il la tendit à madame Mauval :

— Elle est pour vous, ma chère.

Madame Mauval la prit :

— Pourvu que ce ne soit pas ta sœur qui me fasse écrire qu'elle est plus malade. Mais non, le timbre de la poste est de Paris.

Madame Mauval lisait :

— Ah ! c'est de madame de Nancelle.

M. Mauval interrogea :

— Est-ce que Nancelle me veut encore quelque chose?

M. Mauval n'aimait pas que l'on fît appel trop souvent à sa complaisance. Il estimait qu'un service rendu mérite une reconnaissance éternelle et impose pour l'avenir une discrétion absolue. Madame Mauval le rassura :

— Mais non. Ils nous demandent de dîner

chez eux, mercredi prochain. Tiens, lis.

André, anxieux, écoutait. M. Mauval rendit la lettre à sa femme.

— Eh bien, mais pourquoi pas? Oui, mon travail, je sais bien... Mais une soirée, ce n'est pas le bout du monde. Et puis, je ne serais pas fâché de voir comment ils sont installés, ces Nancelle !

— Alors, je vais répondre à madame de Nancelle que nous acceptons. C'est bien mercredi...

Madame Mauval rouvrit la lettre :

— Ah ! il y a un post-scriptum. Suis-je assez distraite. Tu es invité aussi, André.

André rougit. Le post-scriptum le vexait. Il allégua sèchement :

— Oh ! moi, j'ai mon examen.

M. Mauval haussa les épaules :

— Ton examen... Je tiens à ce que tu nous accompagnes, André. Je désire que tu voies quelquefois des gens comme il faut et pas seulement des bohèmes comme ce Bersin et comme Drevet.

Madame Mauval protesta :

— Mais, Alexandre, monsieur de Bersin est très bien et le pauvre Drevet me semble un brave garçon.

M. Mauval fit la moue :

— C'est possible, mais André viendra. C'est entendu.

Madame Mauval agita sa lettre :

— Et l'oncle Hubert? Le mercredi, c'est son jour.

M. Mauval frappa sur la table :

— Son jour, son jour... eh bien, tant pis... Nous ne pouvons pas tout de même tout sacrifier aux convenances d'Hubert. On le préviendra.

M. Mauval était de mauvaise humeur contre son frère. Au dernier dîner, ils s'étaient chamaillés. Hubert devenait irascible et insupportable. M. Mauval ajouta :

— D'ailleurs, il ne vient ici que pour André, nous, nous ne comptons pas... Qu'André lui écrive. De sa part, Hubert prendra très bien la chose. Tu te charges d'écrire, André?...

André fit signe que oui. Il n'avait pas écouté ce que venait de dire son père. Il songeait à madame de Nancelle. Pendant toute une soirée, il serait auprès d'elle. Elle lui parlerait. Il connaîtrait les objets familiers qui l'entouraient. Il lui semblait qu'il entrait ainsi, définitivement, dans son intimité. que quelque chose de lui-même demeurerait auprès d'elle. Peut-être prendrait-il de la sorte une petite place dans ses pensées?

Et, quand monsieur et madame Mauval eurent quitté la pièce, il resta longtemps à regarder sur la table l'enveloppe que madame Mauval y avait laissée, et dont le carré de papier bleu lui paraissait aussi doux à voir qu'une fleur de printemps ou qu'un coin de ciel d'été.

XI

Madame Mauval finissait de s'habiller, quand André entra dans sa chambre, en manches de chemise :

— Maman, ma cravate blanche est-elle bien mise?

Madame Mauval sourit :

— Tu es bien docile, ce soir. On voit bien qu'il n'y a pas ici de belle dame. Voyons.

Elle examina le nœud de mousseline blanche. André était si préoccupé de ne pas froisser son plastron qu'il ne fit aucune attention à l'allusion de madame Mauval.

— C'est bien, alors je vais passer mon habit et je suis prêt dans une minute. Il est sept heures moins cinq.

Dans la voiture qui les menait rue Murillo, André, assis entre monsieur et madame Mauval, demeurait silencieux. Il se tenait très droit. Sa cravate et son plastron ne cessaient de le préoccuper. En ce moment, il ne pensait plus du tout à madame de Nancelle. Le fiacre roulait. Sur la Seine, la sirène d'un remorqueur gémissait longuement. André rapidement songea aux bateaux qui l'emporteraient, un jour, sur des mers lointaines, et il éprouva au cœur une petite tristesse qui lui rendit encore plus vif son prochain plaisir...

La voiture venait de s'arrêter rue Murillo. La maison des Nancelle était un petit hôtel de pierre et de brique. André, descendu le premier, considérait la façade avant de sonner. Les Mauval pénétrèrent dans le vestibule. Le cœur d'André battait. La porte du salon ouverte, André aperçut tout d'abord M. de Nancelle, debout au milieu de la pièce et causant avec un vieux monsieur qu'il quitta pour venir à la rencontre des arrivants. M. de Nancelle traînait un peu la jambe. Il n'était pas sans distinction, néanmoins, comme le remarquait André ; mais, tout à coup, le jeune homme ne vit plus rien de ce qui l'entourait. Madame de Nancelle était devant lui.

Elle portait une robe de soie verte, d'une soie mince, légère et comme cassante. Au corsage, un bouquet de roses, d'un rose très pâle, s'épanouissait. André la dévisageait avidement. Pour la première fois, il voyait sa chevelure, ses bras, son cou nu, sa poitrine à travers la guipure qui en voilait à demi le décolletage. C'était une personne nouvelle qui lui apparaissait. En lui tendant la main, après avoir salué monsieur et madame Mauval, elle le regarda avec un air gai et vif. Il y avait dans ce regard et dans cette poignée de main une sorte de camaraderie sympathique, comme si leurs âges les eussent rapprochés l'un de l'autre et eussent créé entre eux une sorte de brusque entente. Les autres convives du dîner paraissaient, en effet, plutôt sérieux. M. de Saint-Savin était un vieux monsieur à favoris blancs ; madame de Saint-Savin, une maigre dame. Leur fils, Jules de Saint-Savin, auditeur à la Cour des comptes, montrait une trentaine déjà chauve et une gravité digne de ses fonctions. Pour aller à table, M. de Nancelle conduisit madame de Saint-Savin ; M. de Saint-Savin, madame Mauval ; madame de Nancelle prit le bras de M. Mauval. André et l'auditeur fermèrent la marche. En entrant dans la salle à manger, l'auditeur dit à André, assez haut pour être entendu de madame de Nancelle :

— Madame de Nancelle est charmante, ce soir.

Il roulait les *r* d'une façon comique. Madame de Nancelle, par-dessus son épaule, tourna la tête à demi, en souriant. Ses yeux rencontrèrent ceux d'André. Il la contemplait naïvement, extasié de la souple élégance de sa démarche, de la ligne harmonieuse de son corps. Derrière elle, la robe de soie légère bruissait. André écoutait ce bruit léger qui lui remplissait les oreilles d'une musique délicieuse. Pourquoi tous ces gens étaient-ils là? Il aurait voulu être seul avec madame de Nancelle et la suivre ainsi indéfiniment. Un grand silence s'était fait en lui. Il n'entendait plus que le frisson de la robe légère. Soudain, comme si son rêve se réalisait, il se sentait pris d'une timidité folle. Heureusement, qu'il n'en était rien. Il n'aurait même pas à parler à madame de Nancelle. Il pourrait la regarder, la regarder de toute sa curiosité, suivre sur son visage le jeu des lumières, jouir de ses gestes, de sa voix.

Placé à table entre monsieur et madame de Saint-Savin, il ne quittait pas des yeux la jeune femme. Il lui fallait faire un effort pour manger, pour porter à sa bouche sa cuiller ou sa fourchette, pour répondre brièvement à son voisin ou à sa voisine. Cependant, il craignait, par ses regards et son silence, d'attirer l'attention des autres convives et surtout de madame de Nancelle. Aussi s'imposait-il parfois de s'intéresser à la conversation ou aux objets du service. Ce fut ainsi qu'il remarqua l'argenterie ornée d'armoiries, la nappe en guipure. Dans une corbeille s'épanouissaient des roses et ces roses étaient d'un ton plus vif que celles que portait madame de Nancelle. Il s'aperçut aussi que les assiettes étaient de porcelaine ancienne et la verrerie fine et délicate ; que les vins la coloraient d'une belle teinte ambrée ou purpurine. La suspension était d'une forme ingénieuse et les ampoules électriques voilées répandaient une douce lumière. Tout ce qui entourait madame de Nancelle était choisi avec un goût charmant.

Des objets, André essayait de prendre intérêt aux personnes. La figure de son père, vue à l'autre bout de la table, lui parut toute nouvelle. Vivant continuellement avec lui, André ne pensait jamais comment il pouvait bien être. M. Mauval, bel homme, avec ses favoris grisonnants et bien coupés, son ruban rouge de la Légion d'honneur, avait belle allure bureaucratique. André était, par contre, mieux familiarisé avec l'aspect de sa mère. Madame Mauval était encore fort agréable. Sa robe grise, garnie de dentelles, lui allait bien. André, en la regardant, éprouvait envers elle un sentiment de confiance. Avec elle, demain, il oserait parler de la soirée de la veille et de madame de Nancelle. Demain, mais il en aurait tout oublié, excepté le délicieux visage dont il avait peine à détacher ses yeux ! Madame de Nancelle seule comptait. Qu'importait, en effet, qu'il existât ou non une madame de Saint-Savin? Madame de Saint-Savin avait les joues couperosées et le menton pointu. M. de Saint-Savin lui-même la considérait avec ennui et sans bienveillance. Il semblait jovial et bon vivant. Le fils Saint-Sabin, l'auditeur, n'avait rien de la bonne grâce de son père. La roucoulade grasseyante de sa voix contrastait comiquement avec son aspect engoncé. André s'en amusait parfois, mais, d'instinct, son regard revenait à madame de Nancelle.

Tout d'elle l'intéressait singulièrement : la façon dont elle faisait signe au domestique de ne pas lui verser de champagne, la manière dont, penchée un peu, elle s'adressait à madame Mauval. Quand elle s'inclinait ainsi, sa figure apparaissait en pleine lumière. Puis, brusquement, André baissait les yeux sur son assiette. Il eût, du reste, été incapable de dire ce qu'on lui avait servi depuis le commencement du dîner. Il y avait à peine touché, et il avait à peine parlé. Madame de Nancelle devait le juger stupide et se demander quelle idée elle avait eue d'inviter un pareil sot. La voix de madame de Nancelle s'élevait :

— Comme c'est singulier que vous n'entriez presque jamais au Louvre, vous qui avez la chance d'en habiter à deux pas !

André crut percevoir un peu d'ironie dans

les paroles de madame de Nancelle à sa mère. Qu'allait-elle penser de sa pauvre maman? Il était bien peu probable qu'elles se liassent jamais beaucoup. Leurs goûts différaient trop. André s'attrista. Madame de Saint-Savin pérorait :

— Quant à moi, je comprends très bien madame Mauval. Les musées seront inaccessibles aux honnêtes femmes, tant que l'on continuera à y exposer toutes ces nudités qui choquent les yeux.

Madame Mauval sourit :

— Oh ! ce n'est pas pour cela, madame ; j'aime beaucoup les belles œuvres d'art. C'est plutôt le temps qui me manque... J'ai ma maison, mes occupations, et puis, je suis un peu casanière.

M. Mauval approuvait la façon digne et simple dont sa femme avouait ses goûts de vie bourgeoise. Elle était l'épouse modèle comme il se jugeait, lui, le mari parfait. Madame de Nancelle riait :

— Eh bien, moi, je ne suis guère casanière, j'adore être dehors, me promener, courir les magasins.

Au mot « magasins », elle lança un coup d'œil du côté d'André.

— Moi, riposta M. de Saint-Savin, je trouve le Louvre un endroit admirable. D'ailleurs, j'en ai conservé de doux souvenirs. De mon temps, nous donnions là nos rendez-vous. Il y avait une certaine banquette, entre deux salles de la collection Campana, sous une horloge...

Et M. de Saint-Savin soupira. L'auditeur crut être drôle et s'écria :

— Oh ! papa, ne nous rappelez pas votre jeunesse dissolue.

Madame de Saint-Savin pinça les lèvres. Madame Mauval reprit :

— Pauvre vieux Louvre ! Te rappelles-tu, André, quand tu m'emmenais passer des heures au musée de Marine?

André vit sans plaisir les regards se fixer sur lui. Il sentit qu'il était pour tous le petit garçon en jambes nues, que sa maman conduit par la main, madame de Saint-Savin traduisit l'impression générale :

— Comme ils grandissent vite ! quand je pense qu'Édouard a déjà vingt-huit ans !

Madame de Saint-Savin rajeunissait l'auditeur et pensait bénéficier pour elle-même de sa tricherie. M. Mauval acquiesça :

— Oui, ils grandissent vite, et, à peine élevés, ils nous quittent. Vous, madame, vous êtes parmi les privilégiées, vous garderez votre fils à Paris, tandis qu'André doit entrer dans les consulats. Il ira loin !

Madame Mauval fit un geste de résignation. André prit un air modeste. Les grands voyages donnent du prestige, presque autant à ceux qui les doivent faire qu'à ceux qui les ont faits. M. de Saint-Savin, boulevardier endurci et qui n'avait jamais eu d'autres occupations que de galantes, dit :

— C'est une belle carrière !

Puis il rajusta son binocle pour examiner les beaux bras nus de madame de Nancelle, qui battait des mains :

— Oh ! comme j'aimerais les grands voyages, les longues traversées, voir des pays lointains où des gens d'une autre couleur que la nôtre parlent, mangent, vivent et aiment autrement que nous !...

— Qu'à cela ne tienne, madame, nous avons de quoi vous mener où vous voudrez.

La main de M. Mauval s'agita. Il semblait évoquer le vaste horizon des mers que sillonnaient les paquebots de l'Union maritime. Madame de Nancelle baissa la tête pour respirer les roses qui s'épanouissaient à son corsage. A quels Orients, à quelles Damas parfumées, à quels Ispahans fleuris, leur odeur la faisait-elle songer? André tressaillit. Lui aussi rêvait de jardins embaumés, de terres inconnues, de villes lointaines. La figure longue et rase de M. de Nancelle s'attristait, comme s'il eût craint que sa jeune femme ne s'envolât, emportée subitement au-dessus des mers par le Triton ailé qui, sur les affiches de l'Union maritime, soufflait dans sa conque, parmi l'écume que produisaient les puissantes hélices des confortables steamers dont M. Mauval disposait sur l'étendue des eaux marines. Son mari eut l'air si piteux que madame de Nancelle se mit à rire :

— Rassurez-vous, mon ami, je ne suis pas encore en route et tous ces beaux projets finiront à Boismartin, où nous serons dans quinze jours, et loin des redoutables engins que nous propose si aimablement M. Mauval.

Cette déclaration fut le signal de l'exposition des projets d'été, d'autant que l'on passait les légumes et que leur vue donnait à chacun des idées champêtres. On vanta les délices de la campagne. Madame de Saint-Savin devait faire une saison à Châtel-Guyon et les docteurs conseillaient fort à M. de Saint-Savin d'en tenter une à Vittel, mais il n'avait guère envie de quitter son cher Paris. Leur fils, l'auditeur, se rendrait à Deauville avant d'aller chasser dans divers châteaux. Madame Mauval passerait les vacances à Varangeville, si la santé de sa belle-sœur le permettait. Quant à M. Mauval, ses occupations à l'Union maritime l'empêcheraient peut-être de prendre un congé. On le plaignit.

— Et vous, monsieur André, est-ce que vous aimez la campagne?

Madame de Nancelle l'interrogeait. Il hésita. Il aurait voulu que son opinion devinât celle de la jeune femme. Elle reprit :

— Vous ne paraissez pas très campagnard. Vous devriez pourtant vous hâter d'aimer notre nature de France. Nos paysages n'auront guère plus d'attraits pour vous, quand vous aurez vu ceux des pays de lumière et de soleil. Et il en est ainsi, hélas! de bien des choses. Aussi le mieux est d'en désirer le moins possible...

Il y avait comme un regret dans sa voix. A la jatte qu'on lui passait, elle prit un fruit. C'était une pèche, une belle pêche veloutée et comme vivante. Elle la mania un instant, puis la posa dans son assiette, en disant :

— J'ai presque envie de ne pas la couper! Elle ne sera peut-être pas aussi bonne qu'elle est belle.

M. de Saint-Savin goûtait la sienne :

— Vous avez tort, chère madame, elles sont délicieuses.

Il mordait avec gourmandise dans la chair juteuse du fruit. Madame de Saint-Savin le réprimanda :

— C'est stupide, Adolphe, ce que vous faites, vous allez encore vous rendre malade.

Elle aimait à lui rappeler qu'à son âge la gourmandise a des inconvénients. L'auditeur la seconda :

— Papa n'est pas raisonnable.

M. Mauval, à l'idée qu'il n'aurait pas de congé, songeait à Varangeville avec un regret inusité :

— Ah! mon cher, si j'étais libre comme vous, je crois que j'habiterais la campagne toute l'année.

M. de Nancelle s'expliquait. Il aimait certes beaucoup Boismartin, mais le séjour en était bien sévère pour madame de Nancelle. C'était déjà fort raisonnable de sa part que de consentir à quitter Paris en juin pour n'y revenir qu'en octobre. Il ne pouvait imposer à sa femme, pendant trop longtemps, la rigueur du tête-à-tête conjugal.

Pendant que M. de Nancelle parlait, André l'examinait pour la première fois avec attention. Il n'était ni jeune ni beau, M. de Nancelle, et c'était à lui qu'appartenait l'être charmant et jeune assis à table en face de lui. Elle lui appartenait, parce qu'il pouvait lui offrir un nom honorable, une situation indépendante, une maison bien meublée, des toilettes, des bijoux. En échange de cela, elle lui donnait sa jeunesse, sa grâce, sa beauté. Et il n'est pas rare qu'il en soit ainsi. André pensait à cette histoire que lui avait contée son ami Antoine de Bersin, à cette jeune fille qu'il avait aimée jadis et qui, par dépit, par lâcheté, avait aussi épousé un mari plus âgé qu'elle et riche. Comme celle-là, madame de Nancelle avait-elle souffert de quelque désillusion amoureuse? Avait-elle cédé aux nécessités de l'existence ou à l'attrait du bien-être? Quoi qu'il en fût, il y avait là quelque chose d'injuste et de choquant. C'est aux jeunes gens que devraient appartenir de droit les jeunes femmes belles. Et ce M. de Nancelle apparaissait à André vieux et laid, plus vieux même et plus laid qu'il ne l'était en réalité. Tel quel, il était cependant le mari... Oui, lorsque tout le monde se serait retiré, il resterait là, lui! Les salons déserts, ils monteraient ensemble l'escalier. Subitement, André s'attristait. La soirée était à demi passée. On se levait de table. Bientôt, il ne verrait plus madame de Nancelle. Il ne la verrait plus pendant des jours, pendant des mois...

M. de Saint-Savin et l'auditeur avaient accepté chacun un cigare de la boîte que leur tendait M. de Nancelle qui la présentait à André, quand madame de Nancelle s'approcha de son mari :

— Auguste, où sont donc mes cigarettes?

M. de Nancelle posa la boîte sur un meuble et alla chercher un petit coffret de laque qu'il remit à sa femme. Elle l'ouvrit, et, après y avoir pris une cigarette, en proposa une à André :

— Voulez-vous une de mes cigarettes, monsieur André?

Il n'y en avait plus que quelques-unes dans le coffret. André hésita.

— Mais prenez donc... Vous m'en enverrez d'autres, quand vous serez consul en Orient.

Elle le regardait en souriant. Il rougit, croyant qu'elle se moquait un peu de lui. Son père était ridicule à parler toujours de ces consulats. Madame de Nancelle fit craquer une allumette et la passa à André :

— Dépêchez-vous, vous allez vous brûler les doigts.

Elle l'observait en lançant une bouffée de fumée blonde. Lui aussi la regardait. Il avait l'impression de ne l'avoir jamais vue de si près. Son visage lui apparaissait avec une netteté extraordinaire, comme si ses yeux à lui fussent devenus plus perçants. Il voyait le grain de la peau, le moindre détail de la figure. Il sentait le parfum de la jeune femme se mêler à l'odeur fine du tabac oriental. Il distinguait, sur la gorge, le léger mouvement de la dentelle qui la couvrait. Soudain, madame de Nancelle le quitta. Il l'aperçut causant avec M. de Saint-Savin, puis s'arrêter un instant auprès de M. Mauval. Sur une console, en passant, elle avait arrangé un vase, redressé une fleur d'un bouquet. Elle allumait une seconde cigarette. Pour la fumer elle s'assit sur une chaise longue, s'y étendit presque, comme si elle eût été seule, comme si ses invités eussent disparu pour elle derrière la fumée enchantée qu'elle soufflait de ses lèvres.

André aurait bien voulu s'approcher, mais il n'osait pas. Aussi fut-il presque heureux que l'auditeur vînt lui parler. Il comptait plusieurs amis au Quai d'Orsay, mais dans la diplomatie. L'auditeur semblait tenir en petite estime les consulats. André ne l'écoutait guère. Il regardait autour de lui. Le salon de madame de Nancelle était meublé de meubles anciens et orné de bibelots. C'était là le résultat de ses courses chez les marchands de bric-à-brac. Tout à coup la voix de M. Saint-Savin s'éleva :

— A quoi rêvez-vous ainsi, belle dame?

La fumeuse fit tomber de l'ongle, sur le tapis, la cendre de sa cigarette.

— Vous voulez le savoir, cher monsieur. Je rêve à un meuble que j'ai vu, il y a quelque temps, chez une marchande d'antiquités.

André tressaillit. M. de Saint-Savin reprit :

— Et quel était ce meuble?

— Vous ne le saurez pas.

— Parions que je devine.

M. de Saint-Savin se pencha vers madame de Nancelle et lui nomma à l'oreille un meuble très intime. M. de Saint-Savin, quand il avait bien dîné, était parfois facétieux. Madame de Nancelle n'avait pas sourcillé.

— Vous n'y êtes pas, cher monsieur, il s'agit d'un lit.

— Ah ! je voudrais bien y être avec vous !

M. de Saint-Savin, le cigare à la bouche, détaillait madame de Nancelle. La courbe de la chaise longue faisait valoir la ligne de son corps. André s'indignait de l'impertinence de M. de Saint-Savin. Madame de Nancelle agitait sous sa robe le bout d'un pied chaussé d'un soulier d'argent dont la vue semblait fort impressionner M. de Saint-Savin :

— Tenez, allez donc faire votre partie, on a besion de vous.

M. de Saint-Savin alla s'asseoir à la table de jeu où avaient déjà pris place sa femme, M. Mauval et M. de Nancelle. L'auditeur et madame Mauval causaient ensemble. Madame de Nancelle s'était levée. André se voyait dans l'obligation de trouver quelque chose à lui dire :

— Venez donc dans le boudoir, monsieur André, ici, je n'ai plus de cigarettes.

Et elle montra la boîte de laque, où, au-dessus de trois roseaux, se dressait une corne de lune.

Le boudoir où André Mauval la suivit était une petite pièce qui attenait au salon. Par la porte ouverte, on apercevait les joueurs. Madame de Nancelle tendit sa cigarette allumée à André qui, en la lui rendant, toucha de ses doigts ceux de la jeune femme. Auprès d'elle, sur un guéridon, André vit, posée, la tabatière que madame de Nancelle avait achetée chez mademoiselle Vanove. Madame de Nancelle la lui désigna.

— Vous reconnaissez ceci?

Il fit signe que oui, puis s'étant regardés, tous deux se mirent à rire. Madame de Nancelle baissa la voix :

— Écoutez-moi, monsieur André, il faut que je vous dise que vous avez été très gentil. Oui, si, quand je vous ai rencontré chez madame votre mère, vous aviez fait allusion à la rue de Verneuil, je crois que je vous aurais pris en grippe, ce qui eût été stupide, d'ailleurs, mais c'eût été ainsi.

Elle se tut un instant. Par la porte ouverte arrivaient un bruit de jetons et la voix de l'auditeur qui pérorait.

— Au lieu de cela, vous me plaisez beaucoup. Vous avez montré que vous étiez maître de vous, que vous aviez du tact, et de la discrétion. J'aime cela.

André Mauval était rouge de plaisir :

— Mais, madame, c'était bien simple, pourtant, bien naturel...

Elle ne le laissa pas achever :

— Je suis un peu ridicule, je le sais bien, mais je vous dis ce que je pense. Tant pis. Je suis sûre que nous deviendrons amis. Votre mère est charmante et m'est extrêmement sympathique.

Elle atténuait ainsi ce que ses propos eussent pu avoir de trop familier, et elle ajouta :

— J'espère que nous nous verrons quelquefois, l'automne prochain.

André était perplexe. S'agissait-il de lui ou de sa mère? Madame de Nancelle se levait :

— Et, maintenant, venez. Nous ne pouvons pas laisser ainsi votre pauvre maman en proie à ce raseur.

André la suivait. Il était si troublé qu'en rentrant au salon il fit tomber au passage un volume posé sur une table. Il le ramassa. Madame de Nancelle s'était retournée :

— Merci, monsieur André. C'est un livre de Jacques Dumaine, son dernier roman, qu'il m'a envoyé. L'avez-vous lu, chère madame?

Madame Mauval connaissait l'ouvrage

qu'André lui avait fait lire. L'auditeur ignorait ce genre d'œuvres frivoles. Madame de Nancelle admirait beaucoup les romans de Dumaine.

Elle ajouta :

— Quant à lui, il est charmant. Je le connais un peu, c'est un ami de ma famille.

M. de Saint-Savin, qui quittait la table de jeu, vint se mêler à la conversation :

— Dumaine, vous parlez de Dumaine. Je le vois quelquefois au cercle. Quel poseur !

— Les femmes l'ont gâté, lança l'auditeur d'un ton sentencieux.

Madame de Nancelle considérait le jeune Saint-Savin avec une ironie malicieuse. Il prit ce regard pour un assentiment à sa remarque, et il ajouta négligemment :

— On dit qu'il est l'amant de la marquise de Commines.

Madame de Nancelle leva ses beaux sourcils avec une expression de parfaite indifférence. Une des roses qu'elle portait à son corsage s'effeuilla lentement. André regardait anxieusement tomber les pétales ailés. L'un d'eux fut retenu par un pli de la robe verte. Et elle, se demandait André, de qui est-elle la maîtresse? A-t-elle un amant ?

Ce fut à cela qu'il songea quand, la soirée finie, on eut pris congé des Nancelle, et pendant que la voiture le ramenait rue des Beaux-Arts. Oui, madame de Nancelle avait-elle un amant ? Il était bien peu probable qu'elle aimât son mari. Elle pouvait avoir pour lui de l'estime, de la reconnaissance, une certaine amitié, de l'affection même, mais de l'amour, certes non. M. de Nancelle avait le double de son âge, M. de Nancelle n'était pas beau, M. de Nancelle n'était pas amusant. La preuve en était que sa femme avait cherché à se distraire de sa perpétuelle compagnie en obtenant de ne plus passer que l'été à Boismartin et d'habiter Paris le reste du temps.

A Paris, elle avait sans doute le projet d'aller dans le monde. Pour l'instant, elle

ÉCOUTEZ-MOI

se contentait encore du plaisir de s'installer, de courir les magasins de bric-à-brac, mais, plus tard, ces divertissements ne lui suffiraient pas.

Un jour viendrait où elle disposerait de son cœur, et lui, alors, lui, qui serait devenu peut-être son ami, s'apercevrait qu'elle aurait dans la vie un nouvel intérêt, et ce serait pour lui quelque chose de douloureux, dont il souffrirait, dont il souffrait déjà.

M. Mauval, en montant l'escalier, s'était arrêté au premier palier :

— Le dîner était bon.

Madame Mauval acquiesça :

— Exquis, et monsieur de Nancelle est vraiment un excellent homme. Quant à elle, elle est délicieuse :

Et madame Mauval ajouta avec un soupir :

— C'est tout à fait une femme comme cela qu'il faudrait à André.

André ne répondit rien. Le bougeoir qu'il tenait à la main vacilla. On était arrivé devant la porte de l'appartement.

— Tiens donc mieux la bougie, André, je n'y vois goutte.

André Mauval se mordit les lèvres, et, tandis que M. Mauval introduisait la clef dans la serrure, il regardait la cire couler en grosses larmes chaudes sur le cuivre pol du chandelier.

ON ÉTAIT ARRIVÉ DEVANT LA PORTE

XII

André Mauval ouvrit les yeux. Sa mère se penchait sur son lit. Voyant que son fils s'éveillait, elle se redressa.

— Qu'y a-t-il donc maman?

Madame Mauval levait les bras au ciel :

— Il y a, mon pauvre enfant, que tu en as fait de belles hier au soir.

André ahuri s'était mis sur son séant :

— Moi ! qu'est-ce que j'ai fait?

Madame Mauval s'exclama :

— Tu as fait, tu as fait que ton oncle Hubert est venu hier à la maison, à sept heures et quart, comme tous les mercredis, et que, lorsqu'on lui a dit que nous dînions en ville, il est devenu rouge comme une tomate, à croire qu'il allait prendre une

TU EN AS FAIT DE BELLES

attaque, et qu'il est parti en claquant la porte.

A mesure que sa mère parlait, la vérité se faisait jour dans l'esprit d'André. L'oncle Hubert, l'oncle Hubert...

— Tu ne lui as donc pas écrit, ainsi que ton père te l'avait recommandé?

André fit un geste d'aveu. Il se souvenait vaguement que M. Mauval lui avait en effet parlé de l'oncle Hubert, au moment où l'on recevait l'invitation à dîner des Nancelle, et qu'il avait promis de le prévenir. Madame Mauval gémissait :

— Comme tu es étourdi, mon pauvre enfant ! Hubert qui est si nerveux, si susceptible, ces temps-ci ! Quelle malechance ! Et puis que va dire ton père ! Quand je pense que c'est un étourneau comme toi qu'il rêve d'envoyer à l'étranger !

André était penaud au fond ; mais, pour la forme, il se rebiffa :

— Écoute donc, maman, cela peut arriver au plus malin d'oublier une lettre. L'oncle Hubert en aura été quitte pour une promenade. Il n'y a pas que lui au monde, tout de même !

Il s'était endormi en pensant à madame de Nancelle et il s'attendait à retrouver son image au réveil. Au lieu de cela, on le forçait à songer à des choses ennuyeuses, car il était ennuyé. Il aimait beaucoup l'oncle Hubert et il regrettait d'avoir contribué, même involontairement, à lui causer de la peine. Cette pensée le préoccupait plus que les reproches de son père.

M. Mauval, en rentrant déjeuner, prit assez bien la nouvelle de l'événement :

— Ma foi, tant pis, c'est toi qui as fait la gaffe, à toi de la réparer, André.

Et l'on reparla de la soirée de la veille. En sortant de table, André alla écrire à son oncle.

La réponse de M. Hubert Mauval arriva le lendemain, sous la forme d'une lettre de quatre pages adressée à M. Alexandre Mauval. L'oncle Hubert, tout d'abord, mettait son neveu hors de cause. La prétendue lettre oubliée n'était qu'un subterfuge. On avait voulu lui faire sentir qu'il était importun. D'ailleurs, il s'en était déjà aperçu. Il comprenait la leçon et se retirait sous sa

EN LISANT LA MISSIVE

tente. La famille Mauval pourrait aller dîner librement où elle voudrait, tous les jours de la semaine, y compris le mercredi.

M. Mauval, en lisant la missive de son frère, haussa les épaules.

— Est-il assez irascible et grinchu ! On n'a pas plus mauvais caractère. Qu'il reste sous sa tente, cela lui fera beaucoup de bien à ce grognard !

Néanmoins, deux mercredis consécutifs, l'oncle Hubert n'ayant pas paru, sa bouderie devint chez les Mauval un sujet de conversation qui alterna avec celui des Nancelle... et la vie continua comme à l'ordinaire. André s'enfermait de longues heures dans sa chambre pour préparer son examen. Il travaillait. Ses livres étaient ouverts devant lui, mais souvent sa pensée était absente. Il songeait fréquemment à madame de Nancelle.

Madame Mauval était allée la voir et l'avait trouvée. Au retour, elle conta sa visite. Elle avait excusé son mari de n'être pas venu avec elle, mais M. Mauval était tellement pris à l'Union maritime...

— Je t'ai excusé aussi, André, à cause de ton examen.

Il répondit sans lever les yeux.

— Tu as bien fait.

Au fond, il regrettait que sa mère ne lui eût pas proposé de l'accompagner chez madame de Nancelle. Un après-midi, en promenade au parc Monceau, il avait passé rue Murillo. Les fenêtres du petit hôtel des Nancelle étaient grandes ouvertes et garnies de jardinières pleines de fleurs. Un géranium avait laissé tomber quelques pétales sur le trottoir. André furtivement, en ramassa un, puis revint s'asseoir dans le parc, en face de la Naumachie.

Quelque temps après, madame Mauval reçut un court billet de madame de Nancelle, qui partait pour Boismartin et lui disait adieu jusqu'à l'automne. Dans la lettre, il n'y avait rien pour André.

Cet oubli l'attrista vaguement, madame de Nancelle ne se souvenait donc déjà plus de lui. De son côté, il avait moins le temps de songer à elle. L'examen approchait. André se rendait régulièrement chez son répétiteur, M. Perrin. Il travaillait. Sa seule distraction était d'aller voir quelquefois Antoine de Bersin. Comme il faisait chaud, il le trouvait en bras de chemise. Bersin peignait un portrait d'Alice. Drevet avait disparu. Sur le conseil de Marc-Antoine de Kerdren, il composait un grand poème.

Un soir, M. Mauval rentra plus tôt que de coutume. On venait de le désigner pour prendre, par intérim, la direction de l'Union maritime. Cette preuve de confiance du Conseil d'administration de la Compagnie chatouillait sa vanité, mais il ne pouvait plus être question de congé. Madame Mauval irait seule à Varangeville avec André, si la santé de la tante de Sarny se maintenait. Or, aux premiers jours de juillet, une lettre annonça que madame de Sarny était si douloureusement reprise de ses rhumatismes qu'elle réclamait d'urgence la présence de sa belle-sœur. Madame Mauval partit sur-le-champ, après mille recommandations à André. André accompagna sa mère à la gare. Ils s'embrassèrent longuement. Ils ne s'étaient jamais quittés.

La semaine suivante, André Mauval fut reçu à son examen. M. Mauval l'emmena dîner au restaurant et ensuite le conduisit au Jardin de Paris. Comme ils se promenaient, une des femmes qu'ils croisèrent donna en passant un coup d'éventail sur les doigts d'André. M. Mauval continua de marcher. André, au bout d'un instant, le rejoignit et s'excusa. Cette femme était un ancien modèle d'Antoine de Bersin. M. Mauval sourit :

— Nous n'écrirons pas cela à ta mère, André.

Madame Mauval, dans ses lettres, s'inquiétait du séjour d'André à Paris. Il ne pouvait songer à la rejoindre à Varangeville. Madame de Sarny n'allait pas bien et demandait des soins continuels. D'autre part, les jeunes gens ont besoin de grand air. C'était aussi l'avis de M. Mauval. Pourquoi André n'irait-il pas, pendant un mois, faire un voyage circulaire en Bretagne? Il y a des billets très avantageux. La chose fut décidée, malgré les transes de la pauvre madame Mauval. Hélas ! ce départ n'était que le prélude de bien d'autres. André fut enchanté. Il commençait à s'ennuyer à Paris, et il fit joyeusement ses préparatifs de voyage. Antoine de Bersin l'approuva :

— C'est parfait, d'autant plus que j'ai loué une petite maison à Lussault, près d'Amboise. C'est la mère d'Alice qui nous l'a indiquée. Ah ! le bon type, que cette bonne madame Lanquereau ! La maison lui a été signalée par sa sœur, mademoiselle Clémentine Mohon, tu sais, celle qui tient, à Blois, une maison d'éducation chic ! Bref, nous passerons l'été là-bas. Il y a une chambre pour toi, si le cœur t'en dit et si tu veux t'arrêter chez nous à ton retour de Bretagne.

André remerciait. Il n'osait accepter sans l'assentiment de son père. Bersin ajouta :

— J'ai invité aussi Drevet, il craint que ça manque de femmes. Il prétend qu'il sera forcé de me tromper avec Alice.

Mademoiselle Alice Lanquereau qui venait, sur ces derniers mots, d'entrer dans l'atelier, fit une grimace de dégoût :

— Avec Drevet, quelle horreur ! il doit ressembler à une grenouille. S'il vient, nous lui ferons prendre des bains froids.

Bersin ricana :

— Bonne idée. Ce sera excellent pour ses puomons. Ah! tu t'y entends à soigner les gens!

Alice se rebiffa :

— Oui, c'est cela, blague-moi donc. On dirait que je n'entends rien à rien.

Antoine de Bersin riposta ironiquement :

— Ne vous fâchez pas, mademoiselle Lanquereau, on sait que vous avez toutes les qualités d'une personne sérieuse et que vous êtes une femme supérieure.

Alice était vexée. Bersin reprit :

— Oui, oui, la vie des champs ne t'effraye pas, nous le savons. Tu étais faite pour une existence modeste et régulière, etc., etc... Je parie qu'à Lussault tu iras à la messe le dimanche.

Alice ne répondit rien. A ce moment, l'épagneul roux de Bersin vint poser sa grosse tête sur les genoux du peintre. Tendrement, Antoine caressa les longues oreilles molles et douces de la bête :

— Tiens, je t'aime, toi ! Restes-tu dîner avec nous, André?

André s'excusa. Il ne pouvait pas, à cause de son père. Antoine donna une tape amicale sur le dos du chien :

— A cause de ton père. Bon, maintenant, c'est à cause de ton père. Une autre fois, c'est à cause de ton oncle. Quel homme de famille ! Il ne te reste plus qu'à être amoureux d'une petite cousine, à l'épouser et à lui faire beaucoup d'enfants. D'ailleurs, on peut plus mal faire. Et l'oncle Hubert, à propos, qu'est-ce qu'il devient? Ce vieil hurluberlu me charme.

André expliqua que l'oncle Hubert n'avait toujours pas reparu. M. Mauval lui ayant écrit pour l'avertir de la maladie de madame de Sarny, André pour lui annoncer la réussite de son examen, les deux lettres demeuraient sans réponse.

André était bien résolu à ne pas quitter Paris sans faire une tentative pour mettre fin à la bouderie de l'oncle Hubert, contre qui son père se montrait maintenant très irrité. Ce fut la veille de son départ qu'il exécuta son projet. Au Louvre, il prit le tramway de Vincennes. La lourde voiture roula bientôt à travers les quartiers populeux. De ces quartiers, l'été ne change pas l'aspect. Ils ne se dépeuplent pas comme ceux du Paris aristocratique, riche ou élégant. La même animation les emplissait. André songeait que c'était de ce Paris des faubourgs que sortait sans doute cette Céline qu'il avait connue chez Bersin et qu'il avait rencontrée, l'autre soir, au café-concert. Elle avait cessé d'être modèle et habitait maintenant rue Chambiges. André avait rendez-vous avec elle pour ce soir. Avant de partir pour la Bretagne, il trouvait nécessaire de se payer cette petite fête. Depuis plusieurs mois il était presque sage et avait fait des économies.

En descendant de tramway, il demanda à un sergent de ville de lui indiquer le chemin de la rue où se trouvait la maison de son oncle. Il n'était jamais venu dans ces parages. Que Paris est grand ! se disait-il. On y peut vivre des années sans se jamais rencontrer. Aussi quelle singulière chance que celle qui l'avait subitement rapproché de l'inconnue, un jour entrevue dans la boutique d'antiquités de mademoiselle Vanove ! Quelle coïncidence bizarre avait fait de cette étrangère la femme d'un ancien ami de son père ! Pourquoi M. Mauval et M. de Nancelle, après s'être perdus de vue depuis leur jeunesse, s'étaient-ils retrouvés ainsi et avaient-ils repris des relations, si longtemps interrompues? Allait-il en arriver de même avec l'oncle Hubert?

La maison de l'oncle Hubert présentait trois fenêtres de façade et un seul étage. Les volets verts en étaient poussés à cause du soleil. André sonna et attendit. Personne ne lui ouvrait. Il sonna encore. Il crut entendre un pas à l'intérieur. Un judas montrait dans le vantail sa petite grille méfiante. De la maison voisine, une servante observait André.

— Si vous demandez monsieur Mauval, il n'est pas chez lui. Il est allé, qu'il a dit, passer la journée au bois de Vincennes. Il doit être du côté du polygone, c'est par là qu'il va toujours. Vous aurez beau sonner, il a emmené Honorine avec lui.

— Qui ça, Honorine?

La servante se mit à rire :

— Honorine, eh bien, sa nouvelle bonne, pardi !

André remercia et s'éloigna. L'oncle Hubert se promenait avec sa bonne ! C'était bizarre, mais peut-être le pauvre homme était-il souffrant. André s'apitoya. L'oncle Hubert n'était plus jeune. Il avait ses manies; il fallait être indulgent pour lui. Son existence solitaire lui troublait un peu la tête.

Lentement, André s'en revenait. Il réfléchissait. Lui aussi, il vivrait seul comme l'oncle Hubert, car lui non plus ne se marierait pas. Il en avait le sentiment très net. Mais la petite maison qu'il habiterait ne serait pas à Saint-Mandé. Il l'imaginait quelque part, très loin, au bout du monde, en Chine, peut-être. Il lui semblait la voir au bord d'un grand fleuve jaune traversé de ponts bizarres sous lesquels passaient de grosses jonques ventrues à voiles de paille. A son toit retroussé seraient suspendues des clochettes. Par la fenêtre, on apercevrait des rizières, des pagodes aux murs vernissés. Il frapperait sur un gong pour appeler le serviteur qui lui apporterait le thé, la pipette de tabac ou la pipe d'opium. Alors, dans un rêve, le passé lui apparaîtrait lointain, minuscule, et comme peint en miniature dans sa mémoire. Il reverrait l'oncle Hubert, son père, sa mère, sa tante et les gens qu'il aurait connus, et ses amis, et Drevet, et Bersin, et Alice Lanquereau, et madame de Nancelle. Il la verrait, comme il l'avait vue, le soir du dîner, ouvrant le petit coffret de laque où étaient ses cigarettes et dont le couvercle portait des roseaux et une lune cornue, avec cette même robe de soie vert pâle que des roses fleurissaient au corsage, ou comme chez mademoiselle Vanove, auprès du lit galant que leur avait montré l'énigmatique marchande.

En dînant avec son père, André ne lui raconta rien de la promenade à Saint-Mandé. A peine sorti de table, M. Mauval se remit au travail. André lui souhaita le bonsoir, prit une clef et fila. Il gagna le Jardin de Paris. Céline n'arriva que vers dix heures. Ils firent quelques tours ensemble. André s'agitait. Céline le regarda en riant :

— Tu veux qu on rentre, hein?

Il fit signe que oui. Une fois hors du jardin, il offrit une voiture. Céline préférait aller à pied. Lentement, ils remontèrent les Champs-Élysées. Céline parlait. Elle avait quitté la pose. Ce n'est pas un métier, n'est-ce pas? Dix francs la séance, zut !... Non qu'elle aimât l'argent pour l'argent, mais la vie est chère... Et Bersin, qu'est-ce qu'il devenait? Il était collé, lui avait-on dit :

— Je l'ai vue une fois, chez lui, que j'y étais allée pour chercher une broche que j'avais oubliée, sa femme. Elle avait l'air rien pimbêche, tu sais, mais c'est une maligne. Elle se fera épouser, tu verras.

Cependant ils montaient l'escalier de l'entresol qu'habitait Céline. Un petit chien les accueillit de ses jappements. Céline commença par lui apporter une soucoupe de lait qu'elle posa au pied du lit, puis elle se mit à se déshabiller.

— Ne t'impatiente pas, me voici. A quelle heure faut-il que tu sois rentré dans ta boîte? As-tu ta clef, au moins?

La fenêtre était restée ouverte. C'était une belle nuit d'été, chaude et calme. L'odeur goudronnée du pavé de bois pénétrait dans la chambre. Parfois, un souffle faisait onduler les rideaux, et le roquet se précipitait vers leurs plis en aboyant. Parfois on entendait le roulement d'un fiacre au pas où se distinguait le choc ferré du sabot. Le grelot d'une bicyclette tintait ; des voix retentissaient si proches que l'on se fût cru dans la rue. La fille était belle de corps, d'une beauté robuste, sans raffinement, comme son visage. André songeait. Ah ! ce n'était pas l'amour ainsi qu'il le souhaitait maintenant, l'amour délicat, passionné. Céline n'était pas une maîtresse, au sens vrai du mot. Elle n'avait rien de rare, de mystérieux. « Ce qu'elle offre, pensait André, je le trouverai toujours avec toute femme. » Et il évoquait d'autres corps, d'autres visages, qui s'épanouissaient dans sa mémoire, à mesure qu'il en avait imaginé le même plaisir.

XII

Quand M. Mauval, qui avait accompagné son fils à la gare, lui eut adressé le dernier signe d'adieu et que le train se fut mis en marche, André éprouva une impression singulière. Pour la première fois, il se trouvait seul et entièrement libre de ses actions, libre d'aller où il voudrait et de s'arrêter où il lui plairait. Cette liberté était limitée, néanmoins, par l'itinéraire et la durée de son billet, mais cette entrave ne se faisait guère sentir. Un sentiment d'indépendance prédominait en lui. A Nantes, son premier arrêt, il lui faudrait choisir son hôtel, commander son dîner. Qu'au moins, en descendant du train, il n'oubliât rien. D'un coup d'œil, il s'assura que sa valise était bien en place, dans le filet. Dans son portefeuille, il constata la présence de son bulletin de voyage. Dans sa poche, il tâta son porte-monnaie. Cela fait, il s'allongea, alluma une cigarette et regarda par la portière du wagon. Le paysage lui parut sans intérêt. Il en serait ainsi jusqu'à Blois.

André bâilla. Il se sentait las. Cette lassitude lui venait sans doute de sa soirée de la veille. Il était rentré tard de chez Céline, sans que son père, heureusement, s'en aperçût. Céline ne valait pas la peine d'un désagrément. Avec indifférence, il repensa à cette fille. Peut-être aurait-ce été amusant de l'emmener en Bretagne. Elle était belle après tout, mais il n'avait pas les moyens de voyager en bonne fortune. Au mot bonne fortune, il sourit. Pauvre Céline, la facilité de sa conquête ne méritait pas un nom si pompeux ! Décidément le sommeil le gagnait. Il aurait dû acheter un livre pour la route...

ELLE CONTINUAIT A SE DÉSHABILLER

Aux Aubrais, deux messieurs montèrent dans son compartiment... La Loire se montrait. Maintenant, il ne la quitterait plus guère jusqu'à Nantes. Il la reverrait à Amboise, à Tours, à Saumur, à Angers.

Amboise le fit songer à Antoine de Bersin. M. Mauval avait permis à son fils de s'arrêter au retour chez Antoine. De Lussault, André visiterait avec le peintre la Touraine. Ils iraient à Chambord, à Chaumont, à Chenonceaux, à Ussé. Ils admireraient la magnifique parure de vieilles demeures tourangelles, leurs pierres royales, sculptées par le fin génie de l'ancienne France ! Mais, si la Touraine est privilégiée, il n'en existe pas moins, dans toute la province française, bien des charmantes habitations, ainsi ce Boismartin dont madame de Nancelle lui avait envoyé le séduisant aspect sur une carte postale reçue le matin même de son départ et qu'il emportait précieusement. La jeune femme se souvenait donc de lui, puisqu'elle lui

LA JEUNE FEMME SE SOUVENAIT DONC DE LUI

adressait sur ce carton quelques mots aimables. André se les répétait. Il leur cherchait une réponse. Quand il l'aurait trouvée, il choisirait quelque vue pittoresque de cette Bretagne vers laquelle il se dirigeait. Il hésitait entre répondre ainsi par une simple image ou écrire une véritable lettre dans laquelle il décrirait, éloquemment et en phrases cadencées, la mer, les rochers, la lande, toute la poésie de l'antique terre galloise, qu'il déposerait comme un bouquet parfumé aux pieds de la dame de Boismartin.

L'arrivée à Nantes interrompit les rêveries d'André. Il n'éprouvait guère, à vrai dire, l'impression qu'il s'était promise. Nantes le déçut. L'hôtel où il descendit lui parut triste. C'est donc cela, voyager. Cela n'a rien d'enivrant ni de difficile. Tout y est réglé d'avance. Tout vous mène où vous voulez aller. Une fois parti, on est pris dans un engrenage qui fonctionne de soi-même et, pour ainsi dire, mécaniquement. Et l'on peut aller ainsi jusqu'au bout du monde sans obstacle, sans volonté, sans imprévu, sans danger !

Le lendemain, à Saint-Nazaire, le paquebot qu'il visita le confirma dans ce sentiment. Là, encore, tout était ordonné et précis, depuis le jeu des machines jusqu'à l'agencement des cabines. Tout y était étiqueté, numéroté. La masse même de l'énorme engin éloignait l'idée de péril. Pour en ressentir quelque émotion, il fallait l'imaginer sur l'étendue des mers, le secouer de houles, le couvrir d'embruns, animer ses flancs endormis, le talonner en pensée du mouvement de l'hélice. Au port, dans le bassin, ce n'était qu'un vaste hôtel vide, avec la mélancolie ordinaire aux lieux désertés. Il manquait la rumeur des chaudières, le branle de la mer, le sifflet de la sirène. Et cependant André ne pouvait se lasser de considérer ce paquebot. Sur l'un de ses pareils, un jour, il s'embarquerait. Que serait ce jour pour lui? Se sentirait-il triste ou joyeux? Pleurerait-il? Rirait-il? Serait-il plein d'espoir ou rempli de regret? Il abandonnerait des êtres chers, peut-être une maîtresse aimée ! Ou bien partirait-il indifférent, las de sa vie monotone, avide de nouveaux aspects, de nouvelles sensations?

Avant de quitter Saint-Nazaire, il acheta une carte postale qui représentait le *Paraguay*, ce navire qui avait, l'année précédente, fait naufrage sur les côtes de l'Amérique du Sud et s'était perdu corps et biens, équipage et passagers. André avait beaucoup entendu parler par son père de cette terrible catastrophe. M. Mauval l'avait commentée longuement et avec sévérité. C'étaient là des événements que ne connaissait pas l'Union maritime... André, sur la carte, écrivit quelques mots pour rappeler le sinistre et expédia l'image à madame de Nancelle. En la recevant, elle s'attendrirait peut-être un instant sur la destinée possible de son convive d'un soir. Qui savait quel serait le sort du jeune consul? André éprouvait, sans se l'avouer, le désir d'intéresser madame de Nancelle. Il souhaitait presque qu'il lui arrivât, durant son voyage, quelque accident dont le récit émouvrait la jeune femme. Et lentement, mélancoliquement, il s'enfonça dans la lente et mélancolique Bretagne.

Pas à pas, ce singulier pays le pénétrait de sa tristesse qui fait son charme et sa grâce, qui fait sa grandeur. Elle imprégnait André de ses parfums amers et doux. Elle venait à lui de toutes parts, descendait du ciel de brume ou de soleil, montait du sol âpre ou frais. La mer, le rocher, la lande, lui donnaient une forme aux yeux. Il la retrouvait partout, cette tristesse bretonne, dans les arbres, dans les plantes, dans les nuages, dans la lumière, dans les choses, dans les êtres ! Les barques l'emportaient sur les eaux, avec leurs voiles inclinées au vent. André la lisait dans le sillage des proues comme dans les ornières des chemins. Il l'écoutait dans le grelot des troupeaux et dans les cloches des églises. Il la rencontrait dans la solitude des campagnes, dans les rues des villages, sur le quai des ports, à la pointe des caps, au milieu des villes aux noms rauques et mystérieux qui suspendent au cou de l'étrange contrée un chapelet en grains de syllabes sonores, fatidiques et lointaines.

LES BARQUES L'EMPORTAIENT

Ce fut ainsi, et dans cette sorte de grave enchantement, qu'André connut le Croisic et ses salines, Guérande et ses vieilles tours, Vannes et son Morbihan aux cent îles, Auray et sa rivière, Quiberon et Lorient, et Quimperlé où coule le Laita, et Belle-Isle aux rudes falaises, et Quimper, Douarnenez et Audierne avec leurs baies, et le Raz enfonçant dans les flots son formidable éperon ! Il lui semblait être entré dans quelque chose de mystérieux d'où il rapporterait une âme nouvelle. L'être qu'il promenait sur les routes n'avait plus rien de commun avec l'André Mauval qui, chaque jour, envoyait à sa famille le détail de son voyage, en racontait les petits incidents, continuait dans ses lettres à vivre de son ancienne vie...

Il avait pris à Douarnenez une voiture pour se rendre à Morgat où il voulait voir les grottes maritimes qui ouvrent dans les rochers leurs cellules secrètes et où l'on pénètre en barque, mais la journée était trop avancée. Il fallait remettre la visite au lendemain. Il se contenterait aujourd'hui de se promener sur la plage. Quand il y parvint, la mer était basse. La grève s'étendait libre et vaste, semée d'innombrables petites coquilles mauves et roses qui craquaient sous le pied. Certes, elle était belle, cette longue et courbe grève de

Morgat, mais il en avait déjà vu d'aussi belles. Il avait vu d'aussi belles journées que celle qui finissait, et, cependant, il éprouvait là une impression étrange. Tout à coup, il s'arrêta. Il entendait dans le silence le tassement de la grève humide sous ses semelles, en même temps qu'une pensée subite lui traversait l'esprit. Cette pensée ne l'étonnait pas. Elle était en lui depuis longtemps, mais pourquoi la formulait-il pour la première fois? Eh bien, oui, il aimait madame de Nancelle ! Mais elle ne le saurait jamais. A jamais, elle ignorerait que, sur cette plage perdue, à la fin de ce jour, il s'était, pour la première fois, avoué son amour... Et André regardait devant lui, fixement, son ombre s'allonger au soleil couchant, grandie et transformée, tandis qu'il se sentait pris d'une soudaine, d'une irrésistible, d'une douce envie de pleurer, de pleurer, étendu sur ce sable, lisse comme une peau, de pleurer à l'oreille d'une des innombrables petites conques mauves en chacune desquelles vivait un imperceptible écho de la mer...

LA GRÈVE S'ÉTENDAIT LIBRE ET VASTE

XIV

Antoine de Bersin attendait André Mauval à la gare d'Amboise.

— Je suis ravi de te voir, mon vieux ! J'espère que tu resteras longtemps. Et d'abord, je suis sûr que la maison te plaira. C'est gentil et cocasse. Tiens, donne ton bulletin de bagages au voiturier. Quant à nous, si tu n'es pas fatigué, nous irons à pied à Lussault.

La Bretagne doit avoir fait de toi un marcheur. Mais, avant, j'ai une commission à faire à Amboise... C'est par ici.

En quittant la gare, les deux jeunes gens prirent le faubourg qui mène au pont de la Loire. Quand ils arrivèrent sur la levée, le beau fleuve leur apparut. Il coulait dans un lit sablonneux, contournait de longues îles vertes. Le pont l'enjambait de ses arches. Au bout de l'étroite voie de pierre, la ville montrait sa ligne de vieilles maisons dominées par la masse de son château. Il était environ quatre heures. Une fine et brillante lumière se répandait sur le paysage. Après l'austérité et la mélancolie bretonnes, André sentait le charme de cette grandeur douce et tempérée. Il éprouvait comme une détente de tout son être.

La traversée de ce pont lui semblait interminable et délicieuse. Il écoutait le bruit de son pas : sous ses semelles roulaient les grains de sable que le vent apporte des rives du fleuve. Rapidement, il songea à la grève de Morgat...

Le pavé aigu des rues d'Amboise le tira de sa songerie. Les maisons entre lesquelles ils marchaient avaient, comme toute la ville, un air de dignité, d'engourdissement et de paresse. Antoine de Bersin s'arrêta devant une boutique de mercerie. Des stores cachaient la devanture. Ils entrèrent. Le magasin était vide. Antoine frappa le parquet avec sa canne :

— Ah ! tu apprendras à connaître les gens d'Amboise. Ils aiment mieux ne pas vendre que de se déranger. Quand on leur fait remarquer leur inertie, ils sourient d'un air finaud. Il paraît que c'est un effet du climat.

LE PAVÉ AIGU DES RUES D'AMBOISE

Les gens lettrés d'ici citent le mot de César sur les Tourangeaux, dans ses *Commentaires* : *Molles Turones*... Bonjour, mademoiselle !

Une personne de mine agréable, mais somnolente, se montra. Antoine voulait du tulle à voilette. Le paquet une fois roulé, il sortit de sa poche une pièce de vingt francs. La demoiselle la regarda et dit :

— Je n'ai pas de monnaie.

Elle rendait la pièce à Antoine de Bersin :

— De la monnaie... mais ne pourriez-vous pas vous en procurer?

La vendeuse le considéra avec un étonnement profond :

— Vous me payerez une autre fois.

Antoine s'amusait :

— Une autre fois ! mais vous ne me connaissez pas.

La marchande semblait se réveiller vaguement :

— Eh ! monsieur, madame de Bersin vient souvent, de Lussault, nous acheter.

Antoine crispa légèrement sa main sur la pomme de sa canne :

— Alors, comme vous voudrez, mademoiselle. J'emporte le tulle.

Une fois dans la rue, Antoine fit quelques pas en silence :

— Tu comprends, mon cher, en province, madame de Bersin, c'est plus convenable... et cela n'engage à rien. Il ne faut pas contrarier les femmes inutilement... Viens, j'ai à parler au libraire.

Le libraire, M. Thusson, vendait aussi de la papeterie et des jouets d'enfants. Antoine demanda plusieurs romans, entre autres le dernier roman de Jacques Dumaine, que M. Thusson n'avait pas. Antoine écrivait les titres sur une feuille de son calepin. M. Thusson le regardait avec angoisse :

— Alors, il vous faut tout ça !

André se mit à rire, Antoine fit un signe affirmatif, mais M. Thusson demeurait sérieux et effaré :

— Vous ne préféreriez pas, plutôt, des Balzac, c'est plus une lecture du pays... Enfin, vous aurez vos volumes à la fin de la semaine, monsieur de Bersin.

Les jeunes gens se trouvaient maintenant sur une petite place dont l'un des côtés était dominé par une haute muraille tombant à pic, formidable, et qui portait à son sommet l'abside d'une chapelle, Antoine l'indiqua à André du bout de sa canne :

— Veux-tu monter un instant au château, nous avons le temps?

Ils grimpèrent une rampe assez raide qui, par une poterne voûtée, aboutissait à un terre-plein. C'était une vaste terrasse que le château soutenait du contour de ses murs et du renflement de ses tours. Elle était plantée d'arbres, garnie de parterres de fleurs. Ils passèrent devant la chapelle. Antoine montra à André, sculptés au tympan, le chasseur, son chien et le cerf avec une croix entre ses cornes.

— Elle est dédiée à saint Hubert... Là-bas, c'est le Clos-Lucé où est mort Léonard de Vinci...

Antoine s'appuya au parapet de la terrasse :

— Ah ! c'étaient de rudes gens que ces vieux maîtres ! Celui-là savait tout, peintre, sculpteur, chimiste, philosophe, ingénieur, sorcier, et avec cela cavalier accompli. Il savait dessiner un visage, construire une citadelle, ciseler une épée, composer les couleurs, tirer de l'arc, monter un cheval. Il était peintre comme saint Luc, prestidigitateur comme Simon le magicien, chasseur comme saint Hubert... Tandis que, maintenant, nous mettons toute notre vie pour apprendre à mener une ligne droite et à assortir deux tons. Autrefois, l'art, c'était tout, c'était rêver et c'était vivre ; maintenant, pour être un artiste, il faut se priver de la vie. Ah ! nos capacités sont devenues médiocres. Allons jusqu'au Mail.

Le Mail alignait ses quinconces réguliers. Au bas de la muraille que vêtait, à cet endroit, un énorme lierre, des toits se tassaient au bord du fleuve. On l'apercevait, à droite et à gauche, s'enfonçant au double horizon. L'eau dessinait des méandres dans les sables.

En face, par delà des peupliers, des champs, des prairies, sous un ciel bleu et pur, on distinguait des coteaux semés de maisons. Antoine et André s'assirent sur un banc. Antoine alluma sa pipe ; André, une cigarette. Ils fumèrent silencieusement. Leurs fumées s'évanouissaient dans l'air immobile. L'heure était belle et douce. Antoine dessina du bout de sa canne une figure sur le sable. Dans l'esprit d'André, à mesure que son ami traçait des traits sur le sable, s'évoquait un visage qui émouvait sa pensée. L'horizon avait pris pour André un sens nouveau. Au delà de ces collines qu'il apercevait, là-bas, coulait le Loir... Le Loir... et il songeait à ce Boismartin où habitait madame de Nancelle. Une minute, il fut sur le point de parler d'elle à Antoine de Bersin ; mais, par pudeur, il n'en fit rien. Il se contentait de savourer la présence secrète de l'image aimée. Elle lui rendait plus charmant ce jardin suspendu que le vieux château soutenait de ses vieilles pierres historiques, comme une corbeille.

Le crépuscule commençait, quand ils arrivèrent aux premières maisons de Lussault. Ils avaient suivi la Loire et l'avaient vue s'illuminer, au soleil couchant, entre ses sables empourprés. De grands noyers bordaient la route que surplombait une sorte de falaise habitée. Des cellules y étaient creusées dans le rocher, les unes abandonnées, servant de caves, les autres encore occupées. Antoine montra à André un sentier qui serpentait le long du roc :

— Maintenant, il faut monter, mais rassure-toi. Nous ne logeons pas dans une de ces cavernes.

La maison d'Antoine de Bersin se trouvait au sommet du rocher. C'était une vieille bâtisse à un seul étage et couverte en ardoises. Un bizarre jardin superposait au-dessous ses trois terrasses dont la dernière, minuscule, ne contenait rien qu'un gros figuier tordu. De là, on découvrait l'admirable paysage de la Loire, sur lequel se levait un mince croissant de lune. L'épagneul d'Antoine, qui sommeillait sous le figuier, accourut. A ses aboiements, une des fenêtres de la maison s'ouvrit. André reconnut Alice Lanquereau. Il la salua. Antoine cria :

— Descends donc, Alice, voici André.

— Dans un moment, je ne suis pas encore frisée. Bonjour Mauval.

Antoine haussa les épaules. La frisure tenait dans l'existence de mademoiselle Lanquereau une place prépondérante. Son humeur dépendait en grande partie de l'état de ses boucles. Elle n'appréciait la beauté d'une journée que selon la sécheresse ou l'humidité de l'air, favorable ou non à la conservation de sa coiffure.

LA MAISON SE TROUVAIT AU SOMMET

Mademoiselle Lanquereau, ce soir-là, était fort bien disposée et sa frisure remarquable. Aussi le dîner fut-il fort gai. Excellent, d'ailleurs, il changeait agréablement André de la cuisine des auberges bretonnes. Alice avait l'œil à tout, et André remarqua qu'elle prenait fort au sérieux son rôle de maîtresse de maison. Elle insistait auprès de lui :

— Reprenez donc du rôti, Mauval.

Au nom de Mauval, fréquemment répété, la vieille femme qui servait à table parut attentive. Elle regardait le nouveau venu, comme si elle eût eu envie de lui demander quelque chose. Du reste, elle se mêlait volontiers à la conversation. André ayant complimenté Alice sur l'un des plats, la vieille assura que madame avait pour la cuisine des dispositions étonnantes. Antoine acquiesça. André savait Bersin gourmand et il comprit qu'Alice se l'attachait en flattant son goût pour la bonne chère. Antoine avait engraissé durant son séjour à Lussault.

Après dîner, on s'assit sur la terrasse. La lune luisait au ciel clair. Une légère humidité amollissait l'air nocturne. De la Loire, une brume montait.

Alice, nu-tête, se balançait sur un fauteuil à bascule.

— Vous ne craignez donc plus de vous défriser? lui dit André.

— Ma foi, non, ma journée est finie et vous savez, ici, on se couche de bonne heure. C'est la vraie campagne...

Quand Alice se fut retirée, Antoine resta encore un moment sur la terrasse. Sa pipe achevée, il en vida la cendre sur le parapet de pierre, s'étira et tendit la main à André :

— Allons, mon vieux, bonsoir. Je me lève matin. Ah! il ne s'agit pas seulement de déguster les petits plats d'Alice, il faut travailler. Je te laisse, si tu veux prendre encore le frais. Tu connais le chemin de ta chambre. Bonne nuit !

André le regarda s'éloigner. Toutes les fenêtres de la maison étaient obscures, excepté celles de la chambre d'Alice. Bientôt André vit sur le rideau une ombre se dessiner. Antoine de Bersin était allé rejoindre sa maîtresse. André n'en éprouva aucun dépit. Il aimait sa solitude. Qu'importe d'être seul, quand on a dans le cœur un grand amour ! Que lui faisait le plaisir des autres, le sien n'était-il pas plus noble infiniment d'être secret? Cependant, par une sorte de sentiment de discrétion, il cessa de considérer la fenêtre éclairée, derrière laquelle la lumière tardait à s'éteindre.

Il se leva, descendit l'escalier rustique qui conduisait à la seconde terrasse, puis alla s'asseoir plus bas sous le figuier qui tordait ses branches à travers lesquelles la lune, haute maintenant, apparaissait. Dans l'ombre de l'arbre, quelque chose bougea, et André sentit sur sa main la caresse d'une langue humide et chaude, tandis que, dans une tête velue, deux beaux yeux le regardaient amicalement. Et il resta longtemps ainsi, sous l'arbre argenté, les doigts dans les poils soyeux de l'épagneul.

XV

Antoine de Bersin aborda André Mauval, une lettre à la main :

— J'ai écrit à ta mère pour la rassurer sur ton compte. Tiens, lis.

André remercia le peintre. Madame Mauval lui avait écrit de Varangeville pour lui dire sa gratitude de l'hospitalité si cordiale qu'il offrait à son fils. Depuis qu'elle savait André dans une vraie maison, elle était moins inquiète que lorsqu'il courait les routes de Bretagne. Certes, elle avait déploré l'idée de ce voyage qui cependant s'était passé sans incidents fâcheux. M. Mauval, au contraire, se félicitait de son initiative. André en reviendrait à Paris un peu débrouillé. Il s'accommodait également du séjour d'André chez son ami Bersin, car la santé de madame de Sarny ne permettait pas la présence du jeune homme à Varangeville. D'ailleurs, à Lussault, André, d'après les lettres où il donnait régulièrement de ses nouvelles, semblait mener une vie fort saine.

Dès le matin, Antoine de Bersin partait, le chevalet et la boîte de couleurs à l'épaule. Quelquefois, André l'accompagnait. Souvent il restait sous le figuier à lire ou à rêvasser. Vers midi, Alice descendait. Elle passait la matinée dans sa chambre à faire sa toilette ou à parler recettes avec la mère Cottenet. Avec André, elle dissertait longuement de ses perfections morales et physiques ou du temps où elle était au couvent à Blois, sous la haute direction de sa tante mademoiselle Mohon, officier d'académie, Alice se montrait, fière également d'elle-même, de son éducation, de sa famille. Les Lanquereau étaient, à l'entendre, des gens au-dessus de leur situation. Des revers de fortune, en faisant de M. Lanquereau père un humble courtier d'assurances, n'empêchaient pas qu'il n'eût eu un oncle employé dans l'administration du Timbre et de l'Enregistrement. Les Lanquereau étaient même apparentés à une famille noble, les de La Lorangère, dont Alice détachait le *de* et le *la* avec une certaine affectation.

André avait pris le sage parti de ne pas sourciller aux récits d'Alice et de la traiter en maîtresse de la maison et en dame du logis. Bien qu'il n'ignorât pas la fausseté de ce que lui racontait souvent Alice, il n'y manifestait aucune incrédulité et se gardait bien de faire aucune allusion aux événements qui avaient fait passer la donzelle, du respectable foyer des Lanquereau, au lit d'Antoine de Bersin. Aussi, vivaient-ils ensemble en très bon accord. Il se demandait parfois si mademoiselle Lanquereau le croyait entièrement dupe de ses dires. Non, il était peu probable qu'une personne telle qu'Alice, qui ne manquait ni de finesse, ni d'intelligence, se leurrât de cet espoir, mais l'assentiment poli d'André lui donnait l'illusion d'être prise par lui pour ce qu'elle souhaitait qu'on la prît, et cette illusion satisfaisait sa vanité et contentait son besoin de considération. Elle se montrait fort aimable avec André. Antoine, rentrant déjeuner, les trouvait en conversation sous le figuier. Antoine était souvent en retard. Alice en était vexée, moins à cause du retard même que de ce qu'Antoine fût si peu jaloux et la laissât si longtemps seule avec André.

On déjeunait, puis, dans l'après-midi, on sortait d'ordinaire ensemble. Antoine emportait ses carnets, sa boîte à couleurs. Alice suivait, son ombrelle à la main. On allait ainsi s'installer dans les champs, à l'abri de quelque haie, à l'orée de quelque bois, mais le plus souvent, on descendait vers la Loire. Antoine de Bersin adorait son paysage de sable et d'eau, ses prairies bordées de saules et de peupliers qu'elle inonde lors de ses crues et où elle laisse des mares limpides qu'on appelle dans le pays des « boires ». Pendant qu'il travaillait, André et Alice se reposaient. Parfois, ils se déchaussaient pour gagner l'un de ces bancs de sable que le fleuve contourne de ses méandres. L'eau qui court murmure doucement le long de ces petites îles nues. Souvent André en choisissait une plus lointaine où Alice hésitait à se hasarder. Il s'y couchait tout de son long sur la fine grève tiède de soleil, et restait là à rêvasser.

La pensée de madame de Nancelle remplissait son esprit de douceur et de tristesse. Elle lui semblait à la fois très proche et très lointaine. Que faisait-elle?... Était-elle comme lui assise au bord de l'eau? Il songeait à la carte postale qu'elle lui avait envoyée et qu'il conservait épinglée au mur de sa

L'APRÈS-MIDI ON SORTAIT D'ORDINAIRE ENSEMBLE

chambre. On y voyait le château de Boismartin, miré dans le Loir. La lente rivière semblait isoler madame de Nancelle, la retenir prisonnière de sa ceinture fluide. André soupirait.

Il ressassait dans sa mémoire le peu de souvenirs qu'il avait d'elle : la rencontre dans le magasin de mademoiselle Vanove, la visite chez madame Mauval, le dîner de la rue Murillo. C'était tout, oui, mais il avait la certitude qu'il l'aimait. La présence en lui de ce sentiment le mettait dans une langueur pleine de surprise et de tendresse. Parfois, il s'étonnait de lui-même. Il sentait en lui quelque chose de très beau et de très précieux, qui était l'amour. Il prenait une sorte d'orgueil à être seul en possession de son propre secret. L'idée de le confier à Antoine de Bersin le faisait rougir ; mais, s'il jouissait égoïstement de son amour, il en souffrait aussi, car il éprouvait l'impossibilité où il était de le réaliser.

A part ces moments de découragement, les heures coulaient pour lui en une sorte de mélancolie voluptueuse.

Quelques promenades rompirent la monotonie paresseuse de ces belles journées. Bersin voulait montrer à son ami les châteaux de Touraine. Ils allèrent d'abord à Chaumont, par un jour gris où tout le paysage semblait volatil et comme sur le point de s'effacer. La masse épaisse du château paraissait seule solide. Le paysage que l'on découvre de la terrasse donnait l'impression d'être peint sur un tulle d'air qui se déchirerait au moindre souffle et dont les lambeaux iraient rejoindre les nuages. Derrière cette apparence d'horizon, il devait y en avoir un autre, plus réel, dont on apercevait seulement l'image à travers un voile vaporeux.

Par un jour de soleil, ils virent Chenonceaux, à cheval sur sa rivière, comme un paladin de tournoi ; ils virent Azay penché sur l'eau, et le noble Ussé. Ils visitèrent Montrésor et Loches. Son âpre donjon carré dresse sa rude grandeur à demi effondrée. Autour de lui s'amoncelle la ruine de la forteresse royale. Elle est pleine de retraites, d'oubliettes, de cachots. Le gardien conduisit Antoine et André dans celui qu'occupa Ludovic Sforza. Le More, durant les longues années de sa captivité, en a travaillé les parois et la voûte basse avec une patience et une ingéniosité tragiques. Il en a fait comme à l'intérieur d'un étrange coffret milanais. Il a enluminé la pierre de figures, d'allégories, de devises, d'arabesques, d'énigmes et d'inscriptions. Tombe d'un vivant, ces quatre murailles sont restées vivantes et parlent le langage de son espoir, de son ennui. Leur obscure éloquence émeut. André s'imagina enfermé, par quelque caprice du destin, en ce sarcophage. Avec l'exagération propre à la jeunesse, il n'eût pas considéré cette réclusion comme un grand malheur. La présence de son amour l'eût consolé de la liberté !

Ainsi qu'à Loches il avait évoqué son image souterraine, partout où il allait, André menait avec lui madame de Nancelle. Volontiers, il la mêlait au passé. Il songeait à elle plus hardiment, quand il ne la considérait plus comme une femme réelle, mais comme une ombre qu'il animait à son gré. Elle se prêtait ainsi plus aisément à ses divagations amoureuses ! C'était une autre madame de Nancelle qu'il promenait en ces beaux lieux. Vêtue de nobles étoffes, avec les parures des vieux âges, elle montait les grands escaliers, traversait les vastes salles, s'accoudait aux terrasses. Envers cette image pompeuse et lointaine, il n'éprouvait aucune des timidités qu'il ressentait s'il se rappelait en sa réalité le fin et délicat visage de la jeune femme.

Antoine montra aussi à André Blois et Chambord. Alice, qui, plus d'une fois, par paresse ou par bouderie, s'était abstenue de ces parties, voulut être de celle-là. Elle profiterait du voyage à Blois pour voir sa tante, mademoiselle Mohon. Depuis sa réconciliation avec sa famille, Alice Lanquereau était en correspondance avec sa tante. Elle lui ferait visite pendant qu'Antoine et André iraient seuls à Chambord. Mademoiselle Mohon avait agréé cet arrangement. Certes la situation de sa nièce était encore bien irrégulière, mais la bonne demoiselle espérait vaguement en l'avenir. Aussi, ayant su, par sa sœur madame Lanquereau, que les jeunes gens désiraient passer l'été en Touraine, elle leur avait fait indiquer la maison de Lussault. Alice voulait remercier mademoiselle Mohon de cet arrangement de location. Elle avait mis pour cette cérémonie familiale sa robe la plus simple et son chapeau le moins orné, et elle avait diminué sa frisure. Durant tout le trajet, elle avait été sérieuse et pincée, et Antoine ne put s'empêcher d'éclater de rire, quand Alice les eut quittés pour se diriger vers le pensionnat de la tante Mohon. Ils devaient retrouver Alice à la gare pour le train de six heures vingt, à leur retour de Chambord.

Lorsque la voiture qui les conduisait eut passé le pont de la Loire, ils se trouvèrent dans une campagne médiocre : des champs cultivés, des prés, des fermes, çà et là, un village, un pays sans pittoresque et qui le demeure jusqu'au haut mur qui marque le contour du royal domaine. Un portail rustique en indiquait l'entrée. Le vieux cheval trottait. A droite et à gauche de la route, s'étendaient des taillis. Tout à coup, André se leva et poussa une exclamation.

Au bout de la percée, lointain et encore minuscule, un bâtiment bizarre apparaissait. Vaste et singulier, hérissé de clochetons qui se détachaient sur le ciel clair, à mesure que l'on approchait, l'étrange château grandissait et se montrait mieux en son ensemble majestueux et en son détail surprenant. Si l'impression du dehors était fantastique, l'antique demeure était encore plus extraordinaire, quand on en parcourait les salles innombrables et vides, les galeries nues, les escaliers à double spirale enfermés en des tours intérieures, le labyrinthe sonore, inextricable et désert. Et, sur le château même, s'en superposait un autre, dédale aérien celui-là et sommé de la fameuse Lanterne qui semblait l'habitation magique du génie Saugrenu. C'était lui qui avait fait sortir de cette terre plate et sans beauté cette prodigieuse et chimérique merveille qu'on eût dite rêvée par quelque Petit Poucet ambitieux, pour en charmer les songes de la Belle au Bois Dormant, ou pour l'offrir en gâteau de noces à Riquet à la Houppe fiancé à Peau d'Ane.

Lorsqu'ils revinrent à la gare de Blois, Alice les attendait dans la salle d'attente des premières, la figure gonflée, l'air furieux. Ils n'eurent que le temps de monter dans le train. Une fois dans le wagon, Antoine interrogea Alice :

— Eh bien, cette visite à la tante Mohon?

Alice Lanquereau devint rouge comme une pivoine :

— C'est une vieille garce.

Elle s'était juré de se contenir, mais sa colère et son dépit étaient plus forts que sa résolution. André contemplait avec surprise le visage rageur d'Alice, qui continuait :

— Oui, mon cher, figure-toi, j'arrive au pensionnat, je la demande, et voilà que l'on me dit que, si je suis la dame qu'elle attend, il faut que j'aille retrouver madame la directrice dans le petit jardin du château... Oui, mon bon, en plein air, c'est là qu'elle m'a donné audience. En plein air, comme si j'avais la peste! Ma présence eût été compromettante au pensionnat. Tu penses, dans ma position, et patati et patata!... J'avais envie de lui cracher à la figure, mais je suis une personne bien élevée, moi! Ah! la tante Mohon, eh bien, j'en ai soupé! la tante Mohon, tiens, je...

Et Alice Lanquereau lança un gros mot. Antoine de Bersin la considérait d'un air gouailleur :

— Ah! merci, Alice, je te retrouve. Tu devenais trop comme il faut, ma fille, va, dégonfle-toi. André n'écoute pas.

Malgré les diverses beautés de la Touraine, malgré Chaumont, Chenonceaux, Loches ou Chambord, les promenades d'Antoine

CHAMBORD

et d'André se dirigeaient de préférence vers la Loire. C'est la Loire, en effet, qui donne son caractère au pays tourangeau. Elle en exprime la grâce molle, lente et fine. Il y avait, entre Lussault et Montlouis, une grande île qu'André aimait particulièrement et qu'on appelait l'île du Pigeon. Un vieux passeur y conduisait sur sa barque plate. Cette île était faite tout entière de sable. Il y poussait des osiers et des saules et aussi de grandes quenouilles vertes dont les fleurs jaunes répandaient une odeur de miel. L'île en était toute parfumée. Un jour, Antoine, André et Alice y apportèrent leur dîner.

C'EST DONC VRAI

Quand ils eurent fini, le soir était venu, un soir frais et doux. Antoine s'éloigna en sifflotant. André resta assis auprès d'Alice. Longtemps il demeura silencieux. Une à une, les étoiles apparaissaient dans le ciel obscur. On n'entendait plus le pas d'Antoine. André songeait...

Soudain il reçut une poignée de sable dans ses vêtements, en même temps que la voix d'Alice lui disait :

— Dites donc, mon cher, vous n'êtes guère galant avec les femmes.

Elle riait nerveusement. André la distinguait à demi dans l'ombre. Elle était étendue sur le sable, les mains croisées sous sa nuque. Elle reprit :

— Aidez-moi, au moins, à me lever.

Quand elle fut debout, elle ajouta :

— Il faut appeler Antoine, j'entends le père Louis qui vient nous chercher. Je n'ai pas envie de coucher ici.

Dans la barque, André remarqua qu'Alice, avec affectation, entourait de son bras le cou d'Antoine.

XVI

Un matin, comme elle lui avait monté dans sa chambre son petit déjeuner, la mère Cottenet dit à André Mauval :

— C'est-il donc vrai, monsieur André, que vous partez la semaine prochaine !

André confirma son départ à la vieille femme. On était à la fin de septembre. Madame Mauval, dans les premiers jours d'octobre, devait revenir de Varangeville, et André voulait être à Paris pour la recevoir. La mère Cottenet continua :

— Tout de même, on se reverra bientôt, monsieur Mauval. Monsieur de Bersin m'emmènera avec lui à Paris comme cuisinière. Il est habitué à mes petits plats et ne pourrait plus s'en passer. J'sais bien qu'il y a madame ; mais, entre nous, ces jeunesses-là, ça croit en savoir plus que ça n'en sait. Et puis, je n'serai pas fâchée de voir Paris sur mes vieux jours, d'autant plus que j'ai une nièce qu'est en place et que je n'serai pas de trop pour la surveiller un peu. Sous ce rapport, monsieur Mauval, je voudrais bien vous demander quelque chose.

André beurrait son pain grillé :

— Demandez, demandez, mère Cottenet.

— Eh bien, monsieur André, c'est que ma nièce, en arrivant là-bas, est tombée en service chez un monsieur Mauval. Ça vous est-il quelque chose, ce Mauval-là?

— Ça dépend, mère Cottenet, j'ai un oncle qui habite à Paris et qui s'appelle monsieur Hubert Mauval.

— Ça j'peux pas vous dire. Tout ce que j'sais, c'est que ce particulier habitait à Saint-Mandé.

— A Saint-Mandé, c'est bien cela, mère Cottenet. Est-ce que votre nièce est restée longtemps chez lui? S'y plaisait-elle?

La mère Cottenet prit un air mystérieux.

— Dame, oui, monsieur André. Monsieur Mauval était, qu'il paraît, un bien brave homme, et si propre et si tranquille ! Ah ! il ne faisait pas grand bruit. Il passait une bonne partie de sa journée à planter, avec des épingles, des petits drapeaux sur des cartes de géographie, à cause que, dans son temps, il avait été un grand général... Mais il racontait à la petite qu'il s'était retiré parce qu'on lui avait fait des mistoufles, des injustices, quoi, comme il disait, et que, depuis, tout était sens dessus dessous, et qu'alors on avait été battu en 1870, par les Prussiens.

André Mauval, tout en mangeant sa rôtie beurrée, réprimait une envie de rire. Il reconnaissait bien là les manies militaires de l'oncle Hubert. La mère Cottenet, enhardie, continuait :

— Tout ça, c'était très bien, mais le chiendent, c'est que le pauvre monsieur était un peu maboul...

La mère Cottenet hésitait, mais voyant qu'André Mauval ne protestait pas, elle reprit :

— Oui, qu'il l'était, et même que la petite a bien fini par s'en apercevoir, quand elle l'a vu arriver, un beau jour, dans sa cuisine, coiffé d'un vieux képi, et qu'il s'est mis à lui faire des simagrées. Il s'est mis à l'embrasser, quoi ! La petite a commencé par rire, parce qu'elle n'est pas bégueule. Mais c'est que le vieux voulait pour de bon ! comme je vous le dis, monsieur André !

— Vous êtes sûre, mère Cottenet?

— Dame, j'n'y étais pas, mais les hommes, vous savez... Donc, j'te plotte et j'te plotte, si bien qu'elle a pris peur et qu'elle lui a flanqué son képi par terre... Dans ces conditions, elle ne pouvait pas rester dans la place, mais elle ne lui en a pas voulu, au pauvre cher homme. Vous comprenez, ça peut arriver à tout le monde avec une jeunesse, mais à son âge ! Ah ! ç'avait dû être un rude lapin que ce monsieur Mauval !

André Mauval réfléchissait. Les révélations de la mère Cottenet l'éclairaient subitement sur la vie privée de son oncle Hubert. L'ancien militaire n'avait pas complètement quitté le service. La mère Cottenet reprit :

— Alors, c'était bien votre oncle, ce vieil enragé.

Et elle ajouta en conclusion :

— C'est drôle, tout de même, vous qui êtes si doux, gentil et sage comme une image.

La mère Cottenet s'interrompit pour puiser une pincée de tabac dans sa queue de rat :

— Oui, pas la moindre escapade, un vrai petit saint. Ainsi, tenez, madame, vous ne l'avez même pas regardée !

La mère Cottenet considérait d'un air narquois André Mauval, qui beurrait attentivement une autre tartine :

— Elle est pourtant jolie, madame ! et aguichante, et monsieur en pince dur pour elle. J'parie qu'il finira bien par l'épouser.

André Mauval fit un mouvement de surprise.

— Faut pas vous formaliser, monsieur André. On sait bien qu'ils ne sont pas mariés ensemble. Elle a beau se faire appeler madame par-ci, madame par-là, ça ne trompe personne. C'est fin, vous savez, le Tourangeau ! Mais j'vous ennuie, monsieur André. Allons j'm'en vais. Finissez vos beurrées, mais, voyez-vous, c'est tout de même drôle qu'il y ait deux Mauval qui se ressemblent si peu.

André Mauval devenait rêveur. Ainsi s'expliquait l'existence bizarre de l'oncle Hubert, sa répugnance à ce qu'on vînt le déranger chez lui. Ah ! le vieux paillard ! Les goûts ancillaires du bonhomme réjouissaient fort André. Le brave oncle Hubert, il aurait eu au moins ce plaisir-là dans la vie ! Quant à ce que la mère Cottenet lui avait dit d'Alice et d'Antoine, c'étaient des ragots et des billevesées de commère, et cependant André ne pouvait s'empêcher d'y repenser, tout en mordant dans sa tartine. Ah ! il regretterait plus d'une fois à Paris ce bon beurre de Touraine...

A quelques jours de là, Antoine de Bersin et André Mauval prenaient, après le déjeuner, leur café sur la terrasse. Alice venait de remonter dans sa chambre pour refaire ses frisons qui lui paraissaient imparfaits. Soudain, Antoine dit à André :

— C'est dommage que tu partes, mais je te reverrai à Paris vers le 15 octobre et de là j'irai en Italie. Je veux passer l'hiver à Rome et le printemps à Florence. Je ne reviendrai pas avant l'été.

Il tira une bouffée de sa pipe et reprit :

— Oui, mon vieux... j'ai décidé ça, hier, en revoyant mes études... Elles sont bien, mais il me manque quelque chose... Je trouverai peut-être ça, là-bas. J'ai besoin de réflexion, de solitude. Avec ce que je sais, je suis assuré du succès. J'ai du talent. Je pourrai, lorsque je voudrai, gagner de l'argent, mais rien ne presse. J'ai une fortune raisonnable. Papa fait des économies pour moi. Le succès, je veux mieux : la gloire. J'ai joué ma vie sur cette carte. La gloire, il n'y a que ça, parce que, vois-tu, l'amour, je l'ai manqué, une fois pour toutes... Tu sais comment... Je vais tâcher de devenir un vrai grand peintre. Alors, je pars. Rien ne me retient, je suis libre.

Il appuya son regard sur celui d'André Mauval :

— Oui, libre.

André dit timidement :

— Alors, tu ne comptes jamais te marier?

Antoine sourit :

— Me marier.

Du bout de sa pipe, il désigna la maison que l'on apercevait à travers les branches du figuier :

— Ah ! oui... avec Alice... Monsieur et madame de Bersin.

Il haussa les épaules :

— Écoute-moi bien, mon cher. Comment as-tu pu penser que j'épousasse jamais cette fille ? Ah ! non pas parce qu'elle a roulé avant d'être à moi, cela ne m'en empêcherait pas. Si elle était simple de cœur, sans prétentions, je n'eusse peut-être pas dit non, mais Alice, jamais. Se marier, ce serait pour elle acquérir la respectabilité bourgeoise, satisfaire son appétit de vanité, pouvoir faire la pimbêche en famille, pouvoir traiter de haut la tante Mohon, officier d'académie !... Eh bien, non, à d'autres. Du reste, je veux bien l'aider à cela. Je vais la rendre à ses parents avec une indemnité raisonnable. Je l'ai nettoyée, nippée, je vais la doter. Avec cela, elle trouvera bien quelque jobard qui lui fournira la situation qu'elle désire et le cocu dont elle a besoin, car, une fois mariée, elle fera une maîtresse très agréable. L'adultère, voilà sa vocation. Son mari lui donnera la sorte de considération sociale dont elle est entichée, et elle apportera alors à son amant ce qui est le fond de sa nature : son entente du plaisir et sa perversité, car elle a du vice et elle a des sens. Ce sera parfait ainsi. Je règlerai tout avant mon départ d'ici. J'ai déjà écrit à la tante de Blois. Nous négocions, cette bonne dame et moi.

Il se tut. Sur la terrasse, le gravier craquait sous un pas.

Antoine de Bersin bourra une nouvelle pipe. Alice descendait les marches moussues, une lettre à la main :

— Tiens, Antoine, une lettre pour toi, et une pour vous, André.

André remerciait Alice. Il distingua dans ses yeux le regard de colère dont elle considérait Antoine. Elle avait dû entendre ce que disait le peintre. Ses lèvres pincées tremblaient légèrement.

On alla achever la journée au bord de la Loire.

Le surlendemain, qui était la veille du départ d'André Mauval, Antoine et lui firent une dernière promenade. Alice refusa de les accompagner, et les deux jeunes gens partirent seuls. Ils gagnèrent la forêt d'Amboise.

C'était une belle journée de la fin de septembre, le ciel était voilé, les premières feuilles jaunes se montraient aux arbres. Ils marchaient allègrement dans l'air frais. Au retour, ils passèrent par Chanteloup.

Au bord de son étang desséché, la pagode se dressait. Elle s'élevait solitaire, baroque et penchée. Elle est tout ce qui reste de l'ancien château, avec un des pavillons qui marquaient jadis l'entrée du parc, André et Antoine s'assirent auprès de l'étang. Le vent y froissait quelques roseaux secs. Ces roseaux, cette pagode, se dessinaient sur l'écran gris et fin du ciel pâle que de glissantes hirondelles ornementaient de leurs mobiles broderies ailées.

André Mauval demeurait silencieux. Antoine lui toucha le bras :

— A quoi penses-tu ?

André secoua la tête. Antoine s'était levé. L'épagneul roux, qui le guettait, bondit joyeusement autour de lui. André, rêveur, continuait à regarder la pagode. Il s'imaginait loin, très loin, par delà les mers, en quelque ville du Japon ou de la Chine, expatrié pour longtemps en un pays étrange. Là-bas aussi, il y aurait des étangs avec des roseaux qui dresseraient leurs lances aiguës et flexibles. Là-bas, aussi, voleraient dans le ciel des oiseaux rapides, mais dont il ne connaîtrait pas les noms. Cependant il serait heureux dans son exil lointain. Un soir, un soir comme celui-ci, gris et calme, lorsque, après s'être promené tout le jour, il serait rentré dans sa petite maison exotique, lorsque, étendu sur les nattes fines, il se préparerait à allumer, dans la pipe à opium, la noire boulette grésillante, son serviteur jaune, jaune comme l'épagneul d'Antoine de Bersin, entrerait, avec des saluts cérémonieux, lui annoncer qu'une dame le demande. Il se lèverait, le cœur battant, et debout, sur le seuil de la porte, il reconnaîtrait madame de Nancelle. Il y aurait entre eux un long silence pendant lequel on entendrait le vent faire tinter les clochettes du toit, et elle se jetterait sur sa poitrine avec un sanglot de joie. Elle aurait tout quitté pour venir le rejoindre, pour vivre avec lui à jamais, parce qu'elle l'aimait...

André sursauta. L'épagneul roux lui léchait doucement la main. De loin, Antoine lui faisait signe de venir. Il se mit debout avec effort et passa la main sur ses yeux.

La pagode lui semblait vaciller. A quoi avait-il rêvé? Quelle chimère, plus chimérique que les imaginations les plus chinoises ! Demain, il serait à Paris. La vie quotidienne allait recommencer en sa monotonie. Il allait revoir sa mère, son père, Drevet, ses camarades d'école. Rien n'aurait changé, rien, excepté lui. Lui seul n'était plus le même.

Il avait un secret dans l'âme, le secret de son amour.

Lentement, les jeunes gens s'en revenaient par le chemin crépusculaire. Une odeur d'automne montait de la terre et tombait des arbres. André songeait que, bientôt, les quinconces du Luxembourg se dépouilleraient de leurs feuilles. Et il pensa à ce matin de l'automne précédent où il avait rencontré Antoine de Bersin faisant une étude sur la terrasse, où ils avaient vu passer Marc-Antoine de Kerdren et Jacques Dumaine, à ce matin où il s'était arrêté devant la fontaine de Médicis, pour contempler la nymphe Galatée et le berger Acis enlacés.

Hélas ! tiendrait-il jamais entre ses bras, nue et amoureuse, celle dont l'image maintenant ne le quittait plus...

XVII

André éprouva une joie véritable à retrouver sa mère. Madame Mauval avait maigri de son dur été à Varangeville. Madame de Sarny était une malade difficile et tracassière. Enfin, elle allait, à présent, tout à fait mieux. Quant à André, ses deux mois de campagne l'avaient fortifié. Madame Mauval le considérait avec admiration, et elle ne se lassait pas de lui faire raconter ses courses en Bretagne, ses promenades en Touraine, les châteaux qu'il avait visités. Son fils lui en paraissait rehaussé à ses yeux comme s'il eût été l'hôte de personnages illustres. M. Mauval, lui, demeurait calme au récit de ces fréquentations historiques. Tout cela n'était que bien peu de chose en comparaison de ce qu'André verrait plus tard dans ses voyages. Grâce à sa décision, son fils aurait un jour une carrière intéressante. Du reste, M. Mauval détestait les inutiles et les oisifs. Si jamais il lui arrivait de quitter la Compagnie, il saurait, lui, s'occuper intelligemment.

En parlant ainsi, M. Mauval faisait allusion à l'oncle Hubert. Durant ces deux mois, l'oncle avait continué à ne plus donner signe de vie. Quoique M. Mauval se prétendît enchanté d'être débarrassé de son frère, au fond, il était vexé de cette disparition qui commençait à avoir l'air d'une rupture définitive. Elle atteignait M. Mauval dans son amour-propre. On pouvait donc se passer de lui ! Il y a donc des gens à qui l'on n'est pas nécessaire ! M. Mauval éprouvait à le constater un certain étonnement irrité qu'il dissimulait sous une feinte inquiétude. L'oncle Hubert devait être malade pour avoir agi ainsi. D'ailleurs sa santé déclinait depuis quelque temps. Sa figure était une preuve de son dérangement d'esprit. Il aurait tout de même été utile de pouvoir surveiller un pareil original. Les dîners du mercredi avaient cela de bon, que, grâce à eux, on savait, au moins à peu près, ce qu'il devenait. Tandis que, maintenant, il pourrait mourir dans son coin sans que l'on fût averti de rien.

André hésita un moment s'il raconterait sa visite à Saint-Mandé et la conversation avec la mère Cottenet, mais il fut retenu par un sentiment de discrétion. A-t-on le droit de révéler ce que l'on a découvert par hasard ? Il était devenu respectueux du secret des autres depuis qu'il en avait un à lui. Plus d'une fois déjà, le nom de madame de Nancelle était revenu dans les propos de monsieur et madame Mauval. Madame Mauval avait reçu à Varangeville plusieurs cartes postales, analogues à celle qu'André avait eue de madame de Nancelle. Dans la dernière, elle annonçait qu'elle reviendrait à Paris vers la fin d'octobre. André, quand on parlait d'elle, écoutait sans rien dire.

Par une singulière ruse de sentiment, il ne lui semblait éprouver aucun désir de la revoir. L'image qu'il en gardait dans l'esprit suffisait à ses pensées. Il redoutait plutôt sa présence qu'il ne la souhaitait. A quoi bon la voir comme une personne ordinaire? L'entretenir de choses et d'autres lui paraissait impossible. André préférait qu'elle restât loin de lui. Son absence le dispenserait d'avouer son amour. D'ailleurs, quelles paroles trouver, assez brûlantes ! Et puis, elle se moquerait de lui !

André Mauval n'était pas vaniteux. Qu'avait-il pour se faire aimer de cette brillante jeune femme? Sa jeunesse? Sa figure? Sans être laid, il ne se trouvait pas beau. Et puis, à supposer même qu'il parvînt à attirer l'attention de madame de Nancelle, eût-ce pas été une raison pour qu'elle songeât à lui? Songeait-elle d'ailleurs à l'amour? Rien ne pouvait laisser supposer qu'elle ne fût pas fidèle à son mari. Certes, la disproportion d'âge qui existait entre eux permettait de croire qu'elle l'avait épousé plutôt par intérêt, par nécessité, que par caprice et par affection. Oui, mais, une fois son parti pris, n'avait-elle pas trouvé dans cette union des avantages et des agréments de fortune et de luxe auxquels elle tenait? Et André se rappelait les discours d'Antoine de Bersin sur l'importance que les femmes attachent à l'assurance d'une vie régulière, facile, établie. Madame de Nancelle pouvait penser ainsi et être reconnaissante à son mari du rang et de la sécurité qu'il lui procurait. Pourquoi le tromperait-elle? Parce qu'il était laid et qu'elle était jolie? André Mauval n'était pas de ceux qui sont persuadés que toute jolie femme a des amants. Du reste, il lui répugnait d'imaginer à madame de Nancelle des aventures uniquement sensuelles et le genre d'abandons que lui avaient fait connaître les femmes de rencontre qu'il avait eues. L'amour, pour une personne de la distinction d'âme et de corps de madame de Nancelle, devait être quelque chose de tout à fait différent, et l'idée qu'il s'en faisait contribuait à augmenter en lui le sentiment de la difficulté qu'il y a à obtenir de si délicates, de si rares faveurs. Restait l'amour platonique. André était d'un âge où il ne contente guère. Restait l'amitié tendre. Elle paraissait à André bien insuffisante...

Il y pensait parfois, pourtant, comme une sorte de pis aller, non sans amertume, mais non sans douceur. Madame de Nancelle ne lui avait-elle pas dit, le soir du dîner : « J'espère que nous serons amis. » Cette perspective avait pour André un certain charme tentant. Mais ce propos était-il plus qu'une simple parole de courtoisie? D'ailleurs, à la réflexion, ce titre d'ami lui semblait en quelque sorte inacceptable et lui eût paru inclure de sa part une certaine jobardise. Le mieux était donc de demeurer éloigné de madame de Nancelle et de borner son amour aux rêveries mélancoliques et passionnées où il s'était tenu tout l'été.

Il n'était pas précisément malheureux...

Un jour de la fin d'octobre, revenant du Bon Marché où elle était allée faire une commission pour sa belle-sœur, madame de Sarny, madame Mauval dit devant André, à M. Mauval :

— Ah ! j'ai rencontré madame de Nancelle. Elle m'a bien demandé de tes nouvelles, Alexandre, et des tiennes aussi, André. Elle était ravissante. Elle m'a dit qu'elle était presque tous les jours chez elle après cinq heures.

Et madame Mauval ajouta :

— Toi, Alexandre, elle sait que tu n'es pas libre, mais, André, tu ferais peut-être bien d'aller la voir, un jour. Tu lui dois une visite de digestion.

André fit un geste évasif. Madame Mauval n'insista pas. Elle avait acheté pour madame de Sarny des coupons d'étoffe, à un prix très avantageux.

A partir de ce jour, André Mauval vécut dans l'inquiétude. Il était partagé entre le plaisir de se dire que, s'il le voulait, il pouvait le lendemain voir madame de Nancelle, et l'angoisse que la pensée de cette visite lui causait. Entrer dans le salon de madame de Nancelle lui paraissait un acte plein de difficultés insurmontables. D'ailleurs, le reconnaîtrait-elle, seulement? Deux fois il sortit de chez lui, bien décidé d'en finir avec cette irrésolution qui le tourmentait. La première fois, il se promena une heure au parc Monceau ; la seconde, il se rendit chez madame Jadon.

La brave dame le reçut avec un mélange de condescendance et de dignité. Elle venait justement de lire dans le journal qu'un de nos agents consulaires en Tripolitaine avait été malmené par des musulmans fanatiques. Elle prit un prétexte de cet événement pour déplorer les dangers auxquels exposent ces carrières lointaines. Singulière idée que M. Mauval avait de vouloir que son fils, son fils unique, s'expatriât ainsi ! Ce n'était pas elle qui donnerait ses filles à l'un de ces ostrogoths de consuls qui emmènent leurs femmes au diable. Heureusement que le concours des Affaires étrangères est difficile. Et madame Jadon laissa entendre à André qu'elle le jugeait incapable de parvenir à un rang qui lui permît d'être admis.

Le lendemain, André alla voir mademoiselle Leroi. Elle habitait, rue de Babylone, un petit appartement qui donnait sur un jardin. De la fenêtre, on apercevait quelques beaux arbres jaunissants, aux troncs engainés de lierre, une pelouse ronde, jonchée de feuilles tombées. Mademoiselle Leroi et André s'accoudèrent à l'appui de la fenêtre ouverte. Auprès d'eux, des oiseaux, en sautillant, faisaient osciller une cage suspendue. On entendait le petit bruit sec des graines craquant sous leurs becs. L'un d'eux jetait parfois un petit cri aigu et bref. André se sentait accablé de tristesse.

Les journées lui paraissaient interminables. Drevet demeurait invisible. Un matin, André reçut un mot d'Antoine de Bersin qui lui annonçait son retour à Paris.

Il courut rue Cassini. La mère Cottenet lui ouvrit la porte. Toute vêtue de noir, avec son bonnet et son tablier à poches, elle avait l'air d'une gouvernante de curé :

— Sûr que monsieur Antoine est là, et il sera content de vous voir, monsieur André. Entrez donc.

Antoine de Bersin s'occupait à ranger des papiers, sa grosse pipe à la bouche :

— Bonjour, mon vieux. Eh bien, ça va, depuis Lussault? Je ne t'ai pas écrit de là-bas parce que, tu sais, je ne suis pas épistolier. Je suis content de te serrer la main avant mon départ, car je décampe après-demain. Oui, je vais d'abord faire un tour en Espagne, puis de là en Italie. Je serai absent au moins pendant six mois, peut-être plus.

Antoine semblait fort joyeux. Il tira une grosse bouffée de sa pipe :

— Tu ne me demandes pas de nouvelles d'Alice?

Et Antoine de Bersin se mit à rire en regardant André.

Les choses s'étaient bien passées. Grâce aux habiles négociations de la tante Mohon, officier d'académie, Alice s'était définitivement réconciliée avec sa famille. Antoine l'avait ramenée avec lui à Paris, où monsieur et madame Lanquereau étaient venus, l'avant-veille, chercher, rue Cassini, leur fille et ses hardes et nippes. Les Lanquereau avaient amené un fiacre à galerie. M. Lanquereau jugeant plus convenable d'attendre en bas, dans la voiture, madame Lanquereau était montée seule. On s'était quitté très bons amis avec des congratulations et des politesses réciproques. Antoine avait été généreux.

Il conclut en riant :

— Au fond, elle rageait. Bah! elle va épouser quelque petit employé, — qu'elle trompera... Cette brave Alice! A propos, elle m'a dit qu'avec toi à Lussault... Tu sais, dans l'île du Pigeon, un soir...

André Mauval protesta :

— Mais ce n'est pas vrai, jamais de la vie...

Antoine de Bersin lui frappa amicalement sur l'épaule :

— J'en suis bien persuadé, petit serin, et tu as eu bien tort de te gêner, si le cœur t'en disait. Je ne suis pas jaloux, tu sais bien. Du reste, à propos de femmes, je voulais te dire une chose. Un garçon de ton âge a besoin d'un endroit pour offrir l'hospitalité à ces dames. Alors, je te laisse l'atelier. La mère Cottenet est prévenue et tu n'auras qu'à lui donner tes ordres. Voici une clef de l'appartement. Ne refuse pas, tu me rends service. Comme cela, la vieille gourgandine sera obligée de tenir la maison propre. Tâche de lui donner de l'ouvrage, mon vieux, c'est la grâce que je te souhaite.

Le surlendemain du départ d'Antoine de Bersin, qu'il avait accompagné à la gare, André Mauval sonnait à la porte de madame de Nancelle. Comment s'était-il décidé, comment se trouvait-il là? Il n'en savait rien lui-même. Le domestique l'introduisit au salon. Derrière la draperie qui séparait le salon du boudoir, André entendit un bruit de voix. L'angoisse qu'il éprouvait diminua. Madame de Nancelle n'était pas seule. Quelqu'un était là, avec elle. Peut-être son mari? L'image de M. de Nancelle fut agréable à André.

Une main écarta la draperie. André s'avança.

Madame de Nancelle, étendue sur sa chaise longue, auprès d'un guéridon qui supportait un bouquet, tenait entre ses doigts une cigarette. Debout, au fond de la pièce, était un personnage qui n'avait ni l'aspect dégingandé ni les épaules étroites de M. de Nancelle et en qui André reconnut le romancier Jacques Dumaine. Dumaine salua André sans empressement, l'air plutôt contrarié de la présence d'un intrus. Il s'était rassis, pendant que madame de Nancelle demandait au jeune homme des nouvelles de sa mère et de

A L'APPUI DE LA FENÊTRE OUVERTE

son père. C'était gentil de venir la voir ainsi et de ne pas l'avoir oubliée. Où avait-il passé l'été? Elle le remercia de ses cartes postales. Tout en répondant à ces questions, André la regardait. Il éprouvait un plaisir auquel il ne s'était pas attendu. Quoi, toutes ses appréhensions étaient vaines. Il pouvait parler, répondre. Il avait pu entrer, s'asseoir, accepter une cigarette, sans que ces actions, qui de loin lui paraissaient extraordinaires, lui causassent le malaise qu'il en craignait? Alors, pourquoi avoir tant tardé à cette visite? Tout à coup, il se troubla. Que pensait de lui ce Jacques Dumaine? Les romanciers ne savent-ils pas lire dans nos cœurs? Ne sont-ce pas de mystérieux et dangereux sorciers, doués d'un redoutable pouvoir de divination?

L'œil de Jacques Dumaine l'observait. André sentait peser sur lui ce regard scrutateur, aigu et fin. Dumaine semblait attentif et agacé et mordillait sa moustache. Au bout de quelques instants, il se leva. Madame de Nancelle parut surprise :

— Qu'est-ce qui vous presse, Dumaine? Il est de bonne heure et puis nous n'avons pas fini de nous disputer. Ce n'est pas gentil

IL PARLAIT DE LA BRETAGNE

de vous en aller ainsi. Vous profitez de l'arrivée de monsieur Mauval pour filer lâchement.

» Figurez-vous, monsieur Mauval, que nous parlions de l'amour. Monsieur Dumaine prétend que l'amour ne se suffit pas à lui-même, qu'il a besoin, pour être parfait, de circonstances matérielles favorables, d'être entouré de bien-être, de confort, de sécurité, de mille délicatesses que lui ménage seul un amant expérimenté. Eh bien, moi, Dumaine, ce n'est pas du tout mon avis. Tenez, si j'aimais, je serais bien indifférente à tout cela. J'aimerais l'amour pour lui-même, avec ses risques, ses dangers...

Jacques Dumaine haussa les épaules et prit son chapeau :

— Croyez-moi, chère madame, c'est moi qui suis dans le vrai.

Et, comme il baisait la main de la jeune femme, il ajouta :

— Allons, à bientôt ; mes souvenirs à monsieur de Nancelle. Comment va-t-il?

Madame de Nancelle se mit à rire :

— Mais, très bien. Ah ! vous savez qu'il ne quitte plus les Archives. C'est vous qui en êtes la cause... C'est que c'est un singulier personnage que mon mari ! Il a des engouements, des lubies. Depuis que nous sommes mariés, je l'ai connu, tour à tour, numismate, pêcheur à la ligne, horloger, — maintenant c'est l'histoire. Je crois que c'est dans une de ces toquades qu'il m'a épousée... Ah ! ce serait un bon type de roman... Tenez, je vous le donne, Dumaine.

— Merci, je vous en préférerais pour l'héroïne.

Jacques Dumaine se penchait pour baiser de nouveau la main de madame de Nancelle.

— Vous êtes stupide, mon pauvre Dumaine !

Lorsque le romancier fut parti, madame de Nancelle resta un moment silencieuse. Elle redressa une des roses du bouquet placé auprès d'elle. Elle semblait réfléchir profondément. André Mauval la regardait et songeait aux paroles qu'elle venait de prononcer. Elle parlait d'aimer comme d'une chose naturelle, possible. Pour elle, l'amour c'était l'aventure. Madame de Nancelle prenait, aux yeux d'André, quelque chose de subitement romanesque...

— Mais, avec tout cela, monsieur Mauval, vous ne m'avez pas raconté votre été...

André Mauval tressaillit. Madame de Nancelle l'écoutait. Il parlait de la Bretagne, de son séjour en Touraine, chez son ami. Il décrivit la petite maison de Lussault, la Loire, ses sables, ses îles, Chanteloup et sa pagode. Elle l'interrompit :

— Et vous y êtes monté, dans la pagode?

Il avoua que non.

— Vous n'êtes guère entreprenant. Moi, j'aurais aimé à y grimper, dans cette chose chinoise, vacillante, aiguë, d'où l'on voit loin, et qui oscille comme si elle allait tomber...

André la considérait. Elle avait l'air hardie et décidée. Son pied, chaussé d'une mule pointue, dépassait sa robe, si petit qu'il semblait fait pour ne la mener nulle part. Comment l'imaginer, ce pied délicat, gravissant les marches d'un escalier. André, brusquement, pensa à l'escalier d'Antoine de Bersin.

Soudain, il fut saisi d'une grande tristesse. Il s'était levé. Elle lui dit :

— Ce devait être charmant, cette maison dans le rocher et cette longue Loire argentée. Et votre ami, le voyez-vous souvent?

André expliqua que son ami voyageait actuellement en Italie. Madame de Nancelle, la tête baissée, caressait de la main la soie du canapé :

— Revenez me voir, monsieur André, je suis chez moi presque tous les jours à cette heure-ci.

Et elle lui tendit sa main où il n'osa pas poser ses lèvres et que ce Jacques Dumaine avait baisée, lui, deux fois.

XVIII

Durant la semaine qui suivit sa visite à madame de Nancelle, André Mauval fut tout à fait malheureux.

Quand, sur la plage de Morgat, il s'était aperçu qu'il aimait madame de Nancelle, il avait éprouvé une émotion singulière, un grand trouble d'esprit : il se rendait compte que quelque chose de nouveau intervenait dans sa vie. Sans qu'il eût encore aimé, les livres lui avaient parlé des tourments de l'amour. A son tour, il allait les ressentir. Anxieusement, son appréhension interrogeait l'avenir.

Contre son attente, il n'éprouva rien d'intolérable. La seule idée dont il avait souffert avait été celle que son amour demeurerait éternellement secret et vain. Cependant, comme il ne songeait à aucune réalisation matérielle de son sentiment, il se résignait assez facilement à ce que l'objet en fût absent. Certes, durant son séjour à Lussault, il avait beaucoup pensé à madame de Nancelle, mais sans que cette pensée prît une acuité trop tyrannique. Parfois même, il l'oubliait.

De retour à Paris, André Mauval avait persisté dans les mêmes dispositions sentimentales. Pourtant la présence si proche de madame de Nancelle rue Murillo l'avait rendu nerveux et agité, et il lui avait fallu se raisonner et reconnaître que le voisinage de la jeune femme ne changeait rien à la situation où il se trouvait vis-à-vis d'elle... Mais les circonstances avaient joué de lui. En allant voir madame de Nancelle, il n'avait songé qu'à accomplir un acte de politesse, néanmoins il se demandait si l'offre que Bersin lui avait faite de son appartement de la rue Cassini n'avait pas eu une certaine part dans sa résolution soudaine. Quel espoir chimérique et ridicule concevait-il donc? Une fois rue Murillo, il s'était bien aperçu de sa folie. Il rapportait de sa visite deux certitudes bien nettes : la première, qu'il n'oserait jamais, pas plus qu'auparavant, avouer son amour à madame de Nancelle ; la seconde, qu'il ne pourrait pas dorénavant se passer de voir madame de Nancelle.

La voir ! Oui. A présent, qu'il se promenât, qu'il mangeât, qu'il dormît, son image lui apparaissait continuellement. Il ne songeait plus qu'à madame de Nancelle et à son amour pour elle. Elle était sa seule préoccupation. Il ne s'inquiétait même pas que sa mère s'aperçût de l'état d'absorption et de distraction où il vivait. Plus d'une fois madame Mauvel le remarqua. André allégua des migraines. Il n'avait pas la force de dissimuler et à peine celle de résister au besoin impérieux qu'il éprouvait de parler de madame de Nancelle. Si Antoine de Bersin eût été à Paris, André se fût certainement confié à lui. Il eut la tentation d'aller trouver Drevet. Il ne travaillait plus, manquait ses cours, passait ses journées à errer dans les rues.

Un après-midi, il se rendit rue Cassini. La mère Cottenet n'était pas là, et il entra dans l'atelier. Tout y était en bon ordre et tenu proprement. André s'assit à la table. Il avait promis à Bersin de lui écrire si la mère Cottenet s'acquittait fidèlement de son devoir de gardienne, et, du buvard, il tira une feuille de papier. Écrire à Bersin ! Mais pourquoi n'écrirait-il pas plutôt à madame de Nancelle ! Il lui avouerait dans cette lettre son amour et son tourment. Oh ! il ne la signerait pas, cette lettre, mais madame de Nancelle en reconnaîtrait peut-être l'écriture. Fébrilement, André trempa sa plume dans l'encrier. Elle en ressortit sèche. Le godet ne contenait pas une goutte d'encre. Alors, il eut envie de mourir. Pourquoi ne se tuait-il pas? Que lui importait la vie? Il n'en connaîtrait jamais le délice suprême, celui d'un amour partagé.

Quand il rentra rue des Beaux-Arts, il était quatre heures. Comme il montait les premières marches de l'escalier, il entendit le frou-frou de jupes de quelqu'un qui descendait. Brusquement, il se ressouvint que c'était le jour de sa mère. Il eut la pensée que cette personne au pas léger était peut-être mademoiselle Leroi. Il se sentit brusquement pris pour elle d'une sympathie attendrie. Comme elle, il vieillirait solitaire. Comme elle, il habiterait une petite chambre qui donnerait sur des jardins. Comme elle, il élèverait des oiseaux, au retour des longues absences consulaires. Et il s'imagina un petit vieux ratatiné, appuyé sur une canne de bambou, la peau cuite aux soleils de l'Orient. Soudain, il leva la tête. Madame de Nancelle était devant lui et lui disait, de sa voix gaie et fraîche :

— Bonjour, monsieur André, je suis contente de vous rencontrer. Je viens de chez votre mère.

Et, en lui tendant sa main gantée, elle ajouta :

— J'y suis venue aussi un peu pour vous et j'ai demandé à madame Mauval si vous étiez là — au risque de me compromettre — car il y avait là deux vénérables dames qui m'ont considérée d'un œil scandalisé...

Elle riait, la main sur la rampe, son petit pied dépassant un peu le bord de sa robe. Elle reprit :

— Heureusement qu'elles sont parties et que je suis restée seule avec votre mère. J'aime beaucoup votre mère, monsieur André. Nous avons causé comme de vieilles amies. Elle s'est plainte de vous, du reste. Elle vous trouve triste, préoccupé... Je ne le lui ai pas dit, mais je pense que vous êtes amoureux !

André Mauval avait rougi jusqu'aux oreilles. Madame de Nancelle éclata de rire :

— Ne vous défendez pas. C'est de nos âges. Mais qu'est-ce que je dis ! Si les vieilles dames, m'entendaient... et votre pauvre mère donc ! Ah ! c'est une personne sensible et délicate. Elle a beaucoup de goût. Elle m'a montré quelques très jolis objets anciens, entre autres une tasse de Chine que vous lui avez donnée pour sa fête. Savez-vous que vous vous y connaissez très bien en chinoiseries? Moi, je les adore.

Pendant qu'elle parlait, André s'était un peu remis de sa surprise. Lui aussi appréciait les chinoiseries. Il allait souvent rôder au Louvre dans les salles de la collection Grandidier. Madame de Nancelle l'écoutait :

— Ah ! oui, elle contient de très belles choses. Mais pourquoi n'irions-nous pas, un de ces jours, y faire un tour ensemble. Je crois que vous n'aimez pas beaucoup à faire des visites, car il y a bien quinze jours que vous n'êtes venu me voir. Ce sera un moyen de causer un peu, tranquillement. Voyons, êtes-vous libre demain? Ah ! non, demain, Jacques Dumaine m'apporte son nouveau livre, mais après-demain, voulez-vous, à deux heures et demie. Rendez-vous dans la première salle. C'est convenu. Ce sera charmant, cette escapade. Adieu, monsieur André.

Et, vive et rapide, après avoir tendu la main au jeune homme, elle dégringola prestement les dernières marches de l'escalier et disparut sous la voûte d'entrée.

Lorsque madame de Nancelle l'eût quitté, au lieu de se sentir joyeux à l'idée de passer quelques heures seul avec elle, André éprouva un sentiment d'amertume. A quoi lui servirait cette promenade? Saurait-il en profiter pour avouer à madame de Nancelle l'amour qu'il lui portait? Savait-il, lui, dire ces choses tendres, hardies ou brutales, qui émeuvent le cœur des femmes? Était-il un Jacques Dumaine? Le romancier devait certainement faire la cour à madame de Nancelle. Avait-elle écouté son aveu? Était-il son amant? Le cœur d'André se crispait de jalousie, en même temps que cette supposition le remplissait d'un mauvais espoir... Non, il n'irait pas au Louvre avec madame de Nancelle. Il prétexterait un empêchement. Arrivé devant la porte de l'appartement, André, en tirant sa clef de sa poche, fit tomber sur le paillasson celle de l'atelier d'Antoine de Bersin. Pourquoi n'en usait-il pas comme

ELLE RIAIT LA MAIN SUR LA RAMPE

on ami l'y autorisait? Après tout, il n'y avait pas au monde que madame de Nancelle. Il repensa à cette Céline avec qui il avait passé la nuit, la veille de son départ pour la Bretagne. Dès demain, il s'informerait si elle habitait encore rue Chambiges.

En se mettant à table, madame Mauval annonça timidement à son mari qu'elle avait invité à dîner les Nancelle pour de jeudi en quinze. D'où lui était venue cette audace? André ne se l'expliquait guère. D'habitude sa mère ne décidait rien sans avoir consulté préalablement son mari. Le plus singulier était que M. Mauval trouva la chose fort bien ainsi. Il fallait rendre aux Nancelle leur politesse. M. Mauval s'étendit sur les grâces de la jeune femme. Madame Mauval, non plus, n'en tarissait pas. « Elle était si gentille, la pauvre petite, et si isolée. Son mari passait son temps dans les bibliothèques et il la laissait seule toute la journée. C'était un drôle d'original que ce M. de Nancelle. Elle ne semblait pas si heureuse que cela, la pauvre enfant. »

A la pensée que madame de Nancelle pouvait ne pas être heureuse, André s'attendrissait. Tout à coup, il songea avec horreur à Céline, et, les yeux baissés, il acheva sa compote, tandis que monsieur et madame Mauval continuaient à discuter le bonheur problématique de madame de Nancelle.

Le surlendemain, dès deux heures, André Mauval était dans la première salle de la collection Grandidier. Madame de Nancelle n'y parut que vers trois heures. Elle avait monté rapidement l'escalier. De la porte, elle fit à André un signe amical :

— J'ai cru que je serais en retard? Ç'aurait été fâcheux pour une première fois, car vous n'auriez plus voulu sortir avec moi... N'est-ce pas? Vous devez avoir mauvais caractère, comme tous les hommes.

Elle riait, puis, comme André protestait, elle ajouta d'un air sérieux et avec une gravité comique :

— Et maintenant, monsieur André, aux vitrines.

André ne ressentait en ce moment aucun désir de voir des porcelaines chinoises ou des grès japonais. Ce qu'il aurait voulu, ç'eût été considérer ce jeune visage qui lui souriait, mais il suivit docilement madame de Nancelle.

D'instinct, elle allait droit aux plus jolies pièces et les commentait avec vivacité. Elle semblait fort au courant de l'art de l'Extrême-Orient. André s'en émerveilla. Quoi de plus naturel ! Le père de madame de Nancelle avait eu une très belle collection de porcelaines, de jades et de laques qui, à sa mort, avait dû être dispersée. Quel crève-cœur ç'avait été ! Elle en avait gardé le goût des bibelots, mais jamais elle n'avait racheté de chinoiseries. Certes, elle les aimait encore, mais elle ne voulait plus en posséder. Dans une vitrine, elle désigna du doigt un petit pot carré. Sur l'émail vert de la couverte s'essaimait, autour de fleurs légères, un vol de papillons...

— Tenez, ce petit pot, mon père en avait un presque pareil.

A son geste, son sac en mailles dorées tinta contre la glace de la vitrine. André lui offrit de l'en débarrasser, elle accepta. Ce petit sac lui paraissait infiniment précieux. Il éprouvait à le tenir une joie singulière. Madame de Nancelle le portait, lors de leur première rencontre dans la boutique de mademoiselle Vanove. Espérait-il, ce jour-là, avoir jamais le bonheur de le prendre entre ses doigts? Savait-il s'il reverrait jamais cette passante que le hasard plaçait sur son chemin? Le hasard l'avait étrangement favorisé. De quoi se plaignait-il donc? Bientôt madame de Nancelle n'avait plus été pour lui une inconnue. Le sort l'avait soudain rapproché d'elle. Il l'avait revue, il lui avait parlé. Et, aujourd'hui, il était auprès d'elle. Il pouvait la regarder à son aise. Seuls, dans cette salle déserte, il pouvait, s'il l'osait, lui dire qu'il l'aimait. A cette idée, il eut un battement de cœur si brusque que le petit sac doré tremblait dans sa main.

Madame de Nancelle continuait à parcourir la salle vide. Sa voix y résonnait gaie et rieuse. Le gardien qui, tout d'abord, les observait avec insistance, voyant qu'il avait affaire à des amateurs véritables, avait regagné sa chaise dépaillée. La tentation était si forte de profiter de l'occasion pour ouvrir son cœur à madame de Nancelle qu'André croyait déjà s'entendre lui parler. Oh! il ne pensait pas que son aveu lui valût, de la part de madame de Nancelle, autre chose qu'une commisération affectueuse. Pourrait-elle s'offenser d'être aimée, et surtout d'être aimée avec respect, d'être aimée sans espoir ? Madame de Nancelle était douce, elle était bienveillante, elle était bonne. Elle aurait pitié, elle trouverait des mots affectueux, consolants. D'ailleurs, n'allait-elle pas s'apercevoir elle-même du trouble de son compagnon? Mais non, elle avait oublié sa présence. Elle n'était sensible qu'à la forme des objets qu'elle examinait, à leur coloration, à leur élégance, à leur bizarrerie. Si elle était tout dans sa pensée, lui n'était rien dans la sienne. A quoi songeait-elle sur cette banquette où elle venait de s'asseoir et où il avait pris place auprès d'elle? Cette impression de découragement fut si forte qu'André surmonta sa timidité. Brusquement, il dit à madame de Nancelle :

— A quoi pensez-vous?

Soudain sa jalousie le tourmentait. L'image de Jacques Dumaine se forma devant ses yeux, en même temps qu'il éprouvait une sorte de honte d'avoir parlé. Elle le regarda hardiment et lui répondit :

— A vous.

Le ton de la voix était si singulier, si nouveau, qu'André Mauval se troubla. Madame de Nancelle avait baissé les yeux. Elle reprit :

— Oui, je pense que vous êtes un charmant compagnon, mais que vous devez bien vous ennuyer.

André Mauval protesta. Elle posa amicalement sa main gantée sur la sienne :

— Mais si, mais si, ne vous défendez pas. Il y a des choses plus amusantes pour un jeune homme que de conduire une petite dame au Louvre et que de lui porter son petit sac.

Elle le lui avait pris des mains et s'était levée. Elle se dirigeait vers un grand kakémono encadré, pendu au mur, et dont la vitre faisait miroir. Un gros Bouddha s'y accroupissait. Devant le ventre nu du dieu, André la vit tirer du sac une houppe à poudre et se la passer sur les joues. D'un bâton de rouge, elle se frotta les lèvres. Elle se retourna :

— Et, maintenant, monsieur mon guide, il me reste à vous remercier. Partons.

Le gardien somnolait toujours sur sa chaise. Ils descendirent l'escalier. Sur le quai, ils firent quelques pas. Une voiture vide rôdait.

— Voulez-vous m'appeler ce fiacre, monsieur André, il faut que je rentre...

Il laissa échapper un cri :

— Oh ! pas encore !

Sa voix tremblait. La jeune femme se mordit les lèvres et répéta en riant :

— Pas encore... pas encore... mais il est tard, et...

Elle n'acheva pas. Devant le fiacre arrêté, elle vit André Mauval si blême, si défait, qu'elle le prit par le bras :

— Mais qu'avez-vous? Êtes-vous malade? Vous ne pouvez pas rester là...

Il semblait sur le point de défaillir. Rapidement, elle avait ouvert la portière, et doucement, elle le soutint pour l'aider à monter, tandis qu'elle donnait au cocher son adresse. La voiture s'ébranla.

Le fiacre sursautait sur le pavé du quai,

LE GARDIEN SOMNOLAIT

où les premiers réverbères commençaient à s'allumer. Un lourd tramway passa avec son grondement de ferraille. Sur la façade du vieux Palais assombri, aux fenêtres obscures, sculptés en frise dans la pierre ancienne, des enfants luttaient avec des boucs, s'amusaient avec des tritons, jouaient avec des nymphes. Tous, ils essayaient leurs forces pour l'amour. Dans la voiture, André cachait sa figure dans ses mains. Il pleurait. Parfois un sanglot réprimé secouait son corps. Madame de Nancelle se taisait. Adossée au coussin de drap, elle regardait fixement devant elle. Il y avait dans ses yeux et sur son visage une expression de détente, de fierté, d'abandon. Un long soupir gonfla sa gorge. Sa main se posa sur l'épaule du jeune homme.

Il tressaillit, et, lentement, tout bas, en même temps qu'il sentait sur son cou son souffle tiède et qu'il respirait son odeur, penchée vers lui, il entendit madame de Nancelle qui lui disait, avec un ton de tendresse et de reproche :

— Mais vous n'avez donc pas vu que je vous aime aussi, André.

XIX

La chambre à demi obscure n'était éclairée que par la lumière d'une grosse lampe posée sur la table de l'atelier et dont on apercevait, par la porte ouverte, le large abat-jour feuilleté de volants comme un jupon de femme. Dans un coin de la vaste pièce, on entendait le poêle ronfler sourdement. Malgré son ventre bourré de bûches, le froid de cette belle journée de janvier se faisait sentir. Madame de Nancelle rentra vivement sous le drap son bras nu qu'elle en avait sorti pour atteindre le petit sac à mailles dorées placé sur le guéridon au chevet du grand lit bas. Elle se renfonçait frileusement sous la couverture :

— Donne-moi mon sac, André, il faut que je voie l'heure.

Par-dessus le corps de la jeune femme, André Mauval atteignit l'objet. Il l'ouvrit avec précaution et en tira une petite montre plate. Madame de Nancelle la lui arracha des mains et s'écria :

— Cinq heures et demie... J'ai juste le temps de rentrer m'habiller, et encore je serai en retard. Écoute, André, il faudra dire à la mère Cottenet de remonter l'horloge.

Elle tâchait de se lever. André l'avait prise par les épaules. Ils luttèrent un instant, puis elle retomba sur l'oreiller. Sa bouche riait sous la bouche du jeune homme.

— Voyons, André, laisse-moi. Tu es insupportable.

Elle s'était dégagée et s'était mise debout. Son corps blanc s'éclairait des lueurs roses de la lampe et, d'un geste gracieux, elle tentait de consolider sur sa tête sa coiffure croulante. Dans les beaux cheveux, ses doigts tâtonnaient. Tout à coup, elle s'impatienta :

— Tant pis, j'ai froid... Et puis, je me repeignerai à la maison. C'est pour huit heures, n'est-ce pas, le dîner? Je veux me faire belle, je ne veux pas que tu aies honte de ta maîtresse...

André rougit. Il se souvenait que sa mère lui avait recommandé de ne pas être en retard parce que, ce jour-là, les Nancelle devaient dîner rue des Beaux-Arts. Plus d'une fois il avait entendu monsieur et madame Mauval discuter le menu de ce dîner, et parler de madame de Nancelle, mais cette madame de Nancelle n'avait pour lui rien de commun avec cette belle jeune femme dont il possédait, chaque après-midi, le corps souple et la bouche amoureuse. Et, de même, qu'il y avait deux madame de Nancelle, il y avait deux André Mauval : l'un, un jeune homme quelconque ; l'autre, un personnage merveilleux.

C'était, d'ailleurs, ce dédoublement qui permettait à André de continuer à vivre sa vie coutumière. Il en était tellement absent qu'il en accomplissait mécaniquement les actes familiers. Rien de ce qu'il faisait ou de ce qu'il disait n'avait pour lui d'importance. Tout cela concernait le faux André Mauval et n'intéressait pas le véritable. Ce dernier

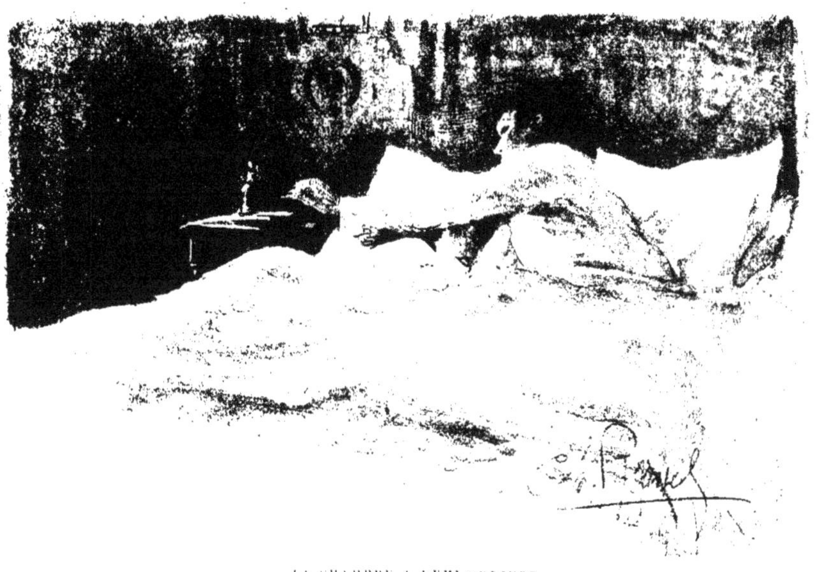

LA CHAMBRE A DEMI OBSCURE

vivait dans un état d'exaltation et de prestige intérieur, dans une sorte de rêve enchanté. La réalité s'arrêtait pour cet André-là à cette salle de la collection Grandidier qui, avec ses poteries émaillées semblables aux fleurs d'un jardin de songe, ses jades pareils aux fruits d'un verger lunaire, lui paraissait comme le vestibule du royaume chimérique où il avait été transporté. Son rêve commençait là. A partir de ce moment, tout s'y était succédé avec une facilité si imprévue et si rapide qu'André en demeurait comme stupéfait et ensorcelé. Il reconstituait avec une sorte d'extase les divers événements par lesquels s'était accompli son bonheur. Ils formaient une suite d'images qui aboutissaient à celle de madame de Nancelle entrant pour la première fois, dans l'atelier de Bersin. Il la revoyait debout devant lui. Il revoyait le geste d'abandon et d'ardeur avec lequel elle s'était laissée tomber sur sa poitrine. Puis leurs bouches s'étaient touchées et ce n'avait plus été qu'un long silence, une muette étreinte, un oubli de tout, une fuite dans un monde nouveau dont il n'était pas revenu et dont il conservait l'hallucination voluptueuse.

Depuis ce jour, chaque après-midi, la jeune femme venait le retrouver rue Cassini. Tantôt elle n'y restait que quelques instants, tantôt elle y demeurait toute la journée. Chaque fois, une même fougue impatiente les précipitait l'un vers l'autre et les liait d'une étreinte ardente et silencieuse. Ils n'éprouvaient aucunement ce besoin, qui presse d'ordinaire les amants, de s'expliquer leur amour. Ils n'éprouvaient de leur passé, de leur vie réciproque, aucune curiosité. L'accord de leur désir leur suffisait. Il semblait qu'ils remissent à plus tard le temps de se connaître. Se voir, se toucher, se respirer leur était un plaisir complet en lui-même et au delà duquel ils ne paraissaient souhaiter rien...

Il la regardait, assis sur le lit d'où il s'était levé pour aller chercher une des deux lampes de l'atelier, qui s'habillait rapidement. Quelquefois, en passant auprès de lui, elle s'arrêtait pour une brève caresse. Il songeait. Bientôt elle allait partir. Ils se quitteraient, puis, plus tard, dans quelques heures, il la verrait entrer dans un salon où il serait, au milieu d'autres personnes, où se tiendraient monsieur et madame Mauval. Il ne ressentait aucune gêne à cette pensée. Ce ne lui semblait pas être la même madame de Nancelle, celle qu'il retrouverait et celle qui était là et qui, en lui lançant au visage sa cravate, lui criait gaiement :

— Je vais être prête, André, dépêche-toi donc.

Quand il eut remis ses vêtements, elle avait terminé sa toilette. Ils traversèrent l'atelier. Dans le vestibule, André dit à la jeune femme :

— Il faut que je prévienne la mère Cottenet que nous nous en allons. Ah ! je vais lui dire, pour demain, l'horloge !

Madame de Nancelle posait la main sur le bouton de la porte :

— C'est que demain, mon amour, je ne sais pas si je pourrai venir. J'ai peur de ne pas être libre. Je te le dirai, ce soir. Je descends, tu me rattraperas dans le fiacre. Je l'ai gardé, car, dans ton quartier, c'est le diable d'en trouver un. Ce n'est pas très prudent, mais flûte !

Lorsque André rejoignit madame de Nancelle, elle l'attendait, le store baissé :

— Tu me reconduis? Mais je te défends de m'embrasser, mes cheveux ne tiennent pas. Donne l'adresse au cocher...

Quand André Mauval fut rentré dans sa chambre afin de s'apprêter en hâte pour le dîner, il commença à ressentir quelque trouble. Bientôt, madame de Nancelle serait là, celle que tout à l'heure il serrait dans ses bras. Cette idée, qui l'avait laissé indifférent, maintenant l'inquiétait. Les deux madame de Nancelle qu'il avait séparées l'une de l'autre dans sa pensée s'y rejoignaient. Il aurait beau vouloir les maintenir distinctes en son esprit, elles n'en seraient pas moins une. La vie est plus forte que le rêve. Pour la première fois, André s'apercevait que madame de Nancelle n'avait pas les deux existences divisées qu'il lui attribuait, et dont l'une seule l'intéressait. Son amour n'aurait pas à compter seulement avec l'une des deux, mais avec l'une et l'autre... Ne venait-il pas d'en avoir une preuve lorsque la jeune femme lui avait dit que, le lendemain, elle ne serait peut-être pas libre de se trouver à leur rendez-vous? La madame de Nancelle de la rue Cassini dépendait de la madame de Nancelle de la rue Murillo. Sa maîtresse n'était pas un être de fantaisie. Elle avait une vie en dehors de leur passion. Elle en distrayait certaines heures pour les lui donner ; mais, avant et ensuite, elle se devait à des obligations d'où elle ne pouvait pas entièrement s'affranchir. C'était pour obéir à l'une de ces obligations qu'elle dînait, ce soir, chez monsieur et madame Mauval. Et André sentit ses mains trembler sur le nœud de sa cravate, ses mains qui avaient caressé ce corps charmant dont, à travers les étoffes, il reconnaîtrait les lignes souples et fines, dont chacun admirerait la grâce cachée, et dont, lui, saurait l'odorant et voluptueux secret !...

Les invités de monsieur et madame Mauval étaient réunis au salon où ne manquaient plus que monsieur et madame de Nancelle. Il y avait là monsieur et madame de Mirambeau sans sa nièce qui suivait, dans un établissement orthopédique, un traitement tardif pour le redressement de sa bosse. On félicitait vivement madame de Mirambeau des sacrifices qu'elle s'imposait en faveur de la jeune fille. Mademoiselle Leroi causait avec M. du Verdon de La Minaguière. M. du Verdon de La Minaguière était une nouvelle connaissance. Entré récemment à l'Union maritime sur la recommandation de hauts bonnets de la finance, il était l'enfant gâté des bureaux, et M. Mauval le comblait de prévenances. Élégant et joli homme, bien apparenté, très protégé, il s'acquittait de son service avec une négligence aristocratique. Fort réputé comme tireur au pistolet, il prenait part à tous les concours et remportait le prix de nombreuses poules. Un tic lui faisait fréquemment fermer l'œil gauche, comme pour viser un but imaginaire. M. Mauval consultait sa montre :

— Eh ! eh ! nos amis Nancelle sont en retard !

M. du Verdon cligna de l'œil.

— Les jolies femmes ont des journées si occupées ! n'est-ce pas, Mauval?

Malgré la différence d'âge, M. du Verdon de La Minaguière appelait M. Mauval par son nom. M. Mauval tolérait cette familiarité, tout en la jugeant hiérarchiquement déplacée. Il en supportait bien d'autres de M. du Verdon, comme celle d'être traité par lui de coureur de femmes et d'homme à bonnes fortunes. M. Mauval, anxieux, craignait quelques mauvaises plaisanteries de la part de du Verdon. Enfin la porte s'ouvrit et madame de Nancelle parut.

Elle était délicieuse. Une robe étroite moulait son corps flexible. Quoique ce fût un dîner intime, elle était très décolletée. M. Mauval lui reprocha doucement ces cérémonies :

— Nous sommes entre nous... C'est presque un dîner de famille.

Madame de Nancelle lança à André, qui s'approchait le cœur battant, pour la saluer, un regard malicieux, en lui serrant la main longuement, tandis qu'elle disait à M. Mauval.

— Ne m'en veuillez pas d'être en retard, mais j'ai eu une journée si occupée !

M. du Verdon de La Minaguière tiqua et poussa le coude de M. Mauval qui s'écriait :

— Allons, à table, belle dame, vous m'y rendrez compte de l'emploi de votre temps. Ah ! mon vieux Nancelle, je ne serais pas rassuré à ta place !

M. de Nancelle sourit d'un sourire qui détendit sa longue figure maigre et se dirigea, de son pas dégingandé, vers la salle à manger en donnant le bras à madame Mauval. André fermait la marche.

Le dîner se passa sans incidents. André se taisait, ainsi que madame Mauval, préoccupée du bon ordre du service. M. Mauval pérora. Madame de Mirambeau mangea comme quatre. M. de Nancelle disserta longuement sur les comités révolutionnaires. Il étudiait la question aux Archives. M. du Vernon de La Minaguière fut insupportable, fat, gentil... Quant à madame de Nancelle, elle se montra d'une gaieté endiablée, d'un entrain charmant. Il y avait dans toute sa personne quelque chose de si joyeusement jeune, de si ardemment heureux qu'André l'observait avec ravissement. Un muet orgueil lui gonflait le cœur. Peu à peu, son malaise se dissipait. Il n'y avait rien, en cette jeune femme rieuse et frivole, de celle qui tombait dans ses bras silencieuse et impatiente et qu'il étreignait fougueusement, concentrée en son plaisir et gémissante de son excès. Et André s'émerveillait. N'était-ce pas une délicatesse de la part de sa maîtresse d'avoir voulu être ainsi à ses yeux presque méconnaissable? Cependant, malgré lui, il cherchait, de loin, dans son regard, l'autre regard qu'il lui savait, celui qui le remplissait de désir, de fièvre et de tendresse !

Comme M. Mauval complimentait sa voisine de sa bonne mine et de sa belle humeur, elle lui répondit :

— Oui, je suis heureuse, mais je suis pourtant bien fatiguée.

Pendant la soirée, comme M. de Nancelle écoutait avec attention M. du Vernon de La Minaguière lui vanter les plaisirs du tir au pistolet, et durant que madame Mauval causait avec mademoiselle Leroi et M. Mauval avec madame de Mirambeau, André et madame de Nancelle se rapprochèrent l'un de l'autre.

Elle se tenait debout devant lui, le corps dessiné par la robe étroite, les épaules nues, et elle le regardait. Soudain, il lui semblait que la robe de madame de Nancelle lui coulait du corps comme une eau, se dissipait comme une fumée. Un désir violent de l'étreindre le saisit. Que lui importaient ces gens qui étaient là? Et, à mesure que l'expression de son désir montait au visage d'André, la figure de madame de Nancelle souriait, non plus du sourire de tout à l'heure, mais d'un sourire mystérieux, profond, qu'il considérait, les paupières battantes, comme ébloui, comme halluciné, tandis qu'elle lui disait à voix basse, de cette même voix de caresse dont l'écho résonnait encore à ses oreilles :

— Es-tu content de moi, mon amour?

Sa bouche fit le mouvement d'un baiser. Elle ajouta :

— Ah ! tu sais, pas demain. Je vais à Versailles avec Dumaine et une amie, mais samedi, samedi à deux heures...

Il ne restait plus dans le salon que M. du Verdon de La Minaguière :

— Ma foi, mon cher Mauval, j'ai passé une excellente soirée ; elle est charmante, cette petite femme. Quant à son mari, je suis son meilleur ami. Il est très parti sur le tir. Il m'a conté ses désillusions d'historien. Je lui ai conseillé de lâcher les archives et de fréquenter chez Gastinne-Rennette. Il aura raison de cultiver le pistolet, avec une aussi jolie femme, c'est indispensable.

Madame Mauval protesta :

— Voulez-vous bien ne pas parler ainsi, monsieur du Verdon. Elle est l'honnêteté même, cette petite !

M. du Verdon s'inclina ironiquement :

— Allons, adieu, madame, mille mercis du bon dîner. A propos, papa Mauval, je ne viendrai pas au bureau demain. Il y a une poule à Ville-d'Avray. Oh ! très intéressante ! on se servira du pistolet d'arçon à la vieille mode. C'est une reconstitution historique. Alors vous comprenez...

M. Mauval leva les bras au ciel :

— Ah ! quel employé !

M. du Verdon se mit à rire :

— Ah ça ! est-ce que vous croyez que votre fils, ici présent, va tous les jours à l'École de droit? J'ai ma poule... il a bien ses poulettes, lui !

Et M. du Verdon, enchanté de sa plaisanterie, ferma l'œil droit en faisant claquer sa langue.

André Mauval, dans son lit, les yeux ouverts, ne dormait pas. L'illusion dans laquelle il avait vécu les premiers jours de sa passion se dissipait. Il revoyait Germaine de Nancelle ainsi qu'elle lui était apparue ce soir, non plus en cette espèce de vide où d'ordinaire s'isolait son image, mais parmi les choses et les êtres familiers. Il la revoyait, debout en sa longue robe étroite, les épaules nues, le visage malicieusement tendre, comme si elle s'amusait de la situation qui la mettait en face de son amant, non plus dans l'intimité du rendez-vous, mais dans l'embarras d'une rencontre publique. La présence des invités de monsieur et madame Mauval, celle de son mari même ne semblaient lui causer aucune gêne. Certes, tout cela n'avait pas empêché André d'éprouver, à la voir ainsi dans un milieu si différent, un brusque et violent désir de son corps, de ce corps dont la forme, les mouvements, le toucher, l'odeur, occupaient toutes ses pensées depuis le jour où il en avait connu le délice toujours renaissant ; et cependant, quelque chose de singulier et de nouveau naissait dans l'esprit du jeune homme. Soudain Germaine n'intéressait plus uniquement sa sensualité. Il éprouvait tout à coup pour elle une nouvelle sorte de curiosité.

En dehors des moments de sa vie qu'elle lui donnait avec une si ardente générosité amoureuse, elle avait une autre existence, non seulement une existence passée, mais une existence actuelle, une existence de tous les jours. Elle avait des relations, des amitiés qu'il ne connaissait pas. Elle avait un mari !...

Pour la première fois, André songeait à M. de Nancelle autrement que dans un vague lointain, mais il y songeait avec plus de surprise que d'hostilité. Si débonnaire et si distrait que semblât ce brave homme, si peu jaloux et si peu soupçonneux qu'il parût, il n'en constituait pas moins un des éléments de l'existence de Germaine de Nancelle... Qu'elle fût fort détachée de lui par le cœur, elle n'en tenait pas moins à lui par un lien social. Germaine devait être soucieuse, comme toute femme, de son repos, et cependant elle ne semblait pas prendre, vis-à-vis de son mari, toutes les précautions que lui eût commandées la prudence. Elle venait, de chez elle, rue Cassini comme si elle n'eût eu rien à cacher... Elle n'usait d'aucun des subterfuges usités en pareil cas... Aujourd'hui même, elle s'était fait reconduire jusqu'à sa porte par André, et dans le même fiacre qui avait séjourné tout l'après-midi devant la maison de Bersin !

Et André réfléchissait. Ce manque de prudence prouvait-il la nouveauté de Germaine en amour, ou cette sécurité était-elle un indice de son habitude de l'intrigue? Se conduisait-elle en amoureuse irréfléchie ou en rouée experte? De même, en quel sens interpréter la façon brusque et facile avec laquelle elle s'était donnée? Était-ce le résultat d'un sentiment irrésistible ou la marque d'une expérience avertie? Qu'en penser, au juste? Pourquoi avait-elle agi ainsi? Qu'est-ce qui l'avait poussée à prendre un amant?... Au fond, n'avait-elle pas fait les premières avances? Elle se livrait au plaisir avec une impudeur, un abandon complets. Preuve d'amour, preuve de sensualité?

André demeurait perplexe. Les femmes sont difficiles à connaître. Ah ! que n'était-il un Jacques Dumaine ! Avec plus d'expérience, il aurait vu clair dans ce cœur. Tout ce qu'il en savait, c'était son battement dans l'étreinte... Tout ce qu'il connaissait de Germaine, c'était son corps voluptueux et jeune ! Mais son âme, son caractère ! Il n'était pas fort, lui, en psychologie sentimentale ! Ah ! Dumaine en aurait deviné davantage !

La pensée du romancier l'agaça. Ce Dumaine devait être amoureux de madame de Nancelle. Avait-il été son amant? L'était-il encore? Demain, elle devait aller avec lui à Versailles. Soudain, il fut jaloux. Alors, lui, André, qu'était-il dans la vie de Germaine? Un caprice, une fantaisie? L'aimerait-elle longtemps? L'aimait-elle, seulement? Et il éprouvait un besoin inquiet de l'interroger. Il se sentait le désir de pénétrer plus intimement dans sa vie. Et cependant il hésitait. Il se rabattit sur un subterfuge. Le plus urgent était d'empêcher Germaine de commettre trop d'imprudences. Sur ce point, il lui parlerait plus aisément. Lui-même, observait-il les précautions nécessaires? Il était important, avant tout, de s'assurer de la discrétion et du dévouement de la mère Cottenet. Il se promit, quand, le surlendemain, il irait à l'atelier de Bersin, de gratifier d'un fort pourboire la vieille femme. Au moyen de quelque argent qu'il tenait en réserve, il pourrait être généreux. Il avait de quoi faire face à ces menues dépenses, n'ayant pas, grâce à Bersin, à se préoccuper d'un local où recevoir madame de Nancelle. On était en janvier, et le peintre ne devait par revenir avant l'été, de Séville. Évidemment, il faudrait, alors, pourvoir à remplacer l'atelier par quelque autre lieu discret et sûr... Mais rien ne pressait... Et André Mauval, rassuré, finit par s'endormir.

XX

Madame de Nancelle sépara sa bouche de celle d'André et s'adossa aux coussins du divan, tandis que le jeune homme regardait avec bonheur le frais visage de sa maîtresse qui lui souriait tendrement.

— Oh ! mon chéri, j'ai cru que je n'arriverais jamais. J'avais dit au domestique de ne recevoir personne, et figure-toi qu'il a laissé entrer... Devine... Monsieur du Verdon de La Minaguière... Il paraît qu'il avait demandé à mon mari la permission de venir me voir. Ils se sont rencontrés je ne sais plus où, depuis le jour où nous avons dîné chez toi. J'ai cru qu'il ne s'en irait jamais. Il a été charmant. Il m'a offert son cœur et m'a invitée à un concours de tir au pistolet.

Elle riait gaiement et André riait aussi. Il s'était rapproché d'elle sournoisement. D'une main adroite, il tirait une des longues épingles qui fixaient le chapeau de madame de Nancelle. La toque ronde enlevée découvrit les beaux cheveux bruns. La pesée du chapeau les avait un peu décoiffés. Une grosse épingle, celle-là d'écaille blonde, sortait à demi du chignon. Madame de Nancelle, à genoux sur le divan, se regarda un instant dans le miroir pendu au-dessus des

IL S'ÉTAIT RAPPROCHÉ D'ELLE

coussins. Distraitement, elle renfonça l'épingle :

— Bah ! ce n'est pas la peine de me recoiffer. Ce sera à refaire tout à l'heure.

La tête à demi tournée vers André, elle le considérait avec malice. Leurs lèvres s'unirent de nouveau, tandis que les doigts du jeune homme faisaient sauter les boutons de la jaquette et qu'elle lui murmurait à l'oreille :

— Va voir si la mère Cottenet a bien mis la boule d'eau chaude...

On était au mois de mars et l'hiver ne semblait pas vouloir finir. Aussi, la mère Cottenet avait-elle présenté dernièrement à André Mauval une respectable note de bois et de charbon, qu'il avait payée sans objecter. Le poêle de l'atelier de Bersin était un poêle particulièrement dévorateur, à en croire la mère Cottenet et à en juger par la quantité de combustible qu'il absorbait. Mais qu'importait à André? Il en aimait la gueule rouge comme celle d'un animal familier.

Que de fois, au souffle de son haleine, n'avait-il pas vu s'étirer le beau corps nu de Germaine de Nancelle, caressé de ses langues de pourpre ! De la chambre voisine, où, sur le lit bas et doux, ils s'étreignaient, ils l'entendaient gronder sourdement comme le monstre gardien de leur amour. Bien souvent, André restait sur le divan à l'écouter ronfler de sa grosse voix amicale, car, même les jours où il n'y avait pas de rendez-vous avec Germaine, André passait ses après-midi à l'atelier de Bersin. Il y retrouvait mieux qu'ailleurs l'image voluptueuse de sa maîtresse, et il y demeurait de longues heures à songer à elle. Ces jours-là, il subissait les conversations de la mère Cottenet qui profitait de l'occasion pour lui tirer des carottes. Maintenant, quand venait madame de Nancelle, la mère Cottenet, qu'André n'osait obliger à s'absenter de peur de la mécontenter, ne quittait plus l'appartement. Madame de Nancelle, du reste, n'y voyait aucun inconvénient. Malgré les objurgations d'André, elle continuait à n'être guère prudente, mais de même qu'elle ne craignait pas le danger, André s'y habituait... La seule chose qu'il obtenait de Germaine était qu'ils ne sortissent pas ensemble. A présent, d'ailleurs, ils s'y résignaient facilement ; mais, quand le printemps et les beaux jours viendraient, quelle tentation que de s'en aller, l'un près de l'autre, par les rues, dans la lumière du soleil !

André pensait à ces choses, un après-midi qu'il attendait Germaine. Elle lui avait donné rendez-vous à trois heures. A cinq heures, elle n'était pas encore là. André s'inquiétait ; aussi, lorsqu'elle sonna, courut-il à la porte. Germaine était vêtue plus élégamment que de coutume. Elle tenait à la main un petit porte-cartes dont elle caressa la joue d'André pour apaiser ses tendres reproches. On l'avait obligée à une visite chez une vieille parente, de passage à Paris, et qui était descendue dans un hôtel, rue des Saints-Pères. André écoutait les explications de la jeune femme :

— Tu comprends, je n'ai pas pu te prévenir... Alors, une fois en retard, j'en ai profité pour faire une autre course.

André leva les bras avec désespoir. Germaine se mit à rire :

— Mais tu ne sais pas même laquelle. Laisse-moi au moins parler. Tu ne m'en voudras plus, quand tu sauras. Voyons, André, quel jour est-ce, aujourd'hui?

André Mauval réfléchit :

— Aujourd'hui, c'est mardi.

— Oui, mardi, mais quel mardi, de quel mois, quel quantième?

— Eh bien, mardi trente mars...

— Et cette date ne te rappelle rien?

Le petit porte-carte s'abattit joyeusement et claqua sur les doigts d'André :

— Comment, est-ce qu'il n'y a pas juste un an que j'eus le plaisir de vous rencontrer, monsieur mon amant? Ah ! la mémoire vous revient ! Eh bien, comme je me trouvais à deux pas de la boutique d'antiquités de mademoiselle Vanove, j'ai eu envie de la revoir, cette boutique. Et voilà...

André avait saisi les poignets de Germaine et l'attirait vers le divan. Le porte-cartes y tomba avec un bruit sec. Germaine s'adossa aux coussins.

— Oui, je suis allée faire un tour au magasin de mademoiselle Vanove, et je t'assure que j'y ai bien pensé à toi. Il me semblait te revoir. Dieu, que tu étais gentil, avec ta petite boîte de paille ! Et, en haut, dans l'entresol, comme j'avais envie de t'embrasser pour voir quelle tête tu ferais. Tu avais l'air si embarrassé. Et le lit ! j'aurais voulu m'y étendre tout de suite avec toi. Tiens, y être près de toi, comme je suis là. Et toi, comment me trouvais-tu? As-tu eu aussi, ce jour-là, envie de moi?

Le désir flamba dans les yeux d'André. Germaine le repoussa doucement :

— Non, pas aujourd'hui, sois raisonnable. Il faut que je sois rentrée à six heures et demie, je dîne chez les Saint-Savin... Tu n'es pas jaloux de l'auditeur, n'est-ce pas?

André fit signe que non.

— C'est bien, tu es gentil. J'ai encore un quart d'heure. J'ai gardé mon fiacre, tu sais, tant pis. C'est la faute de cette rue Cassini. Et puis, qu'est-ce que tu veux qui m'arrive?

Un rire de joyeuse impunité éclaira le visage de Germaine. Elle reprit :

— A propos, le fameux lit historique de mademoiselle Vanove, elle l'a vendu ! Il paraît que la fameuse Eliane de Calency l'a acheté pour en faire présent à la non moins fameuse Elodie Duval. Mademoiselle Vanove a dû voir cette vente avec plaisir ; comme cela, son meuble retourne à sa destination. Et, tu sais, mademoiselle Vanove, eh bien, elle a maintenant avec elle une demoiselle de magasin ravissante, une grande blonde à l'air penché, avec les yeux battus ! Quant à l'histoire du lit, tous les journaux en ont parlé, et Dumaine me l'avait racontée, quand il a dîné à la maison.

Au nom de Jacques Dumaine, André ne broncha pas. Il prenait son parti des relations de madame de Nancelle et du romancier. Germaine lui avait expliqué que Dumaine était un ami de sa famille et qu'il connaissait M. de Nancelle avant qu'elle l'épousât. Germaine était demeurée un instant silencieuse. André mit un baiser sur ses lèvres :

— A quoi penses-tu?

Elle sourit :

— Eh bien, je pense à Dumaine. Qu'est-ce qu'il dirait, le pauvre ami, s'il me voyait ici ! Ce qu'il me traiterait de folle et d'insensée, ce qu'il me sermonnerait !... Tiens, je songe encore à sa grimace, la première fois où tu es venu en visite et où il était là, en train de m'offrir son cœur, bien entendu, et de me vanter, en amour, les avantages et les mérites des hommes qui ont dépassé la quarantaine, qui ont l'usage de la vie, l'expérience des passions, qui savent ménager les convenances, prévoir les désagréments, établir les liaisons dans la sécurité, vous combiner des amours de tout repos, où tout va sans accrocs, comme sur des roulettes. Oui, je me rappelle tout ce qu'il disait lorsque tu l'as interrompu. Pauvre Dumaine qui croyait m'en imposer avec ses préceptes de grand viveur qui ne veut pas avoir d'ennuis ! Et comme je me retenais pour ne pas lui crier : « Mais allez-vous-en donc, Dumaine, vous ne voyez donc pas que vous me gênez ! vous ne voyez donc pas que mon choix est fait, que c'est lui qui me plaît, que c'est lui que j'aimerais, si je devais aimer quelqu'un... que c'est lui que j'aime », car je t'aimais déjà, j'aimais ton visage, tes yeux... Et tu ne t'apercevais de rien ! Et dire qu'il a fallu que ce fût moi qui t'emmenasse au musée... Et, dans la voiture, en sortant, il m'a encore fallu parler la première... As-tu été assez ahuri, mon pauvre André ! Et quand je suis venue ici... Ah ! vraiment, je n'y ai guère fait de façons, je n'ai pas fait une bien belle défense pour une honnête femme. Mais j'avais tant besoin d'être aimée, de t'avoir près de moi, d'être à toi, d'oublier ma vie manquée, de retrouver dans tes bras ma jeunesse, de la réchauffer à la tienne, de rester comme cela, tiens, la tête sur ta poitrine, à sentir le battement de ton cœur.

Elle s'était penchée sur le jeune homme, et ils demeuraient ainsi enlacés silencieusement. André réfléchissait. Il était heureux. Son amour l'emplissait tout entier d'un contentement brûlant et doux. Il n'avait plus ni doutes, ni inquiétudes. Il éprouvait un sentiment d'ardente fierté. Certes, Germaine avait été portée vers lui par ce besoin d'aimer qu'elle avouait sans honte, mais, que, sans lui, elle eût refoulé au fond d'elle-même. Elle aurait ainsi laissé passer le temps de cette jeunesse dont la fougue langoureuse la précipitait, chaque fois qu'ils se voyaient, palpitante dans ses bras. Heureusement, il était venu, et, grâce à lui, elle connaissait l'abandon enivré d'elle-même, elle goûtait la joie de se donner dans toute sa beauté. Et André, à cette pensée, s'enorgueillissait. Il l'avait peut-être préservée d'une de ces chutes où l'ennui mène une femme. Grâce à lui, elle aurait connu l'amour dans toute sa facilité, dans tout son plaisir... Ah ! comme elle s'y était laissée tomber avec une belle folie, avec quel abandon, avec quel élan, du haut de sa vie monotone. Il en savait maintenant les circonstances. Un mariage manqué, la mort de son père ruiné, la sécheresse et le désarroi de son cœur lui avaient fait accepter d'épouser M. de Nancelle... A présent, quelque chose avait changé pour elle dans cette vie qui lui avait été si lourde à vivre. Oui, elle continuait à en accomplir les obligations ordinaires, mais une présence secrète les lui rendait faciles. Son existence avait maintenant une fissure à travers laquelle Germaine apercevait la lumière.

Du reste, un jour, il faudrait bien qu'ils agrandissent, de leurs propres mains, cette fente lumineuse ! Ce serait lorsqu'il devrait quitter la France, lorsqu'il lui faudrait partir pour quelque poste lointain. L'idée qu'il pût se séparer de Germaine ne lui venait pas à l'esprit : sa décision était prise d'avance, il enlèverait Germaine, et l'emmènerait avec lui. A cette époque, il serait indépendant, libre de ses actes, et seul responsable de sa conduite. Et il imaginait le pays lointain où il conduirait la jeune femme. Certes, il serait partout bien avec elle, mais où serait-il mieux qu'en cet atelier discret de la rue Cassini... Mais pourquoi songer à l'avenir? N'était-il pas heureux à présent? Et, de nouveau, son cœur s'emplit de fierté. Il est bon de vivre, d'être aimé, d'être jeune... Et il repensa à ce jour d'automne, de l'année précédente, où, en s'habillant devant la flambée de pommes de pin, il réfléchissait aux moyens d'imposer à Jules, le nouveau domestique, un suffisant respect pour ses dix-neuf ans... Ils ne lui causaient plus de honte, maintenant, qu'ils lui valaient d'être préféré à un Dumaine. Et il revoyait le romancier traversant le Luxembourg en compagnie de Marc-Antoine de Kerdren. Comme tout cela était déjà loin... Que de choses, qui le préoccupaient alors, avaient disparu de ses pensées ! Et Bersin, à qui il ne songeait guère, et Drevet qu'il n'avait pas vu depuis des mois ! Et l'oncle Hubert, le pauvre oncle Hubert... Ah ! sa vie avait changé. Quelle merveilleuse transformation ! Et tout cela datait d'un certain après-midi de mars où il était entré dans la boutique d'antiquités de mademoiselle Vanove, où il avait vu un visage, dont il connaissait maintenant l'expression dans la volupté et dans la tendresse, dont il avait baisé la bouche, baisé les yeux, et qui, déjà, tant de fois, s'était penché sur le sien...

XXI

Lorsque, le lendemain, André Mauval arriva rue Cassini, la mère Cottenet l'attendait dans l'atelier qu'elle époussetait, à grands coups de plumeau. Ce zèle inusité étonna André. La mère Cottenet laissait volontiers la poussière s'étaler sur les meubles, sachant bien qu'André ne lui en ferait aucune observation et qu'il ne songerait guère à en avertir Antoine de Bersin. Un jour, même, Germaine ne s'était-elle pas amusée à écrire du doigt son nom et son adresse sur l'acajou poudreux de la table? André avait eu soin d'effacer cette inscription.

Si brave femme que fût la mère Cottenet, il était tout de même inutile qu'elle sût comment s'appelait et où demeurait la jolie visiteuse. Aussi, en trouvant la mère Cottenet dans l'atelier, son plumeau à la main, André la félicita-t-il gaiement sur son activité.

La vieille femme avait interrompu sa besogne et considérait André d'un air narquois, tout en puisant, dans sa tabatière, une prise de tabac :

— Faut pas tant me complimenter, monsieur André, parce que, pour tout vous dire, j'ai reçu des nouvelles de monsieur Antoine. Il paraît qu'il revient, le cher monsieur...

LE TÉLÉGRAMME DATÉ DE MADRID

— Comment, qu'est-ce que vous dites, mère Cottenet?

André avait l'air si déconfit que la mère Cottenet se mit à rire en lui tendant un télégramme qu'elle avait tiré de la poche de son tablier.

— Voyez vous-même, monsieur André.

André prit le papier bleu froissé que lui offrait la vieille femme. Le télégramme, daté de Madrid, ne portait que ces mots : « *Serai à Paris jeudi. Préparez appartement.* Bersin. » Oui, Antoine revenait. Il changeait donc ses projets. Dans la dernière lettre reçue par André, le peintre ne parlait pas de son retour. Il devait rester en Espagne jusqu'au printemps. Heureusement, encore, qu'il avait prévenu et qu'il n'était pas arrivé rue Cassini à l'improviste. Il aurait très bien pu rentrer chez lui à une heure où madame de Nancelle s'y fût trouvée! Quelle ennuyeuse affaire ç'eût été !... Certes, en recevant sa maîtresse dans l'atelier de son ami, André ne faisait qu'user d'une permission que le peintre lui avait donnée, mais la situation eût tout de même été embarrassante. Quand il verrait Antoine, il ne lui cacherait pas qu'il avait profité de l'hospitalité de son logis, et il savait Bersin trop discret pour craindre de sa part aucune question indiscrète.

Cependant, la mère Cottenet avait repris son télégramme en soupirant:

— Ah ! le bon temps est fini, monsieur André. Avec monsieur Antoine, je ne pourrai plus aller voir ma nièce des quatre fois par semaine, comme j'faisais. Sans compter qu'il ne va pas vivre seul, n'est-ce pas, le pauvre monsieur... Le diable sait qui il aura peut-être ramené de ces pays !... Je m'arrangeais encore bien avec madame Alice... C'est comme votre petite dame à vous, si polie, si gentille. En voilà une qui aurait convenu à monsieur de Bersin !

André se mit à rire :

— Dites donc, mère Cottenet, vous allez bien !

La mère Cottenet riait aussi :

— Faites excuse, monsieur André, je n'ai pas dit ce que je voulais dire ! Enfin, on s'entend, n'est-ce pas. Mais vous avez l'air tout chose.

André ne pouvait dissimuler sa contrariété. Le retour de Bersin le dérangeait. Il s'était habitué à se considérer comme chez lui, rue Cassini. Peut-être, cependant, Bersin ne revenait-il pas pour de bon et ne ferait-il que passer à Paris. L'atelier redeviendrait disponible apres son départ. Néanmoins, il fallait aviser Germaine de l'événement.

C'est ce qu'il fit quand, ayant ôté son chapeau et sa jaquette, elle se fut assise sur le divan. Elle accueillit la nouvelle avec indifférence :

— Mais c'est vrai, nous n'étions pas chez

nous, ici. Ah ! ton ami revient? Et comment s'appelle-t-il, ce gentil garçon?

André regardait Germaine en souriant. Elle s'était levée et prestement elle commençait à se déshabiller. Sa blouse légère s'abattit sur les coussins. L'épaulette de sa chemise avait glissé de son épaule ronde et nue... Elle détachait la ceinture de sa robe et posa son pied sur le divan. André déboutonnait la fine bottine qui engainait un bas à jours à travers lequel la peau se montrait entre les mailles tendues de la soie. Ah ! Germaine était une vraie maîtresse. Elle aimait son amour ; elle aimait l'amour ! Le reste lui importait peu. De même qu'elle s'était donnée à André sans savoir de lui autre chose sinon qu'il lui plaisait ; de même elle n'avait jamais songé à demander à André le nom de cet ami à qui appartenait l'atelier. C'était un lieu où l'on s'aimait. Quel besoin d'en savoir davantage ! Cependant, pour répondre à sa question, il lui dit :

— Il s'appelle Bersin.

Il avait fini de déboutonner la bottine et l'enleva... Germaine retira son pied déchaussé :

— Ah ! il s'appelle Bersin !

— Oui, Antoine de Bersin.

Elle était debout, au milieu de sa jupe aplatie sur le parquet. Germaine regardait autour d'elle :

— Alors, nous sommes ici chez monsieur Antoine de Bersin?

Le ton de sa voix parut singulier à André :

— Oui, tu sais bien, Bersin, celui qui a exposé au Salon dernier cette belle étude de femme dont tous les journaux ont parlé?

Elle resta un moment silencieuse :

— Lui as-tu quelquefois parlé de moi à ton ami?

André fit un geste de reproche :

— Oh ! Germaine !

Elle rit :

— Les amants sont si bavards... quand ils n'ont pas quarante ans, à ce que prétend Dumaine. Non. Eh bien, je t'avoue que je suis enchantée qu'il revienne, monsieur de Bersin. J'en ai un peu assez de la rue Cassini. C'est si loin, on perd un temps... Nous trouverons quelque chose de gentil dans mon quartier. Nous le meublerons à notre goût, nous courrons les bric-à-brac... Ce sera charmant...

André secouait la tête :

— Et puis nous serons rencontrés ensemble !

Elle lui ferma la bouche de sa main.

— Dieu, que tu es peureux ! Je crois entendre le prudent Dumaine.

André s'attrista :

— Et puis, je ne suis pas riche.

Elle lui passa ses bras autour du cou :

— Comme tu es bête, mon pauvre André, mais tu sais bien que tout cela m'est égal. Ici ou ailleurs, partout, ce que je veux c'est être à toi. Nous irons où tu voudras. Ce sera toujours bien. Et comme ce sera amusant ! Du reste, ce sera bien plus prudent que de nous retrouver toujours à la même adresse. Oh ! André, je t'adore.

Il l'avait saisie par la taille et il l'entraînait vers la chambre. A demi dévêtue, elle se laissait faire en riant. Quand ils furent arrivés devant le lit, elle s'y laissa tomber doucement :

— Ah ! que la vie est donc singulière, mon amour !

Lorsque Germaine eut quitté la rue Cassini pour la dernière fois, André Mauval rentra chez lui à pied. Il était mélancolique. Ce temps de l'atelier d'Antoine de Bersin avait été un temps heureux. Et André s'attendrissait, tout en s'étonnant un peu que Germaine n'eût témoigné aucune émotion à la pensée de ne plus revoir ces lieux qui eussent dû lui être si chers. Une première période de leur amour finissait là. Du reste, dans leurs derniers rendez-vous, André avait observé un léger changement dans la manière d'être de Germaine. Elle apportait toujours au plaisir la même fougue qu'au début, mais elle y était moins grave, plus rieuse. Leurs jeux d'amants, tout en demeurant aussi passionnés, devenaient plus subtils, plus aiguisés... André acceptait très volontiers qu'il en fût ainsi. Son premier souci véritable lui était causé par le retour inopiné d'Antoine de Bersin...

Il allait falloir, en effet, qu'il s'occupât de louer un petit appartement pour y recevoir Germaine, et cette nécessité lui rappelait tout à coup que ses finances n'étaient guère en bon état. Quelques achats de fleurs, le règlement des notes de la mère Cottenet, les pourboires qu'il y ajoutait, les avaient mises à peu près à sec. Déjà, une fois ou deux, il avait eu recours à la bourse de madame Mauval, mais il craignait, par des appels trop fréquents, d'éveiller les soupçons de sa mère sur sa conduite. Déjà il avait quelque peine à lui expliquer, par des prétextes juridiques, ses fréquentes absences de la maison. Et, cependant, il lui fallait à tout prix de l'argent, et même une assez forte somme.

Tout en songeant aux moyens de se la procurer, il longeait la grille du Luxembourg, quand, soudain, il se trouva en face d'Elie Drevet.

Les deux jeunes gens ne s'étaient pas revus depuis plusieurs mois. Souvent André se reprochait son indifférence à l'égard de son ami, mais celui-ci ne lui en gardait pas rancune, car Drevet l'aborda comme s'ils se fussent quittés la veille.

Drevet, d'ailleurs, semblait d'excellente humeur. Il était mieux vêtu que de coutume. Il avait meilleure mine, et portait une serviette sous le bras. Après les premiers propos, et comme André considérait cette serviette, Drevet s'écria :

— Ah ! c'est ma serviette que tu lorgnes. Eh bien, mon vieux, je vais tout te dire. Dans une poche elle contient des poèmes, dans l'autre des lettres d'amour, et, entre les deux, les épreuves du livre de Marc-Antoine de Kerdren, qu'il m'a chargé de corriger, car, cet hurluberlu de Bersin doit te l'avoir dit, je sers de secrétaire à Kerdren.

André complimenta Drevet. Il avait, en effet, appris la chose par Bersin. Drevet se mit à rire :

— Et, tu sais, c'est un bon type que le père Kerdren, une vraie pâte d'homme. Il m'a nippé, requinqué. Quand j'arrive chez lui, les pieds mouillés, il me fait ôter mes souliers pour sécher mes chaussettes. Il me fait boire des grogs. Et puis on travaillotte un peu. Il s'est mis dans la caboche de composer une grande histoire de la poésie française en quatre volumes. Et tu penses s'il s'en donne de débiner là dedans ses confrères de tous les temps ! Je l'excite à mordre et à emporter le morceau, alors il m'aime, ce vieux. Et puis, je l'amuse... Il me fait raconter mes histoires de femmes. Ça l'épate. Il est d'un jobard, en amour, que tu ne t'imagines pas ! Il n'a peut-être pas eu quatre maîtresses dans sa vie. Quant à ses vers, j'en suis bien revenu. Étions-nous bêtes, tout de même, de nous emballer là-dessus. Tu te rappelles, le soir où l'on a dîné chez Lapérouse avec Bersin et cette rosse d'Alice Lanquereau? Ah ! les grands hommes, mon cher, faut pas les voir de près!

Et Drevet fit une moue dédaigneuse, tandis que, frappant sur la serviette, il ajoutait :

— Tiens, mon bonhomme, j'ai là un poème de moi qui vaut toutes les élégies de Kerdren. Viens jusqu'à Vachette, je te le montrerai. Mais qu'est-ce que tu as, tu as l'air funèbre?

André secoua la tête. Une idée lui traversait l'esprit. Vivement, il saisit Drevet par son maigre bras dont on sentait, sous le vêtement, les articulations noueuses :

— Écoute, Elie ! tu peux me rendre un service : il me faut cinq cents francs.

Elie Drevet pouffa.

— Cinq cents balles ! Alors, tu crois que l'illustre Marc-Antoine me couvre d'or ! Mais, mon cher, il est pingre ! Il me fait sécher les pieds et me fait boire des grogs économiques, mais il ne m'emmène pas chez Foyot, quand il y va déjeuner ! Le brave Kerdren, tout cela sera, un jour, dans la biographie que je lui réserve.

— Oh ! Elie...

André, offusqué, avait lâché le bras de Drevet.

— Es-tu bête ! On dit tout ça, pour parler. On chine le patron, comme ça, mais au fond...

Drevet haussa les épaules. Il reprit :

— N'empêche pas que je n'ai pas cinq cents francs, mon vieil André...

— Mais ce n'est pas de cela qu'il s'agit. Tout ce que je te demande, c'est que tu m'écrives une lettre que je puisse montrer à maman, et où te me dises que tu as besoin de cet argent...

Elie Drevet recula d'un pas, lança sa serviette en l'air, la rattrapa et fit un grand salut à André :

— La carotte ! Ça y est. Tu es amoureux.

André baissa la tête.

— Mes compliments, mon cher. Ah ! tu es pincé. Brune ou blonde?

André s'agitait :

— Mais non, Elie, je t'assure... Seulement, j'ai besoin de cet argent... Alors, j'ai pensé... tu comprends...

Il s'embrouillait. Drevet riait :

— Ta, ta, ta... Allons, tu auras ma lettre demain. C'est égal, fils de famille, jeune homme modèle, tu y es venu comme les autres, à la tape. Mais, puisque je vais te faire avoir la forte somme, tu vas me prêter un louis. Moi aussi, j'ai une bonne amie !... Avec ça, je la mènerai demain chez Foyot. Si Kerdren m'y voit, ce qu'il sera épaté, le vieux birbe ! Nous serons comme les deux cortèges de Soulary !...

XXII

Tout en se rendant rue Cassini où le mandait un petit bleu, André ressentait une impression singulière. En cet atelier, si plein pour lui de l'image de Germaine de Nancelle, la présence d'Antoine de Bersin lui semblait plutôt incongrue ! Ce sentiment était ridicule, mais André ne pouvait pas s'empêcher de l'éprouver. Pourquoi cette subite lubie de revenir à Paris? Le petit bleu que Bersin lui avait envoyé ne disait rien des motifs de ce retour. André se reprochait de se réjouir médiocrement à la pensée de revoir son ami. Le peintre allait sûrement lui demander s'il avait fait usage de l'atelier. Le mieux serait de lui avouer la vérité. Pour la lui cacher, il aurait fallu s'assurer de la discrétion de la mère Cottenet, mais cette discrétion n'aurait pu être obtenue que par une générosité dont André ne possédait pas les moyens. Elle lui eût couté trop cher, et même, il avait été réduit à lésiner sur le pourboire d'adieu. D'ailleurs, il était trop tard pour chercher à clore le bec à la bonne femme. La mère Cottenet avait dû déjà bavarder. Aussi, en montant l'escalier, André se promettait-il de répondre le plus évasivement possible aux questions d'Antoine de Bersin et de faire dévier, au plus vite, la conversation sur un autre sujet.

Arrivé devant la porte, André, machinalement, chercha dans sa poche la clef de la serrure... puis, en haussant les épaules à sa distraction, il sonna. La mère Cottenet lui ouvrit. Il sembla à André qu'elle le considérait d'un air narquois.

— Monsieur Antoine est dans *son* atelier.

André Mauval s'aperçut de l'intention. La mère Cottenet disait *son* atelier, comme pour bien marquer que les temps étaient changés. Il le savait assez, sapristi ! et, avec un mouvement d'humeur involontaire, il tourna le dos à la vieille.

Quand André Mauval entra dans l'atelier d'Antoine de Bersin, la première chose qu'il distingua fut une masse fauve qui bondissait du divan et qui se précipitait vers lui avec un aboiement joyeux. L'épagneul reconnaissait son compagnon de Touraine et lui faisait fête. La bête tournait autour d'André, s'aplatissait devant lui.

— Hector, ici ! Hector, ici !

D'une voix furieuse, dure, qu'André ne lui connaissait pas, Antoine de Bersin appelait l'épagneul qui, au lieu d'obéir, redoublait ses caresses. Tout à coup, André stupéfait vit Antoine saisir l'animal par la peau du dos et le lancer au milieu de la pièce, d'où, d'un coup de pied, il le chassa, hurlant de douleur, tandis que, debout devant le jeune homme il le considérait, dans un silence hostile, d'un regard mauvais.

André, abasourdi de cette violence et de cet accueil irrité, se troublait. Qu'avait donc Bersin? André se mit à rire d'un rire forcé :

— Eh bien, Antoine, comme tu traites ce pauvre Hector ! Il ne faisait pas grand mal, pourtant. Tout de même, je suis content de te voir. Comment vas-tu?

Il avait tendu la main à Antoine de Bersin, qui fit semblant de ne pas s'apercevoir du geste, André rougit :

— Qu'est-ce que tu as, Antoine? Tu ne veux pas que ton chien s'approche de moi, tu me regardes avec colère, et, quand je te tends la main, tu ne me donnes pas la tienne !

La voix d'André tremblait un peu. Antoine prit dans sa poche un objet et le jeta sur la table, sans mot dire. C'était le porte-cartes de Germaine. Elle avait dû l'oublier, à l'une de ses visites rue Cassini, mais cela ne justifiait pas l'accueil presque hostile d'Antoine. N'avait-il pas lui-même mis son logis à la disposition de son ami? « Peut-être, se disait André, aurais-je dû l'avertir que je recevais chez lui ma maîtresse. »

Antoine de Bersin, qui marchait, à pas saccadés, à travers l'atelier, se retourna brusquement :

— Tiens, finissons-en... Reprends ça. C'était sous un des coussins du divan.

Du doigt, il montra le porte-cartes :

— Mais reprends-le donc, enfin !

Il frappa du pied le parquet, avec colère :

— Ah ! tu as bien fait les choses, mon garçon !

Sa voix devint ironique :

— Oui, je t'avais dit, en partant : je te laisse l'atelier ; amènes-y des femmes si tu veux... Ah ! tu n'as pas abusé de la permission. Tu es discret, quand tu t'y mets. Tu n'en as amené qu'une. Seulement, vois-tu, tu n'as pas de chance. C'était la seule qui ne devait jamais entrer ici, la seule, entends-tu, la seule, parce que, c'est la seule que, moi, j'aie jamais aimée, la seule que j'aie toujours regrettée...

Il s'était rapproché d'André et le secouait rageusement par le bras :

— Tu ne comprends pas... mais Germaine ! oui, Germaine de Nancelle, c'est elle qui a été l'amour de ma jeunesse. Oui, rappelle-toi, je t'ai raconté cela. A Poitiers, cette jeune fille dont je t'ai parlé... C'est elle, elle, ta maîtresse, que tu as conduite chez moi, que tu as étreinte sur ce divan, que tu as possédée dans mon propre lit. Tu comprends maintenant?

André baissa la tête. Antoine lui avait lâché le bras et s'était remis à marcher de long en large. Il s'arrêta devant André :

— Tu me trouves stupide, n'est-ce pas? Après tout, tu as raison. Est-ce que je devrais t'en vouloir? Est-ce ta faute si elle a oublié ici ce porte-cartes, si je l'ai ouvert, et si j'ai fait jaser la mère Cottenet ! Mais c'est plus fort que moi. L'idée qu'elle est ta maîtresse me torture. J'ai envie de te casser la figure. La pensée de toucher ta main qui a caressé son corps me donne une nausée. Ah ! je ne croyais pas l'aimer encore comme cela !

Antoine de Bersin s'essuyait les yeux. L'épagneul, réfugié au fond de l'atelier, remuait la queue doucement. Antoine continua :

— Tu vois, ce chien, eh bien, je crois que, si tu l'avais touché, je n'aurais pu le garder

C'ÉTAIT LE PORTE-CARTES DE GERMAINE

auprès de moi. C'est comme cet atelier, je l'ai en horreur ! Je vais donner congé, vendre les meubles. D'ailleurs, à quoi me servirait-il?... Je vais voyager, pendant plusieurs années peut-être... C'est singulier, hein ! d'être ainsi amoureux d'une femme qu'on n'a jamais eue, tandis que tu aurais pu coucher avec Alice tant que tu aurais voulu que je n'eusse pas bronché. Mais c'est comme ça... Je n'y peux rien et toi non plus, n'est-ce pas?

André fit un geste de regret... Il était navré. Il aurait presque voulu à ce moment n'avoir jamais connu madame de Nancelle. Il aurait voulu parler à Antoine et ne trouvait rien à lui dire.

Machinalement, il reprit le porte-cartes... Antoine le regardait faire :

— Ah ! j'oubliais... Tu n'as rien à craindre de la mère Cottenet. Je me suis assuré de sa discrétion. Et maintenant, adieu.

André avait les larmes aux yeux :

— Adieu, Antoine !

Lentement, il se dirigeait vers la porte, quand Antoine l'arrêta :

— Écoute, avant de nous séparer, car nous ne pourrons plus nous revoir, je voudrais te demander quelque chose.

Antoine de Bersin hésitait. Tout à coup, il se décida :

— Je voudrais savoir si Ger... si madame de Nancelle... Enfin, lui avais-tu appris à qui appartenait cet atelier?

André, de la tête, fit signe que non. Puis il ajouta :

— Elle ne me l'a demandé que le jour où je lui ai annoncé le retour de l'ami qui me le prêtait en son absence.

— Et, quand elle a su mon nom, est-ce qu'elle a dit quelque chose?

— Non, elle n'a rien dit !

— Rien !

— Non, rien !

Et Antoine de Bersin laissa partir André Mauval

XXII

L'argent qu'André Mauval avait obtenu de sa mère, au moyen de la lettre de Drevet, lui servit à louer un petit appartement meublé, boulevard Berthier. Germaine en parut enchantée. Quant à André, il souffrait d'offrir à sa maîtresse un logis aussi inconfortable. A ses regrets, Germaine répondait en riant. Loin de lui déplaire, la médiocrité de l'endroit lui plaisait. Elle y trouvait un contraste piquant à monter, en robes élégantes, l'étroit escalier qui conduisait à ce qu'elle appelait gaiement : leur taudis. Elle s'amusait à voir ses jupons à dentelles et ses lingeries fines traîner sur les fauteuils défraîchis. Lorsque André s'en excusait, elle lui répondait :

— Mais, mon chéri, si j'avais voulu ce que tu ne peux m'offrir, j'aurais suivi les conseils de Dumaine. J'aurais pris pour amant un homme d'expérience, comme il dit, un de ces malins qui croient tout savoir et qui finissent par se faire pincer malgré leurs belles précautions. Et vois-tu que cela vous arrive avec un vieux monsieur, ce serait à mourir de honte, tandis qu'avec toi, ce serait gentil comme tout. Regarde comme nous ferions bien !

Et, en riant, elle l'enlaça devant la vieille armoire à glace.

Si la bonne humeur de Germaine rassurait André, il n'était pas sans inquiétude du côté de ses parents. Il se demandait s'ils ne se doutaient pas de quelque chose. Madame Mauval avait paru « couper » dans la lettre d'Élie Drevet, mais elle avait dû s'apercevoir aux fréquentes sorties d'André, que son fils se dérangeait...

Un soir, le jeune homme, en rentrant pour dîner rue des Beaux-Arts, trouva à ses parents des mines bouleversées. M. Mauval marchait avec agitation, madame Mauval soupirait. Soudain, André se rappela l'histoire de Rosine... Mais, maintenant, il n'était plus un enfant que l'on gronde et que l'on enferme dans sa chambre. Il saurait défendre sa liberté.

André interrogea timidement sa mère sur la cause de son trouble. Il était prêt à répondre aux reproches, à avouer son amour, à le proclamer tout haut. La mère Cottenet, malgré ce que lui avait affirmé Bersin de la discrétion de la vieille femme, pouvait l'avoir dénoncé. Pourvu qu'elle n'en eût pas fait autant auprès de M. de Nancelle !

M. Mauval mit fin à cette incertitude. André fut rassuré. Tout le mal venait du pauvre oncle Hubert, de cet « animal d'Hubert », comme disait M. Mauval en frappant du pied. Ah ! on devait s'attendre à quelque chose de semblable avec un pareil toqué !... Ce n'était pas assez qu'il eût pris la mouche pour une vétille et qu'à son âge il eût fait la mauvaise tête ! C'en était bien d'un autre, à présent. Oui, le vieux fou ne venait-il pas de se faire arrêter pour port illégal de décoration ! — et M. Mauval en disant cela, montrait la boutonnière de sa redingote, où se nouait élégamment le ruban rouge qu'il avait, lui, le droit de porter. — Oui, l'oncle Hubert, pour mieux jouer les colonels en retraite, n'avait-il pas eu le toupet d'arborer une énorme rosette d'officier ! Si bien que cette extravagance l'avait conduit chez le commissaire de police, à la suite de quoi, à cause de la conformité de nom, la Chancellerie avait envoyé demander des explications rue des Beaux-Arts ! On s'était expliqué et, naturellement, l'affaire n'aurait pas de suites, mais M. Mauval avait dû plaider les circonstances atténuantes en faveur de son détraqué de frère. C'était bon pour une fois, mais à quoi ne pouvait-on pas s'attendre un jour ! Et M. Mauval, furieux jurait qu'il saurait prendre des mesures nécessaires. Il y a heureusement des tribunaux en France et les asiles d'aliénés n'y manquent pas.

ELLE L'ENLAÇA

Tout en écoutant les récriminations de son père, André se sentait une grande pitié pour son pauvre diable d'oncle Hubert ! Mais quelle singulière idée, tout de même, que de vouloir faire semblant d'être décoré ! Quel plaisir cela lui causerait-il, à lui, par exemple, d'être autorisé à nouer à son veston un fil de moire rouge? Oui, c'est là un des signes de la gloire, mais qu'est-ce que la gloire auprès de l'amour ! Il éprouvait déjà ce sentiment, ce soir de l'autre année où, après avoir dîné chez Lapérouse avec Alice, Bersin et Drevet, il rentrait à pied chez lui, en regardant les froides étoiles du ciel d'hiver. Il se disait alors que Bersin et Drevet seraient, un jour, glorieux, tandis que lui demeurerait inconnu.

Comme il rêvait ardemment l'amour, ce soir-là ! Comme le bonheur d'aimer lui paraissait alors quelque chose d'inaccessible et de lointain !

Et André Mauval se souvenait des projets d'avenir qu'il formait dans ce temps-là. Si cette joie d'aimer et d'être aimé devait lui être refusée, il chercherait des consolations à la solitude de son cœur dans l'étourdissement des grands voyages, dans la diversité des spectacles que donne aux yeux la vue des pays étrangers. Que de fois, à cette époque, il avait imaginé les pays de soleil et de parfums qui berceraient sa mélancolie et assoupiraient ses regrets ! Comme sa songerie chagrine l'emporterait alors souvent vers les contrées inconnues. Il ne lui aurait fallu rien moins que la variété du vaste monde pour le distraire de lui-même ! Combien maintenant ces rêveries lui semblaient vaines ! Que lui importaient ces paysages d'Orient si fiévreusement évoqués jadis ! Les paquebots de l'Union maritime pouvaient bien sillonner les mers, il n'avait plus envie qu'ils le conduisissent vers d'autres horizons. Oui, là-bas, il y avait des ciels éclatants, des fleurs immenses, des déserts, des forêts, des villes singulières et splendides, des jardins embaumés, des peuples aux vêtements multicolores. Il y avait là-bas des printemps plus beaux que les nôtres, il y avait des étés éternels, mais que lui faisait à présent tout cela ! Ses anciennes curiosités étaient mortes et, de tout l'immense univers, une seule chose l'intéressait désormais. Pour être heureux, il lui suffisait de regarder certain visage, d'entendre une certaine voix, d'étreindre une certaine chair.

CES SOIRÉES FURENT PÉNIBLES A ANDRÉ

Le monde entier tenait pour lui dans une petite chambre mal meublée, où, la bouche sur une fraîche bouche, l'espace ni le temps n'existaient plus pour lui.

XXIV

Ce fut par sa mère, que madame de Nancelle venait voir, de temps à autre, à son jour, qu'André apprit que les Nancelle devaient quitter Paris pour Boismartin, au commencement du mois de juin. André, sans en rien dire à Germaine, souffrait de ces visites de la jeune femme rue des Beaux-Arts. Il esseyait de l'en détourner, mais madame de Nancelle déclarait éprouver une vive sympathie pour madame Mauval. De même qu'elle entretenait des relations avec les parents d'André, elle voulait qu'André parût quelquefois chez elle. Elle l'invita plusieurs fois au théâtre. Ces soirées furent pénibles à André par la présence de M. de Nancelle; il avoua à Germaine la gêne qu'il ressentait à ces rencontres. La jeune femme lui avait répondu qu'elle avait ses raisons pour

André se décida à interroger la jeune femme Elle avait été, ce jour-là, ardente et gaie au plaisir, comme de coutume. Aux premiers mots d'André, elle l'arrêta :

— Eh bien, oui, nous partons jeudi prochain, et même, cette semaine, je n'aurai peut-être guère le temps de venir ici, à cause de mes préparatifs de voyage...

André demeurait debout devant elle, sombre et prêt à pleurer :

— Ne fais donc pas cette tête-là. Je reviendrai en octobre.

André soupira :

— En octobre, mais d'ici là?

ILS S'INSTALLÈRENT POUR DÉJEUNER

agir ainsi, et elle s'était mise à rire en regardant sa mine dépitée :

— Sais-tu que tu es un très mauvais amant? Dumaine recommande fort qu'on soit en bons termes avec le mari de sa maîtresse. Tu m'en remercieras, un jour, petit nigaud !

Et il n'avait plus été question entre eux de ce sujet.

Germaine n'avait pas parlé non plus à André de l'époque où elle comptait aller à Boismartin, mais André pensait souvent à l'heure de cette séparation. A mesure que l'été approchait, il y songeait davantage. Que deviendrait-il, loin de Germaine? Souffrirait-elle de son absence? Germaine n'y faisait aucune allusion. Il ne restait plus qu'une semaine avant la date fixée, selon madame Mauval, pour le départ des Nancelle.

— D'ici là, André, mais il faut bien que tu prépares ton examen. Et puis, on s'arrangera.

Elle semblait si indifférente et si tranquille qu'André eut l'impression qu'elle ne l'aimait plus. Il le lui dit. Elle haussa ses belles épaules encore nues :

— Comme tu es bête, André ! Pourquoi mettre de la tristesse et des soucis dans notre amour? Je savais bien que nous nous attendririons en nous séparant, c'est pourquoi je voulais partir sans t'en prévenir. Ecoute, mardi, je suis libre, et je t'invite à déjeuner à Saint-Cloud, en camarades. Nous irons par le bateau ; je t'attendrai à onze heures à l'embarcadère du Pont-Royal. Mon mari va passer la journée à Juvisy avec monsieur du Verdon, pour assister à une poule au pistolet. C'est une nouvelle lubie qui l'a pris. C'est convenu. Je t'adore, mon amour !

TU NE PEUX DONC PAS ÊTRE UNE JOURNÉE AVEC MOI SANS SONGER A DES BÊTISES

Il l'avait saisie dans ses bras. Elle s'attachait à lui avec violence et ce fut sur une bouche crispée d'un sanglot que se posa son baiser.

Il y avait peu de monde au *Cadran bleu* où ils s'installèrent pour déjeuner. Comme on commençait à les servir, André, avec un geste de contrariété, dit à mi-voix à la jeune femme :

— Germaine, voici monsieur Dumaine.

En effet, le romancier choisissait une table à quelque distance. Germaine ne parut ni ennuyée, ni décontenancée, de cette venue :

— Oui, et je crois même qu'il est avec mademoiselle Vanove, la marchande de curiosités. Ce que je lui en ai raconté l'a amusé et ils sont maintenant les meilleurs amis du monde. Il aime les particularités de la vie de Paris et mademoiselle Vanove est une singulière personne. Il ne nous a pas aperçus. D'ailleurs, Dumaine est un homme discret. Et puis, j'ai averti monsieur de Nancelle que je déjeunerais avec toi. Vous voyez, jeune André, que j'avais raison de vouloir que vous fussiez bien avec mon mari, et vous découvrirez peut-être un jour que j'ai eu encore plus raison que vous ne pensez.

Et madame de Nancelle prit un air gai et mystérieux en considérant André avec une malice affectueuse.

Ils passèrent l'après-midi dans le parc. Il s'étendait, montueux et noble, avec sa cascade et ses bassins. André regardait les beaux feuillages verts qui y miraient leur ombre lourde. Il eût voulu qu'ils eussent été couleur d'or et qu'ils annonçassent, avec l'automne, le retour de Germaine. A un endroit désert, auprès du socle d'une statue, ils s'assirent sur un banc. André prit la main de la jeune femme et baisa sa bouche. Elle le repoussa doucement, et, comme il insistait elle dit :

— Tu ne peux donc pas être une journée avec moi sans songer à des bêtises, André?

Il fit « non » de la tête. Elle lui caressa les cheveux avec indulgence. Elle était fière de l'attrait de sa chair et du désir qu'elle inspirait. Elle soupira :

— Après-demain, je serai à Boismartin.

Et elle ajouta :

— Quel dommage, on était si bien ensemble. Tu penseras à moi, André?

Dans le bateau qui les ramenait à Paris, l'idée du départ de Germaine tourmentait André. Il songeait. Ce n'était plus l'humble mouche dont la faible hélice battait l'eau. Elle s'était changée en un puissant paquebot. Les rives du fleuve s'écartaient. L'estuaire s'ouvrait sur la mer. Tous deux, debout sur l'avant du grand navire, respiraient le vent du large. Ils étaient libres...

Au bout de la passerelle du ponton, ils se séparèrent. Des gens débarquaient. Germaine et André les laissèrent s'éloigner, puis, sur la berge, ils s'embrassèrent. Il la regarda monter la pente pavée qui menait au quai. Avant de disparaître, elle lui adressa, de la main, un dernier adieu. Il la vit à travers ses larmes. Le vieux ponton gémissait sur sa chaîne qu'un gros anneau fixait dans la pierre. Longtemps, André Mauval le tapota du fer de sa canne, puis, avec colère et énervement, il la brisa, jeta les deux morceaux à l'eau et rentra chez lui, tristement.

XXV

Il était convenu, entre Germaine et André, qu'il ne lui écrirait que des lettres banales, le courrier, à Boismartin, étant remis à M. de Nancelle. Cette impossibilité de pouvoir exprimer ses sentiments rendit à André les premiers jours de l'absence de Germaine encore plus cruels. Il ne savait que faire de son temps. Il alla rôder boulevard Berthier. Les fenêtres de la chambre dont il avait donné congé étaient ouvertes. Il les contempla longuement. Le lendemain, il alla rue Cassini. Une pancarte y indiquait que l'atelier d'Antoine de Bersin était à louer. Où pouvait bien être le peintre? Peut-être à Rome ou à Florence?

Soudain il s'imagina que le voyage serait un remède à la tristesse qu'il éprouvait. Ses parents ne refuseraient pas sans doute de lui permettre un tour en Italie? On ne devait pas, cette année encore, passer les vacances à Varangeville. Madame de Sarny, toujours souffrante, irait aux eaux et, de là, en Suisse. Mais, pour que M. Mauval consentît au désir de son fils, il fallait qu'André fût reçu à son examen, sans quoi M. Mauval le retiendrait à Paris pour qu'il réparât son échec, à la session de novembre. Or, André sentait ses chances de succès bien problématiques. Néanmoins, jusqu'au jour de l'épreuve, il travailla avec assiduité.

Il fut refusé.

Cet événement ne lui causa qu'un chagrin médiocre. En l'apprenant, madame Mauval ne parut pas très étonnée. Il semblait qu'elle se fût attendue à cette déception. Une fois de plus, André se demanda si sa mère ne se doutait pas un peu de ce qui lui valait cet échec. Parfois, quand il était distrait et préoccupé, elle le considérait avec une tendresse inquiète. Quant à M. Mauval, il ne fit aucun reproche à André. Il lui conseilla même de se reposer un bon mois avant de se remettre à l'ouvrage. Il ne pouvait admettre que « son fils » eût échoué par manque de préparation et préférait attribuer son insuccès à l'injustice des examinateurs. Ce fut ce qu'il laissa entendre à madame Jadon lorsqu'elle lui apporta ses condoléances à propos de cette « anicroche ». Madame de Mirambeau fut du même avis, et madame Jambert, qui avait des relations dans le monde universitaire, promit de recommander le jeune homme pour la session d'automne.

Mademoiselle Leroi le consola gentiment. André n'était plus retourné chez elle depuis ce jour où, la pensée remplie de madame de Nancelle, il était monté un instant rue de Babylone, ne pouvant se décider à se rendre rue Murillo. Le souvenir de sa timidité et de son angoisse lui revint au moment où il sonnait à la porte de l'appartement de mademoiselle Leroi. Ce fut elle-même qui lui ouvrit. Vêtue d'un peignoir léger, ses bras étaient nus. Elle était encore jolie ainsi, plus très jeune, mais agréable de visage et élégante de tournure. Elle le fit asseoir :

— Mon pauvre André, j'ai appris vos ennuis. Bah ! tout cela s'arrangera dans trois mois. C'est dommage que vous ne puissiez pas préparer votre examen sous les ombrages de Varangeville ; cela eût mieux valu pour vous que de passer l'été à Paris, d'autant plus qu'il fera chaud, cette année. Oh ! ces moustiques !

Vivement, elle releva jusqu'à l'épaule sa manche flottante. André se rappelait son entrée, un matin, dans la chambre de mademoiselle Leroi, quand il était allé lui porter une dépêche et qu'il l'avait trouvée en jupon et en corset en train de rajuster sa coiffure devant la glace. Il se rappelait son trouble devant ce peu de nudité entrevue. Ah ! douceur de la peau nue ! Soudain, ce n'était plus un bras qu'il voyait, c'étaient des épaules, une gorge, tout un corps qui se dressait devant lui en sa forme imaginaire. C'était Germaine. L'illusion fut si forte, si réelle, qu'il ferma les yeux. Quand il les rouvrit, mademoiselle Leroi avait rabaissé sa manche et lui disait :

— La maudite bête m'a piquée. Je vais chercher un peu d'alcali. Attendez-moi, André, et regardez mes oiseaux.

André obéit. Depuis sa dernière visite chez mademoiselle Leroi, leur nombre avait singulièrement augmenté. Ils remplissaient maintenant une vaste cage de leurs plumes multicolores. Il y en avait d'exotiques et de bizarres. André les examinait quand mademoiselle Leroi reparut :

— Vous m'en enverrez, lorsque vous serez consul, André, dans les pays chauds.

Et elle ajouta mélancoliquement :

— Car il y a bien des choses que je ne connaîtrai jamais et bien des pays que je ne verrai pas. Vous êtes heureux d'être un garçon, André. Bah ! à nous autres vieilles filles, il nous reste les herbiers et les volières ! C'est déjà ça.

Les pronostics de mademoiselle Leroi se réalisèrent. Les premières semaines de juillet furent accablantes. André Mauval passait de longues journées monotones. Il s'étendait sur son lit avec un livre qu'il ne lisait pas et les quelques lettres reçues de Germaine et qu'il relisait ardemment. Madame de Nancelle s'ennuyait à Boismartin, mais l'ennui la rendait laconique. Ses billets étaient tendres et courts. Puis Germaine cessa d'écrire. André s'inquiétait. A l'abattement succéda l'agitation. Il sortait sans raison, plusieurs fois par jour. Il espérait, chaque fois qu'il rentrait, que le concierge lui remettrait l'enveloppe désirée.

Un soir, en rentrant, il trouva à ses parents un air singulier. Monsieur et madame Mauval étaient au salon. M. Mauval tenait une lettre à la main.

— Ah ! te voilà, mon gaillard ! Il s'agit justement de quelque chose qui te concerne. Ta mère vient de recevoir une très gentille lettre de madame de Nancelle qui compatit fort à ta malechance et qui t'invite à passer un mois chez elle, à la campagne. Qu'en dis-tu ?

André, stupéfait, ne disait rien. Il sentait son cœur battre à coups pressés dans sa poitrine. M. Mauval continuait :

— Elle prétend que tu seras mieux, pour travailler, à Boismartin qu'ici. Il y a dans le parc un pavillon isolé où l'on t'installera avec tes bouquins. Moi, je suis d'avis d'accepter cette invitation, mais ta mère y apporte des objections.

André Mauval regarda sa mère avec un tel air de reproche et de supplication que madame Mauval baissa les yeux. M. Mauval reprit :

— Autant je trouverais déplacé, après ton échec, que tu voyageasses pour ton plaisir, autant il me paraît raisonnable que tu ailles dans un endroit favorable à ta santé. Tu sais, aussi bien que moi, que je ne veux pas quitter Paris. Or, ta mère ne veut pas me laisser seul, ce dont je lui suis d'ailleurs fort reconnaissant ; elle ne peut donc pas te mener à la campagne... Je trouve par conséquent que l'invitation de ces braves Nancelle tombe à point. Ils t'attendent vers le 15 août...

André écoutait son père avidement. Madame Mauval se taisait. André se tourna vers elle. Elle rougit légèrement :

— Il faut faire ce que te conseille ton père, mon enfant. Moi, je craignais qu'après tout nous ne connussions peut-être pas assez les Nancelle pour t'envoyer chez eux pendant aussi longtemps. C'est tout ce que j'avais à objecter...

M. Mauval levait les bras :

— Comme tu es, pourtant, ma bonne !

LA CONCIERGE LA LUI TENDIT

Mais Nancelle est mon camarade de jeunesse, sapristi ! Il peut bien héberger, pendant un mois, le fils de son vieil ami. Quant à sa femme, cela n'a rien de désagréable pour elle de recevoir un garçon qui lui fera la cour et qui lui dira des douceurs. Elle ne doit pas s'amuser tous les jours à Boismartin. Alors, c'est décidé... Tu écriras à madame de Nancelle.

Madame Mauval fit de la tête un signe affirmatif. André aurait voulu crier, danser au milieu du salon. A sa joie se mêlait une profonde admiration pour sa maîtresse. Il comprenait maintenant pourquoi, lorsqu'il se plaignait à elle que l'été dût les séparer, elle lui assurait que l'on « s'arrangerait » ; pourquoi elle avait entretenu avec soin des relations assez suivies avec madame Mauval, pourquoi elle avait tenu à ce qu'il fût, lui, en bons rapports avec son mari. Avec quelle habileté prévoyante elle avait combiné sa petite manigance ! Et ce qui lui avait inspiré cette adroite conduite, c'était le désir d'avoir auprès d'elle celui qu'elle aimait ! Et André s'énorgueillissait d'être la cause des roueries de Germaine et d'occuper tant de place dans son cœur et dans sa vie.

Le soir, après dîner, comme madame Mauval était sortie du salon, M. Mauval s'approcha d'André, qui faisait semblant de lire un journal, et lui dit :

— Ecoute, mon bonhomme, tu es assez grand pour te diriger toi-même, mais cependant retiens bien ceci. Quand tu seras à Boismartin, ouvre l'œil. Tu es jeune, tâche de t'amuser, mais pas de folies, pas d'histoires. Tu m'as compris. A bon entendeur, salut !

Et M. Mauval, fier de sa clairvoyance, frappa sur l'épaule d'André. En bon pilote, il avait signalé l'écueil à son fils et donné le coup de barre, mais il ne supposait pas qu'il y eût entre madame de Nancelle et André autre chose que, peut être, l'attrait réciproque de leur jeunesse, et, de la part de la jeune femme, un peu de coquetterie envers lui.

Le surlendemain, André reçut une longue lettre de Germaine. La concierge, avec laquelle il s'était entendu pour qu'elle lui remît les enveloppes à son nom, la lui tendit comme il sortait de chez lui. Il alla la lire dans le cloître de l'École des Beaux-Arts. Germaine lui expliquait que, pendant son séjour à Boismartin, ils devraient être prudents et raisonnables. Son mari n'était ni jaloux ni soupçonneux, et il avait accepté de très bonne grâce d'inviter à Boismartin le fils de son vieil ami Mauval. Tout avait marché à souhait, mais il faudrait se contenter du plaisir de vivre côte à côte, sous le même toit, de se voir librement tous les jours. On se traiterait en frère et sœur. André devait promettre d'observer cette convention.

André Mauval fut un peu dépité à la lecture de cette lettre, mais tout son dépit céda à l'idée qu'il verrait bientôt Germaine. Tout ne valait-il pas mieux que de demeurer séparé d'elle? D'ailleurs, une fois le mois passé à Boismartin, le retour à Paris de la jeune femme serait proche, et ils reprendraient alors leur vie d'amour.

XXVI

Quand on eut porté les bagages d'André Mauval dans la chambre qu'il devait occuper et lorsqu'il eut fait un bout de toilette, il s'assit dans un fauteuil et se mit à réfléchir à la joie qu'il venait d'éprouver en revoyant Germaine de Nancelle. La voiture qui l'attendait à la gare l'avait conduit au château. Sur le perron, il avait été reçu par monsieur et madame de Nancelle. Jamais Germaine n'avait semblé plus belle à André. En pensée, il admirait la gracieuse silhouette de la jeune femme. Sous le grand chapeau de paille, le charmant visage lui avait souri tendrement et malicieusement. Il avait senti dans sa main la petite main de sa maîtresse, et il avait frémi à ce contact. Mais il avait juré d'être raisonnable.

André se leva, fit plusieurs tours dans la chambre et regarda sa montre. Elle marquait l'heure du dîner.

La salle à manger était une grande pièce à boiseries grises. Germaine mangeait de bon appétit. M. de Nancelle chipotait dans son assiette. Il semblait distrait et parla peu. Il ne se départit de son silence que pour poser quelques questions dont il n'écoutait guère les réponses. Il demanda à André si sa chambre lui convenait. André remercia d'être installé à merveille. Il se plaisait déjà beaucoup à Boismartin. Il aimait le bel aspect du château et du parc.

M. de Nancelle grimaça un sourire qui anima un peu sa longue figure immobile.

— Nous vous ferons faire demain le tour du propriétaire, monsieur André. Vous verrez, c'est, en somme, une habitation assez agréable que cette vieille baraque. Et puis on vous montrera votre pavillon.

Madame de Nancelle, en disant ces mots, se mit à rire et elle ajouta :

— Vous savez, votre père m'a chargée de vous surveiller. Sa lettre est formelle. Quatre heures au moins de travail par jour. Je vous mettrai moi-même sous clef. Ah! vous êtes mon prisonnier !

On avait passé au salon. Germaine de Nancelle s'était étendue sur une chaise longue et fumait. M. de Nancelle, dans un fauteuil, parcourait les journaux. Parfois il considérait le groupe formé par sa femme et par André assis auprès d'elle sur un tabouret. André remarqua ce regard. Germaine avait raison : il faudrait être prudents. En déposant sa cigarette dans le cendrier qu'André lui tendait, Germaine frôla les lèvres du jeune homme de son bras nu. André la regarda. Sa bouche imitait la moue d'un baiser.

Le lendemain, après déjeuner, en sortant dans le parc, M. de Nancelle, qui avait été, durant le repas, d'un silence qui paraissait lui être habituel, dit tout à coup à André Mauval :

— Est-ce que vous tirez le pistolet?

André, étonné de la brusquerie de la question, répondit que non. M. de Nancelle fit un « ah ! » indifférent :

— Voilà ma femme, attendons-la.

Madame de Nancelle les rejoignait. Elle avait ouvert une grande ombrelle rose :

— Excusez-moi, Etiennette — c'est ma femme de chambre — ne sait jamais où sont mes affaires, et je ne sais rien trouver moi-même.

André eut envie de rire. Il se souvenait avec quelle adresse Germaine savait se vêtir et dévêtir. Des images voluptueuses s'évoquaient à son souvenir. Il se rappelait Germaine défaisant prestement des agrafes, déliant des nœuds, déboutonnant son corsage et laissant tomber son jupon... M. de Nancelle haussait ses épaules étroites :

— On ne devrait pas être à ce point l'esclave d'autrui.

Madame de Nancelle riposta :

— Que voulez-vous, mon cher, c'est ainsi. Je ne peux pas me passer de quelqu'un. Si Etiennette — ou une autre — n'était pas là, je crois que je sortirais toute nue et que je dormirais toute habillée.

Elle avait poussé du coude André qui ne broncha pas.

Ils firent quelques pas sur la terrasse. Sa balustrade dominait un grand bassin carré, à margelle de pierre, où se reflétaient les arbres qui le bordaient. Deux autres bassins longs s'étendaient sur les côtés du château. Boismartin était une solide bâtisse de pierre et de briques avec un haut toit d'ardoises. André l'admira. M. de Nancelle expliquait :

— Il fut construit en 1605 par Jean de Gaulleron, le compagnon de Henri IV. J'ai reconstitué toute son histoire. Au moment de la Révolution, il appartenait à l'évêque de Vendôme. Ce fut lui qui fit bâtir le petit pavillon qui vous servira de salle d'étude, monsieur Mauval.

Tous trois, ils étaient descendus de la terrasse et marchaient le long du carré d'eau qui se prolongeait jusqu'au bout du parc par une sorte de canal. Derrière les arbres qui bornaient l'enclos coulait le Loir.

— C'est une très belle rivière, vous verrez, monsieur André. Je vous y mènerai promener en barque. Je rame très bien. Il y a des endroits où elle est très profonde et toute fleurie de nénuphars. Mais, aujourd'hui, il fait trop chaud. Allons plutôt au pavillon.

Et madame de Nancelle prit une allée qui s'éloignait de la pièce d'eau, et où André et son mari la suivirent.

LE BEL ASPECT DU CHATEAU

Ce pavillon était un petit bâtiment carré avec un toit renflé, couvert d'ardoises moussues. Des rosiers grimpaient au mur treillagé et encadraient les fenêtres. A l'intérieur, il contenait une vaste pièce à boiseries blanches, avec une large table, quelques sièges et un divan. Il y avait aussi une petite cheminée surmontée d'une glace. Des stores de paille ménageaient un demi-jour agréable.

— Voilà votre logis, monsieur Mauval. On y transportera vos livres et personne ne viendra vous y déranger.

Pendant que M. de Nancelle parlait, Germaine était allée vers la cheminée. Sous son chapeau de lingerie, sa main rajustait une épingle dans sa coiffure, une de ces grosses épingles d'écaille blonde qu'elle enfonçait dans ses cheveux épais. André baissa les yeux. Ce geste de sa maîtresse se rattachait dans sa pensée à de tendres heures d'intimité. Ah ! que l'image de Germaine serait donc souvent présente à son travail ! Cette vieille glace conserverait son reflet.

En quittant le pavillon, André et Germaine étaient rêveurs. Ils marchaient silencieusement, suivis par M. de Nancelle. Tout à coup, André poussa une exclamation de surprise. A un détour de l'allée se dressait une sorte de kiosque. Plus loin, sur le mur qui fermait le parc, se détachaient deux mannequins peints en noir. Ils ressemblaient à ces bonshommes en pain d'épice que l'on vend à la foire. Seulement, ils étaient de grandeur naturelle. Leur découpage les figurait coiffés de chapeaux de haute forme. On les eût dit échappés d'une boîte d'ombres chinoises.

André Mauval s'était retourné vers M. de Nancelle :

— Ce sont les silhouettes de mon tir... Oui, c'est là que je m'exerce au pistolet. Oh! un sport très intéressant. C'est monsieur du Verdon de La Minaguière qui m'y a initié. Je suis encore un novice, mais je commence à m'y mettre.

André se rappelait que Germaine lui avait parlé de cette nouvelle lubie de M. de Nancelle, qui avait succédé à celle de ses travaux d'archives. Quel singulier jeu que de s'amuser à cribler de balles ces pantins ridicules !...

Cependant, M. de Nancelle s'était avancé vers le kiosque. Il ouvrait une boîte placée sur une petite table, quand madame de Nancelle l'interpella d'une voix impatiente :

— Voyons, Auguste, laissez donc vos pistolets. Vous n'allez pas nous rompre les oreilles. Le pauvre André Mauval aura bien assez de subir vos pétarades, quand il travaillera dans le pavillon.

JE T'AIME, ANDRÉ

M. de Nancelle, d'un air contrarié, remit l'arme qu'il avait saisie et jeta un regard de regret du côté de ses silhouettes, tandis qu'André lui assurait qu'il s'habituerait bien vite aux détonations, d'ailleurs lointaines, du tir.

Ce fut, ce soir-là, après dîner, qu'André se trouva seul, pour la première fois, avec Germaine. Lorsque, vers dix heures, M. de Nancelle témoigna l'intention de s'aller coucher, madame de Nancelle lui dit :

— Mais, mon bon Auguste, monsieur Mauval n'est peut-être pas un couche-tôt comme vous. Il commence seulement à faire bon. Voulez-vous rester un peu sur la terrasse, monsieur André?

Le jeune homme accepta. Lorsque M. de Nancelle se fut retiré. André et Germaine sortirent du salon. La nuit étoilée se reflétait dans l'eau sombre du bassin. Parfois, un léger souffle de vent agitait les feuillages. Toute la campagne était silencieuse. André et Germaine s'accoudèrent à la balustrade. Doucement, d'une main timide, André caressa le bras nu que la jeune femme avait posé sur la pierre fraîche.

— Je suis heureux d'être ici, Germaine.

— Et moi, je suis bien heureuse de t'avoir là, André.

A mi-voix, il lui parlait. Il lui disait sa tristesse à Paris, après son départ, son ennui et son découragement, les longues rêveries où il l'évoquait, le regret qu'il éprouvait de ne plus la voir. Elle l'écoutait et lui répondait des paroles tendres. A elle aussi, il lui avait manqué, et elle n'avait pu supporter son absence. Alors, elle avait tenté ce projet absurde auquel elle songeait depuis longtemps. Maintenant, ils étaient ensemble, mais il faudrait être prudents. M. de Nancelle lui semblait bizarre depuis quelque temps, bien qu'il eût agréé sans objection la proposition de l'inviter, lui, André, à passer un mois à Boismartin. Un mois, ils avaient tout un mois à être l'un près de l'autre ! Et ce ne serait pas toujours comme aujourd'hui où M. de Nancelle ne les avait pas quittés. Il reprendrait ses habitudes,ses promenades,son tir,son cher tir...

Ils rirent. Habitués à l'ombre, ils se distinguaient maintenant dans l'obscurité :

— Je t'aime, André.

— Je t'aime, Germaine.

Ils entendirent le bruit d'une fenêtre qui se fermait.

— Il est tard, il faut que je rentre. Je ne veux pas faire veiller Etiennette, oui, c'est ma femme de chambre. Ah ! je te défends, par exemple, de lui faire la cour. Je n'ai pas oublié l'histoire de Rosine que tu m'as racontée. Tu sais, quand tu avais quatorze ans...

Ils rirent de nouveau. L'éclat de leur gaieté monta dans la nuit pure et silencieuse.

XXVII

Ce matin-là, le quatrième depuis son arrivée chez les Nancelle, André s'était levé de bonne heure. Une fois dans le parc, il se sentit heureux et dispos et résolut de pousser jusqu'au Loir, à l'endroit où l'on attachait la barque dans laquelle il s'était promené la veille, avec Germaine, mais, une fois là, il s'étendit sur l'herbe de la berge et se mit à réfléchir, tout en regardant couler la molle et lente rivière.

En venant à Boismartin, André Mauval avait cédé au désir impérieux de revoir Germaine, mais il s'attendait à ce que la présence quotidienne de sa maîtresse lui fût, en même temps qu'un plaisir, une souffrance, et il s'apercevait au contraire qu'il acceptait très bien les conditions que Germaine lui avait imposées. Etait-ce cette même Germaine, auprès de laquelle il vivait presque sans trouble, qui avait tenu dans son existence une place si ardente? D'où leur venait à l'un et à l'autre ce calme subit? Certes, ils ne s'aimaient pas moins. Peut-être, ce qui les maintenait ainsi dans cette réserve réciproque, était-ce la certitude de retrouver bientôt, à Paris, leurs caresses ordinaires? Quoi qu'il en fût, André était décidé à profiter de cette accalmie pour se mettre au travail. Il n'était guère encore entré dans le fameux pavillon que pour y transporter ses livres et, l'avant-veille, pendant que Germaine écrivait des lettres, pour y faire une petite sieste, au bruit des pistolades voisines, mais pas trop gênantes, de ce brave M. de Nancelle qui était décidément un drôle de type. Aujourd'hui il s'y enfermerait pour de bon, pendant au moins trois heures, et, chaque jour, il en ferait de même ; et la vie continuerait ainsi jusqu'à l'époque où il reviendrait à Paris et où il serait remplacé à Boismartin par les Saint-Savin qui devaient y passer quelque temps et par Jacques Dumaine qui devait y séjourner une quinzaine...

Lorsqu'au déjeuner André annonça son projet, il observa sur le visage de Germaine une expression malicieuse :

— Bravo, monsieur André ! je vous admire de pouvoir travailler par cette chaleur, car on étouffe aujourd'hui.

Il faisait en effet très chaud. A travers les persiennes closes de la salle à manger, on devinait, au dehors, l'éclat du jour. Dans la pénombre de la pièce, on entendait le bourdonnement d'une guêpe. Parfois, le bruit cessait, quand la bête se reposait sur une des jattes de fruits dont l'odeur parfumait l'atmosphère.

André, assis devant sa table de travail, la tête entre ses mains, songeait. M. de Nancelle l'avait accompagné jusqu'à l'allée qui conduisait au pavillon, en se rendant à son tir. En le quittant, il lui avait dit :

— Allons, jeune homme, bon courage ! Ne vous fatiguez pas trop. Vous serez parfaitement tranquille. J'ai donné l'ordre que personne ne s'approche du pavillon quand vous y serez. Ainsi, bûchez à l'aise. Moi, je vais mettre quelques balles dans mes bonshommes...

Et André avait vu M. de Nancelle s'éloigner dans la direction du kiosque.

Maintenant, les détonations du pistolet de M. de Nancelle retentissaient à intervalles réguliers. C'était le seul bruit qui troublât le silence du pavillon. Comme tout à l'heure dans la salle à manger, une guêpe bourdonnait. Parfois, elle heurtait les carreaux des vitres. Des rais de soleil, à travers les stores baissés, doraient le parquet. L'un d'eux atteignait la vieille glace placée audessus de la cheminée. André avait levé les yeux. Dans le miroir, il revoyait l'image de Germaine, le geste familier dont, l'autre jour, elle avait enfoncé dans ses cheveux la grosse épingle d'écaille blonde. Soudain, il éprouva un désir violent de voir se dérouler la chevelure de sa maîtresse. Où était-elle à présent? Soudain, un rire étouffé lui fit tourner la tête.

Germaine était sur le seuil de la porte ouverte, qu'elle refermait doucement.

— Germaine !

Ils se tenaient debout, en face l'un de l'autre. Autour d'eux, la guêpe rôdait. Un même élan irrésistible les réunit. Leurs bouches se cherchaient, et ils demeurèrent ainsi un moment, enlacés en un baiser passionné et haletant. André murmura :

— Oh ! Germaine ! Germaine !

Elle lui avait passé ses bras autour du cou. Il la regardait avec avidité.

GERMAINE ÉTAIT SUR LE SEUIL

— Eh bien, oui, c'est Germaine, c'est moi... Ne fais donc pas l'étonné. Avoue que tu m'attendais ? Tu savais bien que cela ne pouvait pas durer ainsi...

Tendrement, elle se serrait contre lui.

— Étions-nous bêtes, mon pauvre André ! Quand je pense que je croyais pouvoir vivre à tes côtés, tous les jours, sans qu'il n'y eût rien entre nous ! Je le pensais, cependant, lorsque j'ai eu cette idée de te faire venir ici, mais, dès que je t'ai vu, j'ai bien compris que c'était impossible. Et toi, voyons, tu t'en doutais bien, n'est-ce pas?

Elle éclata d'un rire jeune et frais, triomphant.

— Eh ! qu'importe ce qui peut arriver ! et d'ailleurs, qu'est-ce que tu veux qui arrive?... Tant pis, je t'aime, je t'aime, André...

André l'avait saisie de nouveau. Sous la robe légère, il sentait le corps souple et ployant de la jeune femme. Ses résolutions de sagesse et de prudence chancelaient. Rapidement, mais vainement, les conseils de M. Mauval lui traversèrent l'esprit : « Pas de folies ! Pas d'histoires ! » Ah ! que valaient toutes ces vaines prudences en présence du plaisir proche ! Il aurait bien le temps d'être prudent, plus tard, quand il serait vieux ! Maintenant, il était jeune, amoureux, ardent. Sa maîtresse était voluptueuse et belle. Elle était l'occasion, la joie, et tous deux, lentement, se laissèrent tomber sur le divan, tandis qu'au loin retentissaient les détonations sourdes du tir et que la guêpe tournoyante heurtait aux carreaux sa petite balle d'or ailé...

XXVIII

Cependant la date à laquelle André Mauval devait rentrer à Paris approchait. Il n'avait plus que quatre jours à rester à Boismartin. Sa mère, dans ses lettres, le suppliait de ne pas y prolonger son séjour. Elle lui rappelait que si, comme elle l'espérait, il ne négligeait pas trop la préparation de son examen, il serait néanmoins utile qu'il prît, avant la session, quelques répétitions qui le missent à même de subir, en des conditions favorables, l'épreuve de novembre. D'ailleurs, madame Mauval souffrait visiblement d'être séparée de lui. Elle n'osait pas trop montrer son inquiétude, mais André la percevait à travers les lignes des épîtres maternelles. Le jeune homme en devinait aussi le motif. Madame Mauval se doutait sûrement de sa liaison avec Germaine de Nancelle. Il ne lui déplaisait pas trop, du reste, qu'elle la soupçonnât et il ne comprenait pas pourquoi elle s'en affligeait. Tous les jeunes gens de son âge ont des maîtresses. Son père, lui, était plus raisonnable sur ce point. Il l'était moins sur d'autres, car, au dire de madame Mauval, il se surmenait de travail. L'établissement de nouvelles lignes causait bien des tracas à M. Mauval. A ces soucis s'ajoutaient ceux que lui donnait, sans qu'il voulût les avouer, la question de l'oncle Hubert. M. Mauval avait récemment, en traversant les Tuileries, rencontré le pauvre oncle Hubert très changé et très vieilli. Il faisait peine à voir et semblait complètement toqué. Il portait à sa boutonnière une énorme rosette multicolore, qui le conduirait sûrement au poste, un jour ou l'autre, et il parlait haut et gesticulait en marchant. M. du Verdon de La Minaguière procurait aussi des ennuis à M. Mauval. Ses absences répétées, et sur lesquelles ses chefs fermaient les yeux, faisaient murmurer ses collègues qu'irritait l'indulgence dont on usait à l'égard de ce mauvais employé. Il fallait l'adresse bien connue de M. du Verdon au pistolet pour tenir en respect le mécontentement qu'excitait sa conduite.

Ces lettres de madame Mauval rappelaient à André qu'il existait autre chose au monde que Boismartin et son pavillon, et que bientôt il lui faudrait se séparer pour quelque temps de Germaine. Cette obligation le peinait, mais il en prenait cependant son parti. Il ne ressentait pas, à la pensée de quitter sa maîtresse, l'angoisse et le chagrin qu'il avait endurés lors du départ de Germaine pour Boismartin. D'ailleurs, n'était-il pas plus sûr qu'auparavant de l'amour de la jeune femme? Ne venait-elle pas de lui donner une preuve nouvelle de la passion qu'elle éprouvait pour lui. Pour être à lui, ne bravait-elle pas, chaque jour, un danger autrement réel que ceux qu'elle courait à Paris?

André Mauval, tout amoureux et tout enivré qu'il fût de son amour, n'était point tout de même sans appréhender le péril de ces rendez-vous. Plus d'une fois même, il en avait parlé à Germaine, mais elle n'avait fait que se moquer de ce qu'elle nommait ses « terreurs ». Pourquoi donc s'alarmer en vain? Que craignaient-ils? Les domestiques? Mais les ordres de M. de Nancelle n'interdisaient-ils pas que l'on approchât du pavillon? Quant à sa survenue à lui, les détonations régulières du tir n'avertissaient-elles pas qu'il était occupé à son passe-temps favori? Ainsi, à quoi bon se tourmenter inutilement? André Mauval était bien forcé de se rendre à ces bonnes raisons.

Rien, en effet, n'avait jamais troublé leurs rendez-vous, et néanmoins, André éprouvait une satisfaction involontaire à penser que ce jeu imprudent allait prendre fin. Aussi n'eût-il pas désiré prolonger son séjour à Boismartin, même sans la perspective de la visite des Saint-Savin et de la prochaine arrivée de Jacques Dumaine. Avec Dumaine, en effet, les rendez-vous du pavillon n'auraient plus été possibles. Le romancier était un autre homme que le brave M. de Nancelle, et André n'avait guère envie d'exposer le secret de sa liaison avec Germaine aux regards perspicaces de Dumaine, dont cependant la prochaine présence le contrariait un peu. Pourquoi Germaine l'avait-elle invité à Boismartin? Néanmoins, il se rassurait assez vite. Dumaine, avec ses quarante-cinq ans, ne paraissait guère un rival à redouter. Germaine ne pouvait avoir pour lui que de l'amitié. D'ailleurs l'invitation qu'elle lui avait faite n'était qu'un acte de prudence et de diplomatie. Elle rendait plus naturelle aux yeux de M. de Nancelle celle que sa femme avait adressée à André Mauval. Germaine avait dû prendre cette précaution. Il fallait qu'André se résignât.

André avait dû en convenir et cependant M. de Nancelle obligeait-il Germaine à ces ménagements? Elle déclarait elle-même que son mari n'était ni jaloux, ni soupçonneux. Sans l'aimer, elle avouait pour lui une certaine affection. M. de Nancelle avait toujours fait tout ce qui était en son pouvoir pour lui rendre la vie agréable. L'ayant épousée sans fortune, il lui assurait une existence confortable. Il la laissait parfaitement libre de ses actions. Jamais, à Paris, il ne lui posait aucune question sur l'emploi de son temps. Il était le plus commode, le plus tranquille des hommes. D'ailleurs, taciturne, bizarre, distrait, chimérique, il vivait toujours dans l'occupation continuelle de quelque manie. Actuellement, c'était ce tir au pistolet où, chaque après-midi, il passait des heures.

André Mauval était d'avis également que M. de Nancelle était le moins gênant des maris, et cependant le jeune homme se montrait toujours un peu gêné en sa présence. Cette gêne ne venait pas du remords de la façon dont il agissait avec M. de Nancelle. André considérait comme tout naturel que Germaine fût sa maîtresse. Elle lui appartenait par droit de jeunesse. Ils s'aimaient et se le prouvaient. Qu'y avait-il à redire à cela? De tout temps, il y a eu des amants. D'autres que Germaine et lui s'étaient trouvés dans cette même situation qui était la leur. Il l'acceptait. Elle comportait M. de Nancelle, eh bien, il s'accommodait de M. de Nancelle! Boismartin était la propriété de M. de Nancelle; mais, dans Boismartin, le pavillon était la sienne, ce pavillon devenu, chaque jour, un paradis délicieux.

UN PARADIS DÉLICIEUX

Certes, plus d'une fois, il l'avait imaginé hors de tout ce qui l'entourait ici, en quelque pays lointain et lumineux, quelque part au bout de la terre où Germaine et lui pourraient être l'un à l'autre sans contrainte, sans ruse, sans danger. Autour d'eux, de vastes forêts étendraient leurs solitudes enchevêtrées. Le vent de la mer les agiterait d'une rumeur continuelle. Elles seraient pleines d'oiseaux rares et de fleurs surprenantes. Le soir, autour de leur logis, pour en écarter les bêtes fauves, on allumerait de grands feux de branches sèches. Par les fenêtres, le reflet de l'immense flambée empourprerait les murs de leur réduit. Ils y vivraient dans une splendeur triomphale, et, couchés sur le divan, vêtus de la seule couleur du brasier, ils regarderaient, à travers les vitres, monter au ciel les grandes flammes protectrices qui seraient comme la brûlante image de leur amour!...

Mais André Mauval ne s'attardait pas longtemps à ces rêveries et revenait assez vite à la réalité. N'était-elle pas assez agréable pour le satisfaire? Que pouvait-il, en somme, souhaiter de plus que ce qu'elle lui offrait? Boismartin avec son pavillon discret, n'était-il pas un séjour charmant? Germaine, une maîtresse délicieuse? M. de Nancelle lui-même, un mari très supportable? Germaine était la première à s'en louer, et André était forcé de convenir qu'il eût eu tort de s'en plaindre, et, néanmoins, il ne pouvait s'empêcher de penser au temps où, Germaine de retour à Paris, il n'aurait plus à subir la présence quotidienne de M. de Nancelle, dont quelquefois le regard posé sur lui ou sur Germaine le troublait. Ainsi tout à l'heure, au déjeuner, n'avait-il pas surpris les yeux de M. de Nancelle fixés sur sa femme avec une expression indéfinissable et dont il ressentait encore le malaise en buvant la tasse de café qu'on venait de lui verser?

André Mauval, en posant sa tasse sur la table, tressaillit. Pourquoi M. de Nancelle l'examinait-il ainsi? M. de Nancelle s'était levé et s'appuyait sur la balustrade de la terrasse.

Long et maigre, se profilant ainsi en silhouette, il avait l'air d'un de ces mannequins qui lui servaient de cible. C'était justement l'heure où, chaque jour, il se rendait à son tir.

Il s'apprêtait sans doute à s'en aller comme d'ordinaire. Une fois M. de Nancelle parti, André et Germaine pourraient se rencontrer au pavillon. André regarda Germaine à la dérobée. Étendue sur une chaise longue en paille, elle fumait tranquillement sa cigarette. Son pied chaussé de daim gris dépassait le bord de sa robe. Bientôt André entendrait sur le gravier le bruit de ce fin soulier.

Tout à coup, il sursauta. M. de Nancelle lui avait touché l'épaule :

— Eh bien, jeune homme, vous quitterez donc Boismartin sans être venu une seule fois à mon tir, et vous, Germaine, vous n'avez pas envie de juger un peu de mes progrès?

M. de Nancelle, de ses longs doigts, fermait le coffret à cigarettes ouvert sur la table. Il reprit :

— Vous avez bien le temps de vous enfermer au pavillon! Vous vous fatiguez trop! Prenez donc un petit congé. Et puis, je voudrais que vous puissiez dire un peu à du Verdon où j'en suis.

André acquiesça. Il n'y avait pas moyen de se dérober à l'invitation. Germaine jeta sa cigarette :

— Puisque vous emmenez monsieur Mauval, je vais écrire des lettres, une à Dumaine et une aux Saint-Savin. Allons, bonne promenade, messieurs.

André Mauval considérait avec étonnement M. de Nancelle. Ce n'était pas un homme, c'était un automate. Il tirait avec une adresse et une régularité singulières. Peu à peu, les silhouettes se mouchetaient. Il ne manquait presque pas un coup.

Tout en rechargeant ses armes, M. de Nancelle parlait. Il expliquait sa méthode. André s'énervait. Il en avait assez d'assister à cet exercice stupide. De temps en temps, il interrompait les démonstrations de M. de Nancelle d'un : « Comme c'est curieux! » découragé. André n'osait ni témoigner son ennui, ni fausser compagnie à son hôte. Parfois, M. de Nancelle le regardait. Quand la balle atteignait la silhouette à quelque endroit vital, il souriait :

— Ah! celui-là y serait. En plein cœur.

Du doigt, M. de Nancelle avait désigné la poitrine d'André, puis il ajouta :

— Et maintenant, faisons un carton.

Le petit carré blanc, rayé de cercles concentriques, se détachait nettement sur la plaque de fonte. Quatre détonations retentirent successivement. A pas lents, M. de Nancelle alla chercher le carton. André l'examina curieusement. Les quatre balles avaient porté. M. de Nancelle caressait distraitement les crosses de deux pistolets couchés en leur boîte de drap vert :

— Eh! eh! ce n'est pas mal, n'est-ce pas? Une bonne arme, jeune homme, que le pistolet... Mais, tenez, prenez donc ça. Vous le montrerez à du Verdon, à moins que vous ne préfériez le garder... en souvenir.

Et M. de Nancelle, d'un air singulier, tendit à André le carton quadruplement perforé.

XXIX

André Mauval partait à quatre heures. Le matin, il avait fait ses malles. La veille, il avait retrouvé une dernière fois Germaine au pavillon. Leurs adieux avaient été voluptueux et tendres, et André regardait avec amour le cher visage de sa maîtresse. En sortant de table, elle s'était doucement appuyée à son bras pour passer au salon. Pendant que M. de Nancelle s'absorbait dans la lecture des journaux, Germaine fumait, étendue. André parlait peu. De temps en temps, il allait vers la fenêtre. Le ciel gris et doux se mirait dans l'eau du bassin. Quelques feuilles jaunes ocellaient l'eau unie. C'était une fine journée d'automne. André se sentait mélancolique. Il regrettait de quitter Boismartin. Tout prenait à ses yeux une valeur nouvelle : le mobilier de ce salon où, le jour de son arrivée, Germaine lui avait doucement caressé la main, comme pour lui laisser deviner que leurs beaux projets de raison et de prudence seraient vains ; le parc, dont il apercevait, à travers les croisées, les ombrages, tout l'émouvait. Il songeait même avec bienveillance au personnel de la maison : à Émile, le valet de chambre qui, le matin, l'éveillait ; à Étiennette, la femme de chambre qu'il rencontrait dans les couloirs, sortant de l'appartement de madame de Nancelle et qui tâchait, si comiquement, d'imiter les manières de madame.

Cependant M. de Nancelle, ayant consulté sa montre et déposé ses journaux, se levait. Il fit un tour sur la terrasse et, en rentrant, il dit à André :

— Eh ! eh ! je crois que nous aurons de la pluie à la fin de la journée. En attendant, je vais aller prendre un peu l'air. Je reviendrai pour vous dire adieu, monsieur Mauval. J'ai donné l'ordre que la voiture soit prête à quatre heures. Vous n'avez pas envie de vous promener, monsieur Mauval?

Madame de Nancelle s'interposa :

— Voyons, Auguste, ne rôdez pas ainsi. Allez donc à votre tir. Monsieur Mauval vous excusera... et commandez qu'on allume du feu. Il fait frais aujourd'hui, et je gèle.

Ces dernières heures qu'André et Germaine avaient à passer ensemble furent douces. Le domestique avait empli la cheminée de menues branches. Elles flambaient gaiement avec des pétillements brefs. De temps en temps, André les ranimait en y jetant du bois nouveau. Germaine et lui demeuraient silencieux.

Ils étaient assis l'un près de l'autre. Germaine avait laissé tomber sa main dans celle du jeune homme.

La pendule sonna trois heures.

— Plus qu'une heure !

Ils avaient prononcé cette phrase simultanément.

André pencha la tête vers Germaine. Ils s'embrassèrent. André murmura :

— M'aimeras-tu toujours, Germaine?

— Je t'aime, mon amour.

Et ils se turent écoutant le balancier de la pendule. Au bout d'un moment, Germaine dit :

— Tu vois bien, André, que j'ai eu raison de te faire venir à Boismartin. Tout s'est très bien passé.

Ils rirent. Leur rire jeune, heureux, impudent, remplit le grand salon calme du triomphe de leur impunité. Germaine avait passé son bras autour du cou d'André. Elle reprit :

— Et dire que j'hésitais et que, quand j'ai été décidée, je t'ai écrit cette absurde lettre.

C'est que tu te serais prêté à ce que je te demandais, capon ! Mais oui, au fond, tu es comme Dumaine, tu es comme tous les hommes. Êtes-vous assez précautionneux ! Moi, j'ai confiance dans ma chance, dans ma chance qui m'a fait te rencontrer, dans ma chance qui nous a protégés partout. Tu vois bien qu'il n'arrive rien, peureux !

Et, de nouveau, ils s'étreignirent en riant.

Quand la pendule sonna la demie, André se leva :

— Tu es toute décoiffée, Germaine, prends garde !

Germaine se dirigea vers la glace :

— C'est vrai. Heureusement que je n'ai pas besoin de ma femme de chambre pour me repeigner.

Et elle ajouta :

— Sans cela, j'aurais été souvent bien embarrassée. Qu'aurais-je fait rue Cassini et boulevard Berthier et au pavillon, donc?... Mais je crois que j'entends la voiture. Allons, adieu, André.

— Adieu, Germaine.

Et, debout au milieu du salon, ils se baisèrent une dernière fois sur les lèvres.

Son bagage chargé sur le break, André regarda sa montre.

— Quatre heures dix. Je ne peux pas pourtant partir sans prendre congé de monsieur de Nancelle...

Ils attendirent encore cinq minutes.

— Allons voir sur la terrasse, s'il vient. Vous avez le temps, André, le cocher pressera les chevaux. Ah ! le voilà !

M. de Nancelle s'avançait sur le perron :

— Je suis un peu en retard, excusez-moi, mais j'avais la main excellente aujourd'hui et puis, en quittant le tir, j'ai voulu passer par le pavillon pour voir si vous n'aviez rien oublié, jeune homme.

M. de Nancelle toussa. De sa longue main, il s'essuya le front. Il avait dû marcher vite, car il semblait un peu essoufflé. Il reprit en se tournant vers sa femme :

— Ah ! pendant que j'y pense, Germaine

vous devriez empêcher votre femme de chambre de porter des épingles d'écaille pareilles à celles dont vous vous servez. Tenez, voici ce que j'ai trouvé dans le pavillon, sur le divan.

Il fouilla dans sa poche. André crut que Germaine allait s'évanouir tant elle devint pâle. Elle n'eut pas la force de tendre la main pour prendre l'épingle qui tomba sur la marche du perron et se brisa. André leva les yeux sur M. de Nancelle. Lentement, celui-ci repoussait du pied les fragments d'écaille. Sa longue figure maigre était impénétrable et ce fut de sa voix ordinaire qu'André l'entendit lui dire :

— Vous avez juste le temps, monsieur Mauval, si vous voulez ne pas manquer votre train.

XXX

La semaine qui suivit le retour d'André Mauval à Paris fut pour lui une semaine d'angoisse. Sa mère, en l'embrassant, fut atterrée de sa mine. M. Mauval lui-même la remarqua, mais il en conçut une certaine fierté. Est-ce que cette petite madame de Nancelle aurait à ce point bien fait les choses? Il ne lui en eût pas demandé tant et ce n'est pas une façon que de vous renvoyer chez ses parents un garçon en pareil état. Le pauvre Nancelle en avait vu de rudes et M. Mauval goguenardait en lui-même des infortunes conjugales qu'il supposait à son camarade de jeunesse. Par exemple, l'examen d'André courait quelques risques. Le gaillard ne devait pas l'avoir beaucoup préparé durant

DE NOUVEAU ILS S'ÉTREIGNIRENT

son séjour à Boismartin. Bah ! avec les recommandations de madame Jambert, on s'en tirerait. D'ailleurs, M. du Verdon de La Minaguière promettait aussi de parler à un de ses parents qui avait des accointances avec la Faculté. Il fallait au moins que cela servît à quelque chose d'avoir à l'Union maritime d'aussi mauvais employés. Quant à madame Mauval, elle n'osait interroger son fils sur la cause de son inquiétude et de son trouble.

Il était vrai qu'André vivait dans un tourment continuel. Que s'était-il passé, après son départ, à Boismartin? Il ne pouvait songer à écrire, et Germaine se taisait. Les premiers jours, il avait attendu les témoins de M. de Nancelle. Ceux-ci ne s'étant pas présentés, André en demeurait réduit aux conjectures. Pendant des heures, il raisonnait sur la conduite de M. de Nancelle, si bien qu'il en arrivait à ne presque plus songer à Germaine. M. de Nancelle occupait toutes ses pensées. M. de Nancelle savait-il, ou ne savait-il pas?

M. de Nancelle avait-il cru réellement que cette épingle trouvée par lui dans le pavillon appartenait à la femme de chambre de sa femme? Alors, pourquoi la lui avoir montrée devant André? Cette manière d'agir impliquait, de la part de M. de Nancelle, une certaine jalousie et que, sans être certain de la liaison qui existait entre Germaine et André, il s'était aperçu néanmoins qu'ils avaient du goût l'un pour l'autre. Alors, M. de Nancelle avait simplement voulu avertir sa femme que ce petit jeune homme qui lui faisait la cour savait se consoler, à sa manière, de ses rigueurs. Dans ce cas, le trouble de Germaine valait un aveu, mais l'aveu d'un simple sentiment qui ne prouvait pas qu'elle fût coupable. Cependant, il restait probable que M. de Nancelle, ayant découvert ce sentiment chez sa femme, éloignerait d'elle celui qui le lui inspirait.

M. de Nancelle se trouvait-il au courant, depuis plus ou moins longtemps, des relations de Germaine et d'André?... M. de Nancelle était-il donc un mari résigné? En autorisant sa femme à inviter André Mauval à Boismartin, savait-il qu'André Mauval était son amant? Il y a des maris qui, par indifférence ou par amour, en arrivent à ces complaisances et à ces abnégations, mais il y en a aussi, qui, s'ils consentent à être trompés, ne veulent pas l'être sans revanche et qui cherchent dans l'ironie une compensation à leur état... M. de Nancelle était-il de ceux-là? Cette version admise, certains actes de M. de Nancelle s'expliquaient assez bien, et, tout d'abord, cette manie subite de devenir de première force au pistolet. C'était une façon de laisser entendre que, s'il tolérait bien des choses, il ne les tolérait ni par lâcheté ni par peur, son adresse lui assurant, au cas d'un duel, une supériorité certaine sur son adversaire. Ainsi s'expliquait pourquoi M. de Nancelle avait tenu à emmener, une fois, André à son tir et à lui montrer avec quelle sûreté il logeait la balle dans le mannequin ou dans la cible. Dans cette hypothèse, l'histoire de l'épingle prenait le même sens. Elle voulait dire : « Trompez-moi, si vous voulez, mais mettez-y de la prudence et des ménagements. Je veux que vous sachiez que je sais tout, mais je ne veux pas que je puisse avoir l'air de savoir. Je ne veux pas que vous pensiez que je sois dupe, c'est pourquoi je prends l'avantage de vous faire voir que je ne le suis point. »

Ces subtilités ne rassuraient guère André Mauval. Ce qui lui semblait le plus plausible, c'était qu'une scène cruelle avait eu lieu à Boismartin, après son départ. Qu'en résulterait-il? Une séparation, un divorce? M. de Nancelle pardonnerait-il? A quelles conditions? Le moins qu'il exigerait, ce serait que Germaine rompît avec son amant. Résisterait-elle? Sacrifierait-elle son amour à sa situation? Ne lui en voudrait-elle pas, à lui, André, des circonstances difficiles où il aurait contribué à la placer? L'aimerait-elle, encore, toujours, malgré tout, même séparée de lui?

Séparé d'elle ! Cette idée l'emplissait de désespoir et de colère. Elle, c'était son corps, son visage, sa bouche. André souffrait. Tout ce qui avait été le plaisir de ses mains, de ses lèvres, de ses yeux, ne serait plus pour lui qu'un souvenir, une image vaine et torturante. Germaine continuerait à l'aimer, mais il ne la verrait plus. Ah ! autrefois, être aimé ainsi lui eût déjà paru délicieux et surprenant, lorsque, sur la grève de Morgat, il pleurait de tendresse en songeant à madame de Nancelle, lorsque lui parler, l'écouter, lui eût semblé déjà une faveur inestimable, lorsqu'il ne souhaitait rien d'autre que de l'aimer en silence !... Mais ces temps étaient loin... Tout avait changé depuis lors. Il avait possédé ce qui lui paraissait alors l'inaccessible. Il avait chauffé ses mains à la flamme qui n'était jadis pour lui qu'une lueur lointaine, et la chaleur en avait pénétré tout son être. Et, maintenant, un caprice du hasard dispersait les tisons de la flambée !

Lui si fier de sa jeunesse, de cette jeunesse qui avait attiré Germaine à lui, de cette jeunesse qui lui avait donné la force de l'étreindre, qui avait brûlé en lui de tous ses désirs, à présent, il la maudissait ! A cause d'elle, il se trouvait désarmé devant les événements. Il ne pouvait y intervenir. Elle l'en mettait à l'écart. Il ne pouvait qu'attendre, attendre, attendre. Et attendre quoi? Que Germaine quittât son mari, jamais M. Mauval ne consentirait à ce que son fils épousât une divorcée. Et qu'était-il, lui, pour imposer sa volonté? Il était cette chose incertaine et vague : un petit jeune homme, sans situation, ni carrière, ni argent. Quand même Germaine accepterait de partager sa vie, qu'aurait-il à lui offrir, à elle, habituée à une existence confortable et délicate? Rien, pas même un abri en l'un de ces pays lointains dont il avait si souvent rêvé, dont M. Mauval, si souvent, faisait retentir à ses oreilles les noms exotiques et bizarres, et dont il parlait parfois avec Germaine lorsque, étendus sur le divan du pavillon, ils en imaginaient la tranquille retraite en quelque coin perdu du vaste monde !

Il y avait exactement huit jours qu'André avait quitté Boismartin et il demeurait toujours sans nouvelles de Germaine. Plusieurs fois par jour, il demandait à la concierge si aucune lettre n'était arrivée à son adresse. Chaque réponse négative augmentait son angoisse. Tantôt alors il remontait dans sa chambre et s'y enfermait, sous prétexte de travailler, tantôt il s'en allait par les rues, au hasard. Il marchait, sans trop savoir où il se dirigeait. Ce fut ainsi qu'il se trouva rue Cassini.

Une habitude machinale et instinctive l'y ramenait. L'atelier d'Antoine de Bersin avait dû être loué. Depuis longtemps André ne pensait guère à son ami. Tout à coup il songea au peintre avec une tendresse émue. Bersin aussi avait souffert de Germaine de Nancelle. Elle était de celles qu'on n'oublie pas, et cependant Bersin n'avait connu d'elle ni son corps charmant, ni ses bras voluptueux, ni sa bouche amoureuse. Tandis que lui !

André Mauval traversait à pas lents le Luxembourg. Quelques feuilles rousses roulaient par les allées. Elles rappelaient, par leur couleur, le pelage d'Hector, l'épagneul d'Antoine. Où était Bersin? Et cette matinée d'automne où il avait, à son retour de Varangeville, retrouvé le peintre en train de faire des croquis dans ce jardin ! Et les propos que Bersin lui tenait, ce jour-là, lui revenaient soudain à l'esprit. Bersin, André s'en souvenait, lui parlait des femmes. Et André réentendait la voix ironique de son ami lui dire : « Les femmes, on prétend qu'elles souhaitent l'aventure, le romanesque, allons donc ! Ce qu'il leur faut, c'est d'être assurées que demain ressemblera à aujourd'hui. Elles ont bien leur moment de folie, mais ça ne dure pas. Au fond, elles sont casanières et raisonnables. Elles aiment leurs aises, et cela leur fait accepter bien des choses. »

La pensée de Germaine acceptant de ne plus le voir, pour sauvegarder son repos, lui enfonça sa pointe dans le cœur. Mais non, Germaine n'était pas de ces femmes-là. Il la calomniait. On n'est pas ainsi, quand on est Germaine, quand on aime ! Et André revoyait l'élan qui poussait la jeune femme vers lui, qui la faisait braver tous les dangers pour être à lui, la Germaine ardente et audacieuse qui accourait, riante et hardie, vers l'étreinte, la Germaine qui se glissait dans le pavillon du parc et qui, devant la vieille petite glace, lasse et nue, rajustait sa coiffure défaite et y enfonçait, la tête à demi tournée vers son amant, ses longues épingles d'écaille.

André Mauval tressaillit à ce souvenir et ferma les yeux pour y garder l'image voluptueuse qu'il évoquait, puis, lentement, il alla s'accouder au bassin de la fontaine Médicis. Au bout de son miroir d'eau sombre, le rocher rustique abritait, en son antre, la Nymphe et le Berger. Eux aussi, les héros de la vieille able, avaient connu ce désir qui pousse les corps à s'étreindre, les bras à s'enlacer, les bouches à s'unir, qui fait rechercher aux amants la douceur des lits ou la mollesse des mousses, le refuge des chambres closes ou l'abri des grottes, et qui leur fait oublier le Polyphème qui les guette et qui finit, hélas ! par les surprendre, qu'il les menace d'un lourd rocher ou d'une simple épingle d'écaille !

Soudain, André Mauval sursauta. Une main se posait sur son épaule. Il se retourna en face d'Elie Drevet :

— Eh bien, mon vieux, qu'est-ce que tu fiches là? Je suis content de te rencontrer. Je voulais passer chez toi, un de ces jours. On ne se voit plus... As-tu passé de bonnes vacances? Tu n'as pas l'air faraud... Qu'est-ce qui t'arrive?

André Mauval regarda Drevet. Les yeux narquois de Drevet le considéraient avec amitié. Il fut sur le point de se confier à lui. Drevet reprit :

— Voyons, qu'y a-t-il pour ton service? Faut-il que je t'écrive encore que j'ai besoin d'argent afin que tu apitoies madame ta mère sur le sort du brave Drevet?

André s'efforça de sourire. Drevet continua :

— Non, ce n'est pas ça. Alors... des chagrins d'amour?

André, de la tête, fit signe que non.

— Allons, tant mieux, mais puisque tu ne veux rien dire, je vais te parler de moi. Remarque, mon cher, que c'est ton manque de confiance qui me force à cette expansion de ma personnalité. D'ailleurs, tu as raison d'être discret. Tes amours n'intéressent que toi, tandis que les miennes appartiennent à la postérité. Je commence donç. Tu es mon dépositaire. Plus tard, quand je serai célèbre, on viendra t'interviewer.

L'orgueil maladif de Drevet bouffonnait volontiers :

— Eh bien, oui, mon cher, j'attends une femme. Marc-Antoine de Kerdren m'a donné congé pour l'après-midi. Ça ne rate jamais quand j'ai un rendez-vous. Il a le respect de l'amour, comme il dit. Donc, j'attends une femme, et une femme que tu connais. Devine un peu.

André Mauval fit un geste d'indifférence.

— Et cette femme, mon vieux, n'est autre que l'illustre Alice Lanquereau, l'ancienne maîtresse d'Antoine de Bersin.

Elie Drevet s'arrêta un instant pour juger de l'effet causé par cette révélation :

— Oui, Alice Lanquereau, elle-même. Quand Bersin l'a eu quittée, elle est d'abord rentrée dans sa famille. Elle s'y ennuyait ferme, si bien qu'elle en a refichu le camp et qu'elle s'est placée comme demoiselle de magasin chez une certaine mademoiselle Vanove qui tient une boutique de curiosités, rue de Verneuil. Or, cette mademoiselle Vanove est un type. Son commerce n'est qu'une façade. Il paraît qu'il se donne chez elle des rendez-vous et que ce ne sont pas des hommes et des femmes qui s'y rencontrent... Mais je te laisse. Voici Alice, là-bas. Au revoir mon vieux, au revoir.

ANDRÉ TRAVERSAIT A PAS LENTS

Et André Mauval vit Elie Drevet s'éloigner à grandes enjambées, à travers le jardin.

Il était à peu près cinq heures, quand André revint rue des Beaux-Arts. De loin, il aperçut la concierge, qui se tenait sur le pas de la porte, rentrer dans sa loge. Son cœur battit violemment.

— Il y a une lettre pour vous, monsieur

André. Il y en a aussi pour monsieur Mauval. Voulez-vous les lui remettre. Il s'est amené en tel coup de vent que je n'ai pas eu le temps de les lui donner.

Et la concierge tendit le paquet à André.

Sur une des enveloppes André distingua le timbre de Boismartin et reconnut l'écriture de Germaine. Ses jambes fléchirent, il crut qu'il allait tomber et s'assit sur la banquette de velours qui se trouvait au bas de l'escalier. Ses doigts tremblants firent sauter le cachet.

« André,

» J'ai passé une semaine affreuse, André, rien n'effacera jamais le souvenir de ces jours d'angoisse. A quelle folie nous avait conduits notre imprudence ! Je te ne reproche rien, André, mais mes yeux se sont ouverts, et j'ai eu peur, oui, peur, une peur basse, une peur lâche, une peur lamentable. Ah ! je ne suis pas brave, il ne faut pas m'en vouloir, je suis ainsi.

» Maintenant, je suis sauvée ! Je suis sauvée, mais je demeure sans force. Je suis sauvée, mais ce n'est pas à moi que je dois de l'être, c'est à Jacques Dumaine. Il a été admirable de dévouement, d'adresse, de sollicitude. Il a parlé à M. de Nancelle. Il m'a disculpée à ses yeux. Mon mari croit maintenant que c'est bien à moi qu'appartenait l'épingle ; mais il croit aussi, et c'est ce que lui a persuadé Dumaine, que cette épingle, trouvée au jardin ou au salon où elle avait dû tomber de mes cheveux sans que je m'en aperçusse, tu la gardais en souvenir parce que tu étais amoureux de moi, mais amoureux avec plus d'enfantillage que de passion, puisque tu avais oublié toi-même, sur le divan du pavillon, ton larcin vite négligé...

André Mauval tourna la page.

» ...Cependant, j'ai dû avouer, pour expliquer mon désarroi, que tu ne m'étais pas indifférent et que c'était pour cela que j'avais été si troublée. Oui, j'ai dû convenir qu'il valait mieux que je cessasse de te voir.

» J'ai aussi un aveu à te faire, André, c'est que j'ai accepté cette obligation presque avec soulagement. Ne m'en veuille pas trop de ce que j'ai maintenant à te dire, mais je suis sortie de cette crise de ma vie, brisée et sans courage. Quelque chose s'est rompu en moi. J'ai eu peur, j'ai eu si peur ! A présent, je serais incapable de risquer ce que je risquais pour être à toi. A présent, la peur serait entre nous. Nous ne serions plus seuls l'un à l'autre.

» Ah ! André, il est fini, notre beau temps, mais il m'en reste le délicieux souvenir. C'est ce souvenir que je pleure en t'écrivant cet adieu à ton amour, cet adieu à ta jeunesse. Elle t'aidera à m'oublier, et c'est ce que je te demande et ce dont je te supplie.

» Adieu, André. Je ne puis plus tenir ma plume. Je suis faible. Je t'écris dans ce salon où, pour la dernière fois, j'ai goûté tes lèvres aimées, devant cette cheminée où pétillait si joyeusement la première bourrée d'automne. Elle n'est plus que cendre maintenant, mais je garde dans mes yeux le reflet de sa flambée.

» GERMAINE »

« *P.-S.* — Aussitôt après le départ des Saint-Savin, nous partirons nous-mêmes pour le Midi et nous passerons une partie de l'hiver dans la villa que Jacques Dumaine possède à Beaulieu, et, de là, au printemps, nous irons en Italie. — G. »

André Mauval laissa retomber la lettre. Une seule pensée l'occupait. Il ne verrait plus Germaine. L'image de la jeune femme se dessina à ses yeux avec une netteté extraordinaire. Germaine était là devant lui. Il aurait pu la toucher. Elle allait lui parler. Mais non, plus jamais il ne sentirait la douceur de ses lèvres sur les siennes ! Plus jamais il n'entendrait sa voix ! Peu à peu, sa forme même perdrait son contour. Elle deviendrait vague et comme lointaine. Elle se dissoudrait en il ne savait quoi d'incertain. Il n'éprouvait ni colère, ni tristesse, ni douleur. Seulement il lui semblait qu'une partie de lui-même venait de se détacher de son être. Il n'était plus l'André Mauval qu'il était encore, un instant auparavant. Sauf cette impression bizarre, il ne ressentait rien de particulier. Il aurait pu se lever, marcher, parler. Il ramassa une des autres lettres du paquet qui venait de glisser de la banquette et en lut machinalement l'adresse : « Monsieur Alexandre Mauval, sous-directeur de l'Union maritime... » Puis, il songea à un paquebot, à un Chinois avec sa natte de cheveux, à un très grand arbre, à une tortue...

Soudain, un bruit de pas descendant l'escalier le tira de sa torpeur en même temps qu'une voix l'interpellait :

— Ah ! c'est toi, André !

M. Mauval était devant lui. Il avait l'air fort agité et important à la fois :

— André, j'ai une triste nouvelle à te communiquer. L'oncle Hubert...

André regardait son père sans paraître comprendre que son père s'adressait à lui. M. Mauval reprit :

— Oui, le malheureux vient d'être frappé

d'apoplexie. On est venu m'annoncer cela au bureau. Alors, j'ai passé à la maison pour prévenir ta mère. On a trouvé mon pauvre frère dans la cuisine, affublé d'un uniforme prussien. C'est dans ce déguisement qu'il est mort... un vieux soldat de Magenta. Il était complètement fou... Je t'épargne les détails, Hubert. Ah ! j'en ai appris de belles ! Il vivait avec sa bonne, un souillon, qui a osé se présenter à mon bureau. Je ne veux pas que ta mère aille là-bas. J'y vais, moi. Remonte auprès d'elle...

André écoutait M. Mauval, la tête basse. M. Mauval continuait :

— Tu m'entends, n'est-ce pas?... Allons, adieu.

Et M. Mauval boutonna sa redingote comme quelqu'un qui a pris son parti d'un devoir pénible et qui est décidé à le remplir jusqu'au bout.

Quand M. Mauval eut refermé la porte, André, resté seul, éprouva une impression singulière. Ses jambes fléchissaient. Il sentait comme une main qui lui serrait la gorge. Tout à coup ses yeux se mouillèrent, en même temps qu'un frisson le secouait tout entier et qu'il se laissait tomber à genoux, le front sur la banquette. Il pleurait ; il pleurait longuement, de tout son être, de tout son désespoir, de toute sa jeunesse, mais ce qui faisait couler ses larmes, ce n'était pas le regret de la mort de l'oncle Hubert c'était la douleur de son amour brisé, c'était le désir d'un visage qu'il ne verrait plus, c'était Germaine, Germaine, perdue, Germaine, dont, à ses sanglots, se mêlait sur ses lèvres le nom cuisant comme un feu et plus amer qu'une cendre.

ÉPILOGUE

Lorsque André Mauval ouvrit les yeux, une lumière vague et bleuâtre remplissait la chambre. Une opale aérienne semblait s'être dissoute entre les quatre murs blanchis à la chaux. D'une main hésitante, André atteignit sa montre accrochée à un clou. Elle marquait un peu plus de quatre heures. Brusquement André se mit sur son séant, puis soulevant la moustiquaire, il posa les pieds sur le tapis. Par ces nuits chaudes, il couchait tout nu sous le voile de mousseline. Aussi fut-ce en cet état qu'il s'aperçut, dans le petit miroir incliné, fixé au-dessus du divan où, avant de s'endormir, il avait plié ses vêtements de toile. Rapidement il s'habillait, remettant à plus tard une plus ample toilette. Il n'avait pas de temps à perdre s'il voulait profiter de la fraîcheur relative à l'aube. La veille, le thermomètre avait marqué 39 degrés et la journée d'aujourd'hui serait pareillement brûlante.

Son pantalon passé sur une chemise molle, André Mauval, tout en se donnant un coup de peigne, considérait la carte de géographie épinglée au mur. Ses yeux y errèrent un instant, puis s'y fixèrent sur un point. Ce petit cercle noir représentait l'endroit où il s trouvait en ce moment. A mi-voix, il se répét le nom inscrit sur le papier : « Boudroum, Boudroum ! » Cela résonnait sourdement comme un tambour, et vibrait comme un murmure d'abeilles bourdonnant autour d'une grappe. Boudroum ! Oui, lui, André Mauval, Parisien, il était à Boudroum, petit port turc de la côte d'Asie-Mineure, et il y représentait, lui chétif, la puissante compagnie française de l'Union maritime.

André Mauval noua sa cravate. Certes son père avait toujours rêvé pour lui des postes lointains, diplomatiques ou consulaires, mais celui-ci néanmoins n'avait pas de caractère officiel, bien que cette grosse bourgade asiatique de Boudroum n'eût été dans l'antiquité, rien moins que la fameuse Halicarnasse et se fût enorgueillie de posséder une des sept merveilles du monde, le célèbre tombeau élevé par la reine Artémise à la mémoire de son époux le roi Mausole. Mais la France n'accrédite pas d'agents auprès d'ombres même aussi illustres et, si M. André Mauval résidait actuellement en ces lieux historiques, la raison en était d'avoir préféré au quai d'Orsay les bureaux de l'Union maritime, et c'était à cette circonstance qu'il devait d'être en ce moment à Boudroum, en train de nouer sa cravate devant un petit miroir ébréché.

André ne regrettait pas d'ailleurs ce changement survenu dans sa destinée, et son père s'y était prêté de bonne grâce. Lorsque, son droit achevé, le jeune homme avait déclaré que la Carrière ne le tentait pas et qu'il désirait obtenir un emploi dans les services de la Compagnie, M. Mauval manifesta bien quelque étonnement ; mais, au fond, la décision d'André le flattait et il avait consenti sans peine à solliciter l'admission de son fils dans une administration où l'appui paternel lui assurerait un bel avenir. Pendant deux ans, André avait rempli convenablement ses fonctions ; mais, au bout de la deuxième année, la Compagnie ayant décidé, par suite de la création du chemin de fer de Boudroum à Daïda, d'établir à Boudroum une escale de ses paquebots, André avait demandé à être attaché à ce nouveau poste où il pût mieux donner la mesure de sa capacité. M. Mauval avait approuvé son fils dans son dessein, et André avait été nommé adjoint à M. Dermont, chef des services de l'Union maritime à Boudroum.

Depuis près d'un an qu'André Mauval secondait M. Dermont, il avait pu apprécier en lui un excellent homme. Longtemps agent de la Compagnie à Chypre et à Beyrouth, M. Dermont connaissait bien l'Orient et y était devenu fort amateur d'antiquités. André entretenait avec lui des relations très cordiales, ainsi qu'avec MM. Lannoy et Darguichon, ingénieurs français du chemin de fer ; mais ces messieurs séjournaient rarement à Boudroum et campaient le plus souvent sur les lieux des travaux qu'ils dirigeaient. André n'avait donc guère d'autre société que celle de M. Dermont.

C'était M. Dermont qui s'était chargé de son installation. Il avait loué à André deux chambres dans une maison du quartier grec. Le propriétaire, qui faisait le commerce des antiquités, était en termes familiers avec M. Dermont. Dans son logis s'entassaient des objets bizarres : fragments de marbres, inscriptions mutilées, bronzes, médailles, poteries. On y voyait de ces grandes amphores que l'on pêche parfois dans la baie de Boudroum et qui, pétrifiées, couvertes d'algues, de madrépores et de coquillages, ressemblent à de monstrueux poissons épineux.

Ce brave marchand était un gaillard d'une trentaine d'années, aux cheveux crépus et au nez courbe. Il savait un peu de français et se nommait M. Tryphillidès ; et, à cette heure, il devait dormir encore, en songeant à de merveilleuses trouvailles.

Cependant la lumière s'accroissait peu à peu dans la chambre d'André Mauval. Elle permettait d'en mieux constater l'ameublement sommaire ; mais cette lumière était si fraîche et si pure qu'elle donnait une impression de joie matinale. Au dehors, elle devait être plus vive, parce que les rideaux de la fenêtre la tamisaient au passage. Tout en décrochant son chapeau et sa canne, André écarta les lés de coton blanc et se pencha. Il dominait une étroite cour où, à des piliers, montait une treille qui la recouvrait tout entière, de son feuillage bossue d'énormes grappes. Au delà, au bout d'une rue en pente caillouteuse, apparaissait une échappée de mer bleue...

Une fois dans la rue, André Mauval respira avec délices. L'air avait une odeur d'aube, une odeur de feuilles, de fruits à laquelle se mêlait un parfum salin. Les maisons encore muettes bordaient la rue déserte où son pas sonnait dans le silence. Il traversa une petite place plantée de poivriers. Deux chiens jaunes et efflanqués sommeillaient au pied de l'un d'eux. Arrivé là, André hésitait. Descendrait-il vers le port, s'asseoir sur les vieilles dalles usées du quai? Il aimait à observer, à travers la transparence de l'eau, l'oscillation des algues sous-marines. Il aimait ce coin de Boudroum, protégé et dominé par la vieille forteresse franque, construite par les Hospitaliers de Rhodes et dont les murailles massives et crénelées montraient encore, sculptés en leur marbre, les blasons des Chevaliers. Mais il aimait aussi à s'en aller à travers la campagne par les sentiers rocailleux qu'ombragent les figuiers et les palmiers et que bordent des murs de jardins où s'encastrent des fragments antiques. Comme il délibérait, une bande d'enfants se précipita en courant sur la place. Dans leur hâte d'être dehors ils avaient sans doute oublié une partie de leurs vêtements, car la plupart étaient à peu près nus. Avec eux Boudroum s'éveillait. Ils se bousculaient en poussant des cris. Leurs dents blanches riaient en leurs frimousses basanées de jeunes pirates. André les regardait en souriant. Il les connaissait bien, ces galopins de Boudroum... Ils lui rappelaient son arrivée, l'an dernier, en compagnie de M. Dermont, qui était venu le chercher à Smyrne.

André Mauval, tout en marchant, revoyait cette scène en pensée. Le bateau était entré au port vers quatre heures de l'après-midi. A peine ancré, une nuée de barques l'avait entouré, chacune de ces barques montée par trois ou quatre de ces mêmes polissons qui gesticulaient en ramant. M. Dermont leur jetait des monnaies qu'ils rattrapaient en plongeant. Comme il avait ri de les voir reparaître à la surface de l'eau, la piécette aux dents et en ressortir tout ruisselants comme des petites statues de bronze mouillé ! Et la descente sur le quai où toute la population de Boudroum se pressait pour voir débarquer les « seigneurs francs ». Du canot qui l'amenait à terre, André avait considéré ce spectacle. Comme c'était beau, ce Boudroum étalé à sa vue avec ses maisons entremêlées de jardins couvrant irrégulièrement la pente de la montagne qui s'élevait derrière la ville ! On apercevait, çà et là, des minarets et quelques coupoles rondes. La couleur de la lumière était merveilleuse. Les murs de la vieille forteresse étaient d'une blancheur éclatante, la mer d'un bleu profond, et le ciel, ce ciel d'Orient dont il avait si souvent rêvé ! Puis, au milieu d'une véritable foule, on avait pris pied sur le quai. Il y avait des Grecs et des Turcs, des gens à fez et à turbans, et aussi de ces pêcheurs de Mitylène qui portent de larges braies noires, des vestes noires et se coiffent d'un noir bonnet de feutre. Au premier rang, M. Tryphillidès, en complet marron, les avait accueillis. Après quoi, monté sur des ânes, on s'était mis en route, escorté de tout ce monde qui se pressait et à travers lequel on s'ouvrait difficilement passage. Monde de braves gens, du reste, aimables et familiers, André se souvenait qu'on lui avait offert des fleurs. Une petite fille lui avait glissé dans la main un serpent fort bien imité en perles de verre. Et l'on était allé ainsi jusqu'à la maison de M. Tryphillidès, qui avait offert aux voyageurs le raki de bienvenue, dans une chambre très propre, ornée d'une commode en acajou et où l'on pouvait admirer au mur une grande photographie encadrée, représentant le Parthénon.

Dès ce moment, André Mauval avait été pris par le charme de cette petite bourgade asiatique au nom sonore, qu'il apercevait maintenant dans la pure lumière du matin. La route qu'il suivait longeait, à mi-côte, le flanc de la montagne. Sur le terrain bien cultivé croissait l'olivier. Des palmiers balançaient leurs palmes régulières. Devant un petit mur, André s'arrêta. C'était là que s'élevait jadis le Mausolée, mais, à présent, il n'en restait plus que des pierres dispersées. Les chevaliers de Rhodes en avaient utilisé les blocs pour construire leur forteresse. Les archéologues en avaient emporté les derniers débris. Halicarnasse n'était plus maintenant que Boudroum, un pauvre bourg, moitié grec, moitié turc, qui n'offrait plus aux yeux que la beauté de sa montagne, de son golfe et de sa lumière.

LE BATEAU ÉTAIT ENTRÉ AU PORT

Et André Mauval comprenait pourquoi la reine veuve avait bâti aux mânes de son époux un si orgueilleux et si mémorable tombeau. Ce n'était pour prouver ni la puissance de sa richesse, ni la force de ses regrets. Non, ce qu'elle voulait, en dressant l'énorme marbre funéraire, c'était avoir toujours sous ses yeux un signe qui lui rappelât le prince disparu. Ah ! elle savait bien, la sage et prudente reine Artemise, combien la douce et perfide terre d'Asie rend vite les cœurs oublieux et consolés, et c'était contre l'oubli qu'elle avait érigé le sépulcre monumental.

Il ne fallait rien moins que la solidité de ses assises et les vivantes figures de ses frontons pour l'obliger à se souvenir de celui qui dormait dans cette crypte. Et si elle avait enseveli si triomphalement l'époux perdu, c'était pour se forcer à en conserver la mémoire !

Ne l'éprouvait-il pas, lui, André Mauval, cette action dissolvante de la terre d'Asie et n'en ressentait-il pas, à sa façon, les effets? Ne se sentait-il pas séparé de sa vie passée par une étrange distance? Certes, quand le courrier lui apportait des nouvelles de Paris, il était heureux que ses parents se portassent bien, que sa mère, sans se résigner à son absence, s'y accoutumât cependant ; mais, pour le reste, tout ce dont ces lettres l'entretenaient lui semblait singulièrement lointain. Celles de Drevet lui produisaient la même impression. L'André Mauval à qui elles s'adressaient n'était plus l'André Mauval d'aujourd'hui. Ce qui l'avait intéressé, passionné, amusé ou fait souffrir, lui était devenu indifférent. Ainsi, la dernière missive de Drevet, quelques jours auparavant, ne lui avait causé aucune émotion et pourtant elle lui annonçait des événements qui eussent dû lui rappeler avec vivacité un passé encore proche, car Drevet lui donnait des nouvelles de madame de Nancelle.

Madame de Nancelle ! Ce n'était pas d'ailleurs la première fois que, par un singulier hasard, Elie Drevet lui en parlait. Déjà quelque temps avant le départ d'André, Drevet l'en avait entretenu de façon indirecte. En effet, un jour, Drevet avait trouvé le vieux Marc-Antoine de Kerdren assez agité. Kerdren venait de recevoir la visite de Jacques Dumaine, le romancier, qui lui demandait de lui servir de témoin dans une ennuyeuse affaire. Surpris en flagrant délit par un certain M. de Nancelle, dont la femme était sa maîtresse, un duel allait s'en suivre. Drevet avait raconté la chose à André,comme pouvant l'intéresser, lui ayant entendu dire qu'il connaissait Dumaine pour l'avoir rencontré en visite chez des amis. C'était aussi par Drevet qu'André avait appris les suites de ce duel : une balle au bras reçue par Dumaine et le divorce de M. de Nancelle d'avec sa femme. Il avait écouté le récit de son ami sans faire aucune réflexion, puis ils avaient causé d'autres choses ; mais madame Mauval avait trouvé, pendant quelques jours, son fils préoccupé et taciturne. La pauvre femme s'en inquiétait. Elle craignait toujours qu'André ne retombât dans une de ces crises de tristesse, comme il en avait traversé une au moment de la mort de l'oncle Hubert et qui avait duré pendant des mois. Aussi s'effrayait-elle à la pensée que son fils s'embarquerait pour Boudroum dans un pareil état d'esprit. Heureusement que ces craintes avaient été vaines, André ayant assez vite retrouvé son humeur habituelle et repris goût aux préparatifs de son voyage. La date de départ ayant été avancée, madame Mauval l'avait vu partir, presque joyeux, à l'idée de mener une existence nouvelle pour lui.

Depuis qu'André Mauval était à Boudroum Elie Drevet lui écrivait assez régulièrement. Drevet racontait à son ami ses projets littéraires, toujours admirables, et ses toujours non moins admirables histoires de femmes. Il y entremêlait ses blagues accoutumées sur Marc-Antoine de Kerdren, à qui, en attendant mieux, il servait toujours de secrétaire. Dans la dernière de ses lettres, Drevet annonçait le mariage d'Antoine de Bersin. « Oui, mon cher, Bersin se marie, le Bersin d'Alice Lanquereau, et sais-tu qui il épouse? La femme divorcée de ce M. de Nancelle dont je t'ai narré jadis le duel avec Jacques Dumaine où Kerdren fut témoin. Mais tout cela t'est bien égal, espèce d'Oriental qui vis en concubinage avec l'ombre de la reine Artémise, à moins que tu ne lui préfères, vieux farceur, des personnes moins illustres et plus vivantes, car tu as dû transformer en sérail les respectables bureaux de l'Union maritime... »

André Mauval avait ralenti sa marche. Il souleva son chapeau et s'essuya le front. Il faisait maintenant tout à fait jour. Le soleil levé derrière la montagne emplissait le ciel d'une clarté divine. Au loin, la mer étincelait. Un merveilleux silence planait sur l'immobile beauté des choses. Par la porte entr'ouverte d'un jardin, une femme se montra. Vivement, elle ramena son voile sur son visage et referma la porte avec un rire... Elle sortait, sans doute, pour aller puiser de l'eau à la citerne, dont André apercevait, à quelque distance, le cube de pierre, sommé d'une coupole. André s'éloignait, quand il entendit un pas derrière lui. Il se retourna et reconnut le propriétaire du jardin.

A sa tête ronde, à son gros nez et à ses grosses moustaches, André le connaissait pour l'avoir vu chez M. Dermont, à qui il venait parfois apporter des médailles trouvées dans son enclos. Sans doute, il avait quelque objet à proposer, car, tout en s'avançant, il fouillait dans sa large ceinture. André, en souriant, prit ce que le gros homme, après avoir salué poliment, lui tendait, et défit le papier qui enveloppait le paquet.

Il contenait une petite tête de femme, en terre cuite. André tira de sa bourse les deux « medjidiés » que payait d'ordinaire M. Der-

ANDRE TIRA DE SA BOURSE

mont pour ces menus bibelots. Le gros homme empocha les pièces et salua André qui continua sa route.

Avant de réempaqueter son acquisition, André s'était arrêté pour l'examiner plus à l'aise.

Modelé délicatement et par un pouce habile, l'antique petit visage le regardait.

André tressaillit. D'une ressemblance lointaine, vague et pourtant réelle, ce visage ressemblait à celui de madame de Nancelle. Longuement André le considéra. Il cherchait à substituer à la figure de terre la vraie figure de la vivante, puis il ferma les yeux... L'image qui s'y dessina fut celle dont il tenait entre ses doigts la forme morte. De la flambée où avait brûlé sa jeunesse, il ne restait plus que ce minuscule fantôme, durci et calciné, qui, peu à peu, pesait plus lourd dans sa main et qui semblait être formé des cendres mêmes de son amour.

Il demeura ainsi quelques minutes, puis il se retourna. Derrière lui, la vieille citerne, sous son dôme courbe, s'ouvrait, sombre et secrète. André Mauval s'avança. A l'intérieur régnait une fraîcheur de sépulcre. Dans l'ombre, au bas d'un escalier de quelques marches, l'eau miroitait. André Mauval se pencha. Un bruit léger s'amplifia sous la sonorité de la voûte, tandis que l'onde obscure, au fond de laquelle gisait maintenant la petite tête d'argile, reprenait silencieusement son aspect de dalle fluide et funéraire.

FIN

Pour paraître le 1er Mai :

NOUVELLE COLLECTION ILLUSTRÉE
CALMANN-LÉVY

L'ouvrage complet, **95** centimes. Relié, **1** fr. **50**

LOUIS DE ROBERT

Le
Roman du Malade

Illustrations de Louis BAILLY.

NOUVELLE COLLECTION ILLUSTRÉE CALMANN-LÉVY

1. PEIRRE LOTI ... Pêcheur d'Islande.
2. ANATOLE FRANCE ... Le Crime de Sylvestre Bonnard.
3. LUDOVIC HALÉVY ... La Famille Cardinal.
4. FRANÇOIS COPPÉE ... Le Coupable.
5. JULES RENARD ... Poil de Carotte.
6. RENÉ BAZIN ... Donatienne.
7. A. DUMAS FILS ... La Dame aux Camélias.
8. GEORGES COURTELINE ... Boubouroche.
9. PIERRE VEBER ET WILLY. Une Passade.
10. JULES LEMAITRE ... Les Rois.
11. ANDRÉ THEURIET ... L'Oncle Scipion.
12. ALPHONSE DAUDET ... L'Immortel.
13. PROSPER MÉRIMÉE ... Diane de Turgis.
14. GYP ... Le Mariage de Chiffon.
15. FRANÇOIS COPPÉE ... Toute une Jeunesse.
16. ABEL HERMANT ... Les Grands Bourgeois.
17. HENRI DE RÉGNIER ... Les Vacances d'un jeune homme sage.
18. GEORGES COURTELINE ... Messieurs les Ronds-de-Cuir.
19. OCTAVE FEUILLET ... Le Roman d'un jeune homme pauvre.
20. MARCELLE TINAYRE ... Avant l'Amour.
21. RENÉ BOYLESVE ... Le Parfum des Iles Borromées.
22. ANDRÉ THEURIET ... Amour d'Automne.
23. EDMOND DE GONCOURT ... La Fille Elisa.
24. LÉON FRAPIÉ ... Marcelin Gayard.
25. RENÉ BAZIN ... De toute son âme.
26. ALPHONSE DAUDET ... La Petite Paroisse.
27. ABEL HERMANT ... Confession d'un Enfant d'hier.
28. GEORGE SAND ... Elle et Lui.
29. MARCELLE TINAYRE ... Helle.
30. GYP ... Joies d'Amour.
31. HENRY MURGER ... Scènes de la Vie de Bohème.
32. GUSTAVE GEFFROY ... L'Apprentie.
33. A. DUMAS FILS ... Affaire Clémenceau.
34. GEORGES COURTELINE ... Le Train de 8 h. 47.
35. ÉMILE ZOLA ... Thérèse Raquin.
36. HENRY MURGER ... Le Pays Latin.
37. VILLIERS DE L'ISLE-ADAM. Contes Cruels.
38. ALFRED CAPUS ... Faux Départ.
39. GEORGE SAND ... Indiana.
40. RENÉ BOYLESVE ... La Becquée.
41. ABEL HERMANT ... Confession d'un homme d'aujourd'hui.
42. JEAN RICHEPIN ... Miarka, la fille à l'Ourse.
43. ANDRÉ THEURIET ... Charme dangereux.
44. FRANÇOIS COPPÉE ... Henriette.
45. TRISTAN BERNARD ... Amants et voleurs.
46. LÉON FRAPIÉ ... La Maternelle.
47. GEORGES D'ESPARBÈS ... Les Demi-solde.
48. ALPHONSE DAUDET ... Fromont jeune et Risler aîné.
49. FRANÇOIS COPPÉE ... Les vrais Riches.
50. PIERRE LOTI ... Le Roman d'un spahi.
51. JULES CLARETIE ... Le Prince Zilah.
52. ALPHONSE KARR ... Sous les Tilleuls.
53. GYP ... Le Bonheur de Ginette.
54. ÉMILE ZOLA ... Naïs Micoulin.
55. ABEL HERMANT ... Les Confidences d'une biche.
56. ANATOLE FRANCE ... Histoire comique.
57. RUDYARD KIPLING ... La Lumière qui s'éteint.
58. HENRI LAVEDAN ... Le Vieux Marcheur.
59. RENÉ BAZIN ... Le Blé qui lève.
60. EDMOND DE GONCOURT ... La Faustin.
61. HENRI DE RÉGNIER ... Le Passé vivant.
62. ANDRÉ THEURIET ... Boisfleury.
63. J.-H. ROSNY ... La Fauve.
64. OCTAVE FEUILLET ... Histoire d'une Parisienne.
65. HENRI LAVEDAN ... Leur Cœur.
66. ÉMILE ZOLA ... La Conquête de Plassans.
67. PIERRE VEBER ... Les Rentrées.
68. GYP ... Une Passionnette.
69. ALPHONSE ALLAIS ... L'Affaire Blaireau.
70. ANDRÉ THEURIET ... Villa Tranquille.
71. H.-G. WELLS ... L'Homme invisible.
72. J.-K. HUYSMANS ... Les Sœurs Vatard.
73. HENRI DE RÉGNIER ... La Peur de l'Amour.
74. GEORGE SAND ... Valentine.
75. LOUIS DE ROBERT ... L'Envers d'une Courtisane.
76. ABEL HERMANT ... La Biche relancée.
77. GABRIELE D'ANNUNZIO ... Episcopo et Cie.
78. GYP ... Tante Joujou.
79. JULES CLARETIE ... Brichanteau Comédien.
80. HENRI LAVEDAN ... Les Beaux Dimanches.
81. ANDRÉ THEURIET ... Cœurs Meurtris.
82. H.-G. WELLS ... Les Premiers Hommes dans la Lune.
83. ALFRED DE VIGNY ... Servitude et Grandeur militaires.
84. ALFRED DE VIGNY ... Cinq-Mars.
85. MARCELLE TINAYRE ... L'Oiseau d'Orage.
86. FRANÇOIS COPPÉE ... Vingt Contes Nouveaux.
87. PIERRE LOTI ... Matelot.
88. ANDRÉ THEURIET ... Chanteraine.
89. JULES CLARETIE ... Brichanteau Célèbre.
90. GEORGE SAND ... Le Dernier Amour.
91. H. DE BALZAC ... Les Chouans.
92. FRANÇOIS COPPÉE ... Contes en Prose.
93. ABEL HERMANT ... La Fameuse Comédienne.
94. HENRI LAVEDAN ... Leur Beau Physique.
95. OCTAVE FEUILLET ... La Morte.
96. H.-G. WELLS ... La Guerre des Mondes.

Paris. — Imp. L. Pochy, 52, rue du Château — 54-15.

www.ingramcontent.com/pod-product-compliance
Ingram Content Group UK Ltd.
Pitfield, Milton Keynes, MK11 3LW, UK
UKHW021540260726
13993UKWH00002B/563

9 782329 599458